Der frühkindliche Autismus als Entwicklungsstörung

Erscheinungsformen und Hintergründe

Mit Beiträgen von
Walter Holtzapfel / Hellmut Klimm / Karl König
Jakob Lutz / Hans Müller-Wiedemann / Thomas J. Weihs

VERLAG FREIES GEISTESLEBEN

CIP-Kurztitelaufnahme der Deutschen Bibliothek

Der frühkindliche Autismus als Entwicklungsstörung:
Erscheinungsformen u. Hintergründe
mit Beitr. von W. Holtzapfel . . . – 2. erweiterte Aufl. –
Stuttgart: Verlag Freies Geistesleben, 1988.
(Heilpädagogik aus anthroposophischer Menschenkunde; 6)

ISBN 3-7725-0738-7

NE: Holtzapfel, Walter (Mitverf.); GT

2. erweiterte Auflage 1988

Druck: Greiser, Rastatt

Inhalt

Vorwort

Die hier im Rahmen der Reihe «Heilpädagogik aus anthroposophischer Menschenkunde» herausgegebenen Beiträge zum Problem einer Entwicklungsstörung, die im Bilde des kindlichen Autismus in Erscheinung tritt, sind aus der jetzt über 30-jährigen Arbeit mit autistischen Kindern in heilpädagogischen und kinderpsychiatrischen Zusammenhängen entstanden. Sie stellen eine Übersicht dar und sind zum größten Teil schon an anderen Stellen – Büchern, Fachzeitschriften und Tagungsberichten – veröffentlicht worden.

Die Arbeit von H. Klimm wurde eigens für diesen Band geschrieben, die Vorträge von Karl König, die er für Mitarbeiter der Camphill-Schulen in Schottland gehalten hat, wurden vom Manuskript übersetzt und bearbeitet. Seine Ausführungen in der ihm eigentümlichen Art, Wesentliches phänomenologisch-imaginativ darzustellen, haben in bestimmter Weise die heilpädagogischen Bemühungen um diese Kinder nachhaltig befruchtet, ebenso wie die aus dem kinderpsychiatrischen Erfahrungsfeld stammende Arbeit von J. Lutz.

Es kommt in diesen Beiträgen die Frage nach dem Ich und dessen Inkarnationsweg zur Sprache, die Grundthematik anthroposophischer Heilpädagogik, indem die autistische Symptomatik auf eine Beziehungsstörung zwischen dem Seelisch-Geistigen und seinen Leibeshüllen hinweist.

Die Sammlung schien aus verschiedenen Gründen gerechtfertigt: Die Beiträge wollen zuerst und vor allem für die in der anthroposophischen Heilpädagogik Tätigen eine Orientierung sein, um durch die wechselhafte Symptomatik dieser Kinder auf die tieferen, menschenkundlichen Hintergründe hinschauen zu lernen. Es kann weiterhin gerade durch die Gesichtspunkte verschiedener Autoren, welche ihre Erfahrungen als Ärzte in der heilpädagogischen und kinderpsychiatrischen Praxis mit autistischen Kindern gemacht haben, eine gemeinsame Erkenntnishaltung auf der Grundlage anthroposophischer Menschenkunde sichtbar werden, welche sich um eine Erweiterung anderer Methoden und therapeutischer Haltungen in der Förderung autistischer Kinder bemüht. Schließlich hat das zunehmende Interesse einer breiteren Öffentlichkeit von Eltern und Fachleuten für den Beitrag der anthroposophischen Heilpädagogik zum Thema des kindlichen Autismus diese Veröffentlichung in dieser Form berechtigt erscheinen lassen.

So sind einige der hier vorgelegten Mitteilungen aus Vorträgen und Referaten vor Zuhörern verschiedener Fachrichtungen hervorgegangen, wodurch Art und Stil der Darstellungen beeinflußt sind. Jedem Beitrag ist deshalb auch eine Notiz seines Anlasses hinzugefügt.

Es scheint mir angebracht, darauf hinzuweisen, daß keine der Arbeiten den Anspruch erheben will, Abschließendes zu der Thematik auszusagen. Vielmehr handelt es sich um Bemühungen der Erfahrungsreflektion, in welche auch eigene Grenzen und Möglichkeiten mit eingegangen sind, ebenso wie die Fähigkeiten der therapeutischen Gemeinschaften, in denen die Autoren mit autistischen Kindern und Jugendlichen leben und arbeiten. Es handelt sich vielmehr um Markierungen auf einem Wege, der in bezug auf jedes autistische Kind immer neu und auch immer andersartig gegangen werden muß. Dies hängt damit zusammen, daß jedes Kind mit seinen Eltern ein eigenes, individuelles Lebensschicksal zu tragen und zu erfüllen sucht, ein Schicksal, welches die letzte Ursache darstellt, die sich nur in der immer wieder erneuerten Begegnung dem Erkennen öffnet und zum menschengemäßen heilpädagogischen Handeln führen kann. In diesem Sinne sollen die Beiträge als Ansätze für weitere und menschenkundlich vertiefte heilpädagogische Forschung verstanden werden.

Es werden aber auch die Kräfte sichtbar, die sich der Erdenreife des Ich entgegenstellen und mit denen das autistische Kind und seine Betreuer und Eltern sich auseinandersetzen müssen. Zu zeigen, daß diese Kräfte über die Lebensschicksale der einzelnen Kinder hinaus in unserer Zeit ihre Wirksamkeit entfalten und erkannt werden müssen, damit wir ihnen heilend zu begegnen lernen, ist schließlich ein Anliegen dieser Veröffentlichung.

Abschließend sei den Verlegern und Redakteuren, die ihre Erlaubnis zum Nachdruck der jeweiligen Aufsätze gegeben haben, gedankt.

H. Müller-Wiedemann

ERSTER TEIL

Erscheinungen und Ursachen

KARL KÖNIG

Das Geistig-Seelische des Kindes und seine Leibeshüllen – Zur geisteswissenschaftlichen Ursachenforschung

I. Die Nachahmungsstörung

Die Erfahrungen mit autistischen Kindern und deren Eltern in unseren Schulen und während einer Reise in den U.S.A. haben mich veranlasst zum Problem des autistischen Kindes einen Beitrag zu geben. Im Folgenden möchte ich zunächst nach der Beantwortung einer Frage suchen: Ist es möglich, die Symptome, die diese Kinder zeigen, zu verstehen und darüber hinaus dasjenige zu erfassen, was hinter diesen Symptomen steht? Ich möchte dabei vermeiden, differential-diagnostisch vorzugehen, also absehen davon, etwa den frühkindlichen Autismus von der kindlichen Schizophrenie oder präpsychotischen Zuständen abzugrenzen. Vielmehr sollen die Symptome zunächst als beobachtbare Phänomene beschrieben werden und ich will versuchen ein Bild zu entwickeln, welches auf die Bedeutung dieser Phänomene für diese Kinder und uns hinweisen kann. Auch ist die Betrachtung zunächst nicht darauf gerichtet, Ursachen zu finden, und ich will mich zunächst jeglicher kausalen Interpretation enthalten. Was ich beschreibe, sind also Symptome, die gegenwärtig dem frühkindlichen Autismus zugeschrieben werden, wo sie in der klarsten Form zum Ausdruck kommen. Dabei folge ich den Beschreibungen eines der führenden amerikanischen Kinderpsychiater, Chapman, wie er sie in der Fachzeitschrift »American Journal for Childhood Disease« aufgezeichnet hat, um dann seine Beobachtungen durch die von Leo Kanner, der als erster den frühkindlichen Autismus beschrieben hat, zu ergänzen.

Chapman sieht die führenden Hauptsymptome in folgenden:

1. Der Rückzug der Kinder von zwischenmenschlichen Beziehungen. Das Kind hat kaum eine Beziehung zu den Menschen, die mit ihm leben, und nimmt Kinder wie Erwachsene nicht erkennend wahr, übersieht sie.

Damit hängt ein zweites Hauptsymptom zusammen:

2. Die ungewöhnliche, bei diesen Kindern vorherrschende Beschäftigung mit unbelebten Gegenständen. Dies bedeutet, daß das Kind ohne Interesse in das Lebendig-Wesenhafte insbesondere der Menschenwelt, eine enge Bezie-

Zwei Vorträge, die Karl König, am 24.11, und 8.12. 1960 vor Mitarbeitern der Camphill-Rudolf-Steiner-Schulen in Schottland gehalten hat. Übersetzt und bearbeitet vom Manuskriptdruck durch Renate Sachs und Hans Müller-Wiedemann.

hung zu Sachen, zu Gegenständen hat: Stühle und Tisch, Teller und Löffel, Fenster und Türen, Wände und Fußböden, alle diese Dinge sind von größter Wichtigkeit für das Kind. Aus unseren eigenen Erfahrungen wissen wir, was es bedeutet, wenn ein solches Kind an sein Taschentuch, ein Spielzeug oder irgendwas anderes gefesselt ist.

Mit diesen Symptomen ist nun wiederum ein drittes Hauptsymptom verbunden, welches von Chapman beschrieben wird: Der merkwürdige Trieb oder Zwang des Kindes, die räumliche Umwelt und die zeitlichen Abläufe von Ereignissen immer gleich zu erhalten. Solange die alltägliche, räumliche Position der toten Dinge nicht verändert wird, bleibt das Kind offensichtlich ruhig, ungestört und entspannt: Wenn die Möbelstücke oder die Spieluhr am selben Platz bleiben, und die Zahl der Bausteine, mit denen das Kind spielt, immer dieselbe ist. Alle Beobachter dieser Kinder stellten mit Erstaunen fest, welch ein unbeirrbares und sicheres Konzept ein solches Kind hinsichtlich dieser räumlichen Arrangements hat: Wenn zum Beispiel 40 Bausteine überall im Raum verstreut liegen, wird das Kind einen fehlenden sofort in sein wahrnehmendes Bewußtsein aufnehmen. Es scheint, als seien die Kinder auf eine räumliche Ordnung der Dinge fixiert, welche sich meist auch auf zeitliche Ereignisse bezieht: Das Frühstück muß jeden Tag zur selben Zeit fertig sein, muß am selben Tisch mit denselben Tassen gedeckt werden, meist auch mit denselben Nahrungsmitteln, und nach dem Frühstück muß sich die gewohnte Routine täglicher Verrichtungen fortsetzen. Dieses dritte Hauptsymptom scheint charakteristisch für Kinder mit frühkindlichem Autismus zu sein.

Wir fanden also als eine Dreiheit von zusammengehörenden Phänomenen: Die mangelnde zwischenmenschliche Beziehung, die Fixierung auf unbelebte Dinge und die Gleicherhaltung von räumlichen Arrangements und zeitlichen Abläufen. Eine erste Deutung kann sich uns ergeben: Wir können uns ein Wesen vorstellen, welches als das einzig beseelte in einer vollkommen unbeseelten Welt erscheint, als ein Zentrum, ähnlich wie eine Spinne im Zentrum ihres Netzes sitzt, wobei das Tier dieses Netz selbst aufgebaut hat, in dessen Mittelpunkt es sitzt. Wenn immer eine leise Störung in diesem unbelebten Netz auftritt, beginnt die Spinne etwas zu veranstalten, was auch ein autistisches Kind tut: Es beginnt unruhig zu werden, beginnt zu schreien usw.

Eine weitere Dreiheit von Symptomen muß nun betrachtet werden, die offenbar zusammenhängt mit den Sprachstörungen autistischer Kinder. Zunächst scheint es mir nicht berechtigt zu behaupten, daß diese Kinder nicht sprechen können; vielmehr scheint es mir richtiger zu sagen, daß sie potentiell sprechen können, aber es nicht tun. Ein Drittel dieser Kinder produziert

Worte, aber dieses Sprechen hat nicht die Qualität, welche Sprache auszeichnet: Die Fähigkeit zu kommunizieren. Das Kind spricht nicht, um eine Beziehung zu einem anderen Menschen aufzunehmen, da der andere Mensch nicht zu existieren scheint. Die Sprachproduktion dieser Kinder bleibt bloßer Ausdruck und wird nicht Kommunikation. Wir finden deshalb auch die Sprechform der sogenannten Echolalie: Das Kind wiederholt das vom anderen Menschen gehörte Sprechen oder tut dies oft nach Tagen oder Monaten, was L. Kanner als «verzögerte Echolalie» beschrieben hat. Wir können hinzufügen: Seine Sprache ist *weder kommunikativ, noch individualisiert.*

Schließlich führt Chapman noch ein anderes Symptom des gestörten Sprachgebrauchs an: Autistische Kinder haben die größten Schwierigkeiten, sich affirmativ zu äußern. Das unmittelbare Verstehen des Wortes «ja» scheint diesen Kindern verborgen zu sein; «ja» sagen zu können und urteilend zu wissen, was «ja» bedeutet, ist ihnen gewöhnlich nicht möglich. Gleiches gilt für die Unterscheidungsfähigkeit zwischen «ich» und «du», wenn ich z. B. zu dem Kind sage: «Ich werde dir Milch geben», wird das Kind mich «ich» und sich selber «du» nennen, weil ich mich selbst «ich» genannt habe und das Kind zu sich mit dem Wort «du» zurückkehrt. Es wird das Wort «du» nicht als ein Beziehungswort zu seinem eigenen Ich entdecken, sondern sich selbst damit «bezeichnen».

Die hier aufgeführten Störungen des Sprachgebrauches scheinen mit den *Störungen der Bewegung* dieser Kinder in Zusammenhang zu stehen. Zwar finden wir keine Behinderungen der Bewegung oder der motorischen Bewegungsabläufe, aber merkwürdige, bizarre Bewegungsformen, die sich endlos wiederholen; – oder ein autistisches Kind zieht sich zurück, ist stundenlang bewegungslos oder wirft den Kopf von einer Seite zur anderen. Wir kennen diese Kinder unter uns, die sich plötzlich vor dem Kamin niederlassen, zu schaukeln beginnen und in die Hände klatschen, und die diese sinnlos erscheinenden Bewegungen endlos fortsetzen, als würden sie mit dem ganzen Körper grimassieren.

Ein drittes Symptom dieses zweiten Dreierkreises, welches von Chapman und auch Kanner als der Erinnerung zugeordnet beschrieben wurde, besteht darin, daß diese Kinder lange Passagen von Gedichten oder Melodien repetieren können und dies in einer ganz unpersönlichen Weise, ohne Beziehung zu ihrer gegenwärtigen Umgebung. Wir können jetzt die drei zuletzt geschilderten Symptomkreise als eine zweite Dreiheit zusammenschauen: Die bizarren Bewegungsformen, den gestörten Sprachgebrauch und die repetative, unpersönliche Erinnerungstätigkeit. Damit haben wir, Chapman folgend, die Hauptsymptomatik des frühkindlichen Autismus beschrieben.

Um zu zeigen, wohin klare Beobachtungen führen können, möchte ich jetzt ergänzend L. Kanner aus einigen Stellen seiner Arbeiten zitieren:[1] «Zum frühkindlichen Autismus gehören nur die Kinder, die schon als Kleinstkinder autistisches Verhalten zeigen. Fast jede Mutter erinnert sich mit Erstaunen daran, wenn ihr Kind keine antizipatorischen Haltungen einnimmt,wenn die Mutter im Begriff ist, das Kind auf den Arm zu nehmen.» Wir wissen ja, daß jedes Baby bestimmte Bewegungen macht, wenn die Mutter kommt, um es aufzunehmen. Diese antizipatorisch-instinktiven Haltungen vor dem Aufgenommen-Werden fehlen.

Im Zusammenhang der Beschreibung der verzögerten Echolalie bemerkt Kanner: «Bejahung wird beim autistischen Kind durch die genaue Wiederholung einer Frage ausgedrückt:

Ein Kind lernte 'ja' sagen als sein Vater ihm versprach, daß er es auf seine Schultern setzen würde, wenn es 'ja' sagte. Dieses Wort erhielt daraufhin über viele Monate hindurch die 'Bedeutung' des Wunsches, auf die Schultern des Vaters gesetzt zu werden. Dieselbe Art von 'Wörtlichkeit' besteht auch in Bezug auf Präpositionen. Ein Junge wird gefragt: 'What is the picture *about?*' und antwortet: 'People are moving *about'*. Ein anderer Junge korrigierte die Aussage seines Vaters: *'About* the pictures on the wall': The pictures were 'near the wall'. Donald, der gebeten wird 'to put something down', legt prompt den Gegenstand auf den Fußboden. Die Bedeutung eines Wortes wird offenbar unbeweglich und kann nicht außerhalb der ursprünglich angenommenen Connotation gebraucht werden». Kanner bemerkt weiter, daß nicht nur das Wort selbst, sondern auch die Intonation des Sprechers im ursprünglichen Kontext festgehalten wird. Weiterhin schreibt Kanner: «Ein Kind kann zur Verzweiflung gebracht werden, wenn die Routine verändert wird, Möbel umgerückt werden, Muster oder Reihenfolgen, in denen die täglichen Dinge ablaufen, sich ändern.» «Als John's Eltern in ein neues Haus zogen und die Möbelpacker den Teppich in John's Zimmer aufrollten, war er völlig außer sich und beruhigte sich erst, als sein Zimmer im neuen Haus genauso eingerichtet worden war, wie sein altes. Er sah zufrieden aus, alle Angst war verschwunden und er streichelte liebevoll jedes Stück an seinem gewohnten Platz im Zimmer.»

«Wenn ein Erwachsener sich irgendwie gewaltmäßig in das Spiel einschaltete, in dem er z.B. einen Bauklotz wegnahm oder auf einen Gegenstand versehentlich trat, den das Kind brauchte, so erregte und ärgerte sich das Kind über die Hand oder den Fuß, aber nahm keine Notiz vom ganzen Menschen; oder als dasselbe Kind mit einer Nadel gestochen wurde, zeigte es keine Furcht vor dem stechenden Menschen, sondern vor der Nadel».

«Die genauen Tagebücher und Berichte über Kinder, die 25 Fragen und Antworten des presbyterianischen Katechismus aufsagen oder 37 Kinderlieder singen oder zwischen 18 Symphonien unterscheiden gelernt hatten, geben eine sprechende Illustration elterlicher Besessenheit».

Derartige Beobachtungen haben wir auch bei den Kindern unserer Schule hier immer machen können und wir können uns jetzt fragen: hat eine dieser beiden Triaden von Symptomen, die wir jetzt kennengelernt haben, eine größere Bedeutung für das Verständnis dieser Kinder als die andere? Ist die eine bedeutungsvoller und zeigt uns die andere nur Folgeerscheinungen? Unter Einbezug des Familien-Hintergrundes habe ich den Eindruck, daß das Hauptsymptom, um welches sich alle anderen gruppieren, *im Verlust oder dem Mangel zwischenmenschlicher Beziehungnahme* besteht. Stellen wir dieses Symptom also in den Vordergrund, so haben wir vielleicht in den folgenden Betrachtungen die Möglichkeit, etwas mehr über das ganze Entstehungsbild kennenzulernen.

Zunächst soll aber das Problem noch von einer anderen Seite beleuchtet werden. Bei verschiedenen Gelegenheiten, darunter auch anläßlich eines Beitrages vor den Eltern unserer Kinder, hatte ich Anlaß darauf hinzuweisen, daß wir unterscheiden müssen zwischen Entwicklungsstörungen (Mental disorder) und Entwicklungsbehinderungen (Mental handicap). Anhand der Sprache versuchte ich zu zeigen, daß diese zwei Erscheinungsformen hat: eine motorische Seite und eine sensorische. Die sensorische hängt zusammen mit dem Verstehen und den Bedeutungen, die motorische mit dem Handeln und dem Ausdruck. Wenn wir sprechen, verwenden wir motorische Fähigkeiten unserer Existenz, jedoch waltet gleichzeitig in dem, was wir sprechen, Bedeutungsvolles und dies ist die andere Seite. Diese Seite ist mit dem Wort verbunden – nicht mit dem gesprochenen Wort, sondern mit dem Worte, welches wir verstehen. Weiterhin habe ich zu zeigen versucht, daß alles das, was wir als Entwicklungsbehinderung bezeichnen, auf einer motorischen Störung beruht, während die Entwicklungsstörungen eine *Sinnesstörung* beinhalten – im weiteren Sinne eine Störung des Verstehens und des Erkennens von Bedeutungen.

Sprechen wir also von einer Entwicklungsbehinderung, so meinen wir etwa ein Kind, einen Jugendlichen oder einen Erwachsenen, der behindert ist aufgrund einer gestörten motorischen Entwicklung – nicht also einer Störung des Ausdrucks, der Mimik oder der Gesten, sondern einer motorischen Unfähigkeit, z.B. bei einer Athetosis, beim Mongolismus, bei Hirnschädigungen, Halbseitenlähmungen usw. Allgemein gesagt, ist bei diesen Phänomenen die persönliche Entfaltung der *motorischen Individualität* behindert. Dies bedeutet, daß alle Entwicklungs*behinderungen* zusammenhängen mit einer verzögerten, unvollendeten oder unterbrochenen Entwicklung der drei Schritte während der ersten drei Lebensjahre, der Entwicklung der Fähigkeit zu gehen, zu sprechen und zu denken. Diese drei Fähigkeiten gehören, wie R. Steiner so eindringlich in der verschiedensten Weise beschrieben hat, zu der motorischen Seite. Etwas ganz anderes sind die Entwicklungs*störungen:* Diese beruhen auf einer eingeborenen oder später erworbenen Unfähigkeit, eine vollständige oder nur teilweise Eingliederung in die Bedeutung all dessen zu gewinnen, was uns in der Sinneswelt umgibt. Wenn ein Kind nicht integriert ist in dasjenige, was ein Buch, ein Fenster, ein anderer Mensch oder irgendein Gegenstand bedeuten, wird eine Entwicklungsstörung die Folge sein. Es handelt sich dabei eben nicht um eine mangelnde Funktion von Gehen, Sprechen und Denken, sondern um eine Entwicklungsstörung der drei höheren Sinne, Wortsinn, Gedankensinn und Ichsinn. Diese beiden Seiten, die ich hier zu beschreiben versuche, sind miteinander verbunden, denn mit dem Gehen wird der Wortsinn entwickelt, mit dem Sprechen der Gedankensinn und mit dem Denken der Ich-Sinn.[2] Aus diesen Zusammenhängen können wir ein erstes Bild des vor uns liegenden Problems formen.

In seinen grundsätzlichen Beschreibungen hat Max Scheler entdeckt, – was bis heute nur von wenigen Menschen im Felde der Psychologie und Philosophie erkannt worden ist – daß die Welt, zu welcher das neugeborene Kind aufwacht, nicht zunächst in der Erkenntnis von *Dingen* entsteht, sondern ausschließlich in der erkennenden Wahrnehmung dessen, was er als «Ausdruck» der Welt bezeichnet. Das Kind nimmt den Ausdruck im Antlitz der Mutter wahr, nimmt wahr, ob die Mutter lächelt oder streng ist, ob sie sich zuwendet oder zurückzieht. Das Kind sieht anfänglich nicht die räumlichen Formen, die der Mund, die Augen oder die Falten des Gesichts bei den Ausdrucksbewegungen annehmen: Das Kind sieht das alles als ein Ganzes und nimmt das Seelische, die Liebe, die Zuwendung seiner Mitwelt wahr. Scheler macht deutlich, daß dieser ganze Vorgang des Lernens sich langsam in der Entwicklung des Kindes von diesem allgemeinen Gesamtbild auf das Gegenständliche hin verengt, wenn das Kind lernt, den seelischen Ausdruck *an den Dingen* zu entdecken.[3] Fragen wir uns, was denn eigentlich das Neugeborene in diesem Ausdruck der Welt wahrnimmt und erkennend entdeckt, so werden wir auf die aufgehende Sonne der drei höheren Sinne hingewiesen, welche hinter dem Neugeborenen zu erscheinen beginnt und dann allmählich in die Organisation sich hereinbildet im Zusammenhang mit der Entwicklung des Gehens, aus welcher der Wortsinn aufwacht, des Sprechens mit dem Erwachen des Gedankensinnes und des Denkens mit dem Erscheinen des Ich-Sinnes. Damit beginnt das Kind, die allgemeine Haltung seiner Umgebung *wahrnehmend zu verstehen,* dasjenige was Scheler ihren «Ausdruck» nennt; aber das Kind lernt auch langsam zu *unterscheiden,* zwischen den vielen Wesen und Dingen, welche es umgeben.

Nachdem wir diese Erkenntnisrichtung gewonnen haben, können wir uns einem nächsten Erkenntnisfelde zuwenden, indem wir uns dessen erinnern, was R. Steiner in Bezug auf die Entwicklung des Kindes von der Geburt bis zum Zahnwechsel ausgeführt hat. Dabei handelt es sich im wesentlichen um das Folgende: Die Formkräfte, die während der ersten sieben Jahre im Aufbau und der Ausmodellierung der Organe des kleinen Kindes gewirkt haben, diese Formkräfte wandeln sich gleichsam in eine höhere Ebene, in welcher sie Seelenkräfte werden. Sie werden Gedankenkräfte, und dies bedeutet eine Metamorphose derselben Kräfte, mit denen das Kind seine Organe ausmodelliert hat und mit denen es jetzt im Schulalter die ersten abstrakten Gedanken bilden kann. Diese Metamorphose wird von Rudolf Steiner als das wesentliche Ergebnis der kindlichen Entwicklung im ersten Lebensjahrsiebt bis zum Schulalter geschildert. Was da umgestaltet wird im Organleben des Kindes, bezieht sich vor allen Dingen auf die physische Leiblichkeit, während die ätherische und astralische Organisation, sowie das Ich noch in der mütterlichen Hülle verbleiben. Bei der Geburt wird der physische Leib geboren. In ihm arbeiten die Formkräfte, und erst langsam im Laufe der ersten sieben Lebensjahre wird der Ätherleib geboren – zunächst während der ersten drei Jahre in der Gegend des Hauptes, im zweiten Drittel der ersten 7 Jahre im mittleren System und erst um das 6. u. 7. Lebensjahr wird die ätherische Organisation im unteren Teil, dem Stoffwechsel-Gliedmaßen-Organismus geboren. Diesen Zusammenhang hat R. Steiner vor allen Dingen in dem 7. Vortrag der Vortragsreihe über die Erziehung des Kindes vom Dezember 1921 bis zum Januar 1922 in Dornach beschrieben.

Für die gestörte Entwicklung autistischer Kinder sind die Ausführungen R. Steiners von großer Bedeutung, und ich möchte deshalb einiges aus dem genannten Vortrag zitieren[4]: «Da ist das als Seelisches zu beobachten, was vorher im Organismus drinnen gesteckt hat und organisch tätig war. Wenn man dies aber ins Auge faßt, wird man einsehen, daß diese besondere organische Tätigkeit des Kindes in der plastischen Ausgestaltung des Gehirnes, in der Heranbildung der übrigen Organisation etwas ganz besonderes bedeutet .... Das Kind ist mit dieser Organisation beschäftigt.» Am Beginn desselben Vortrages: «Und insbesondere im allerersten Lebensjahr schließt das Kind gewissermaßen die Tore seines Seelenlebens ganz und gar noch gegen die Außenwelt ab, namentlich vermöge dessen, was es in den allerersten Lebensjahren entwickelt gegen alles, was aus dem *Willen* der außenstehenden Persönlichkeit mit dem Kinde vorgenommen werden soll.» Wir sollen aus dem Gesagten lernen, daß das Kind zunächst gegenüber demjenigen, was wir äußerlich wollen durch die innere Natur seiner Entwicklungsprozesse abgeschlossen ist, da sich das Kind beschäftigt mit der Ausbildung seiner Organe und nicht mit der äußeren Welt. Dagegen aber – um das bisher einseitige Bild zu vervollständigen – macht R. Steiner darauf aufmerksam, daß es eine erzieherische Kraft in der Umgebung des Kindes gibt, die heute mehr und mehr auch in das Bewußtsein Eingang gefunden hat – diejenige Kraft, die aus der Nachahmung erfließt. Für diese ist das Kind offen, es ist abgeschlossen gegenüber unserem Willen, gegenüber den willentlichen Kräften der Umgebung. So können wir sehen, daß wenn wir in der Umgebung des kleinen Kindes etwas *bewußt wollen,* sich das Kind abschließt oder sperrt, wenn ich mich aber ihm als derjenige, der ich *bin,* zuwende und wahrgenommen werde, dann beginnt die Nachahmung.

In den Worten R. Steiners: «Und das ist gerade beim Kinde in diesen 2 1/2 ersten Lebensjahren von ganz besonderer Bedeutung, daß es nicht für den fremden Willen zugänglich ist, aber daß es ein feines, instinktives Wahrnehmungsvermögen hat für alles das, was in seiner Umgebung vorgeht, insbesondere für das, was in den Personen vorgeht, – wozu ja die Erzieher in ganz besonderem Maße gehören – mit denen es in einem gewissen seelischen Rapport steht. Nicht etwa, daß der äußere Blick schon ganz besonders geschärft wäre, das ist nicht der Fall; nicht das ausgesprochene Sehen macht es aus, sondern ein *Gesamtwahrnehmen* intimster Art richtet sich nach dem, was in der Außenwelt um das Kind herum vorgeht und was nicht mit der Absicht vorgeht, daß auf das Kind besonders eingewirkt werden soll. Das Kind wehrt sich ganz unwillkürlich gegen dasjenige, was bewußt auf es einwirken will, besonders in den ersten 2 1/2 Lebensjahren.» Von einem anderen Aspekt beschreibt R. Steiner denselben Vorgang später in dem grundlegenden Buch «Die Erziehung des Kindes vom Gesichtspunkt der Geisteswissenschaft»:[5] «Wie die Natur vor der Geburt die richtige Umgebung für den physischen Menschenleib herstellt, so hat der Erzieher nach der Geburt für die richtige physische Umgebung zu sorgen. Nur diese richtige, physische Umgebung wirkt auf das Kind so, daß seine physische Organe sich in die richtigen Formen prägen ... Was in der physischen Umgebung vorgeht, das ahmt das Kind nach und im Nachahmen gießen sich seine physischen Organe in die Formen, die ihnen dann bleiben.» Rudolf Steiner beschreibt also ein «Gesamtwahrnehmen», wobei wir unter demjenigen, was in dieser Weise in der physischen Umgebung wahrgenommen wird, alles dasjenige verstehen lernen müssen, was der andere Mensch ist, was er tut, einschließlich dessen, was er denkt, das Gute und das Häßliche, das Moralische und das Unmoralische. Alles dieses arbeitet an dem kleinen Kind, hilft ihm oder behindert es in dem weiteren Aufbau der Organe nach der Geburt.

In dem oben zitierten Aufsatz erwähnt R. Steiner Aristoteles, welcher die Nachahmungsvorgänge, die Imitation, beschrieben hat und den Satz ausgesprochen hat, daß der Mensch das nachahmendste Tier sei. Manches, was Aristoteles in seinen Büchern zur Politik und zur Physik an vielen Stellen über die Imitation sagt, mag für uns heute merkwürdig klingen, jedoch führt er uns in der Frage nach dem Wesen der Nachahmung zu einem wichtigen Zusammenhang hin, indem er auf die Künste hinweist: «Im allgemeinen vollenden die Künste in einem gewissen Sinne dasjenige, was die Natur unfähig ist, zu Ende zu bringen, ahmen sie die Natur nach.» Dieser Vorgang künstlerischer Betätigung wird bei Aristoteles mit dem Nachahmen in Zusammenhang gebracht. Wir gebrauchen im Künstlerischen dieselben Kräfte in uns, mit denen etwa die Natur einen Baum gestaltet hat. Aristoteles hat dies so ausgedrückt: «Der Mensch liebt es, menschliche Tätigkeiten zu imitieren, wenn er die Flöte bläst oder die Leier spielt oder wenn er Rhythmen tanzt. Die Musik kann in der Tat besser als jede andere Kunst den Charakter zum Ausdruck bringen und ist deshalb die am meisten imitierende Kunst unter den Künsten.» Aristoteles versteht unter der Nachahmung der Künste nicht einen einfachen Naturalismus, sondern die schöpferische Nachgestaltung derjenigen wesenhaften Kräfte, die in den Erscheinungen der Natur wirksam sind: «Jede Kunst – die des Schiffbaues, die Kunst des Heilens oder die Kunst der Dichtung – ist so die Nachahmung der Werke und der Tätigkeiten der Natur. Die Dichtung gebraucht als Medium nicht Form und Farbe, wie die Malerei, sondern die Stimme, wie die Musik. Sie gebraucht die Rhythmen, die Harmonie und die Sprache, um die Tätigkeiten der Menschen nachzuahmen, ihr Leiden, ihr Glück und Unglück».[5] Diese Kraft, die da nachahmend tätig ist, haben die Griechen «Mimesis» genannt und wenn wir sie recht verstehen, so werden wir durch Aristoteles auf jene Kräfte hingewiesen, die im schöpferischen Vorgang die Organe des Kindes gestalten und die später zu seelischen Tätigkeiten frei werden.

Weiter müssen wir ins Auge fassen, was Rudolf Steiner als ein solches besonderes Gesamtwahrnehmungsorgan geschildert hat, welches wir auch ein allgemeines Licht-Wahrnehmungsorgan nennen können, das mit jedem Sinnesorgan verbunden ist. Dieses gibt dem kleinen Kind schon nach der Geburt die differenzierte und feine Fähigkeit, alles dasjenige wahrzunehmen, was in seiner Umgebung lebt, und das Wahrgenommene, so wie es der Künstler tut, zum Bauen seiner Leibesorgane schöpferisch zu verwenden. Wie stark diese Kraft sein kann, hat der einstmalige Rektor der Universität Tübingen, Prof. Nitschke, in seiner Antrittsrede über die Nachahmungskräfte an einem Beispiel beschrieben: Er schilderte ein kleines Mädchen von 10 Monaten, welches in die Klinik gebracht wurde in einem Zustand völliger Apathie. Die Mutter, eine liebevolle, gute Frau, hatte monatelang versucht, das Kind auf alle möglichen Arten zu füttern, aber vergebens. Das Kind aß nicht, nahm nicht zu und die Mutter sagte von sich selbst, daß sie jetzt schon vor jeder Mahlzeit so irritiert und verzweifelt sei, daß sie jedesmal beim vergeblichen Versuch, Kontakt zu dem Kind herzustelllen, in Tränen ausbricht. In der Klinik wird bemerkt, daß die Haltung des Kindes immer so ist, daß es seinen Oberkörper zwischen die gestreckten Beine legt, das Köpfchen zur Seite dreht und mit ernsten, sorgenvollen Augen in die Welt blickt. Nitschke glaubte, daß dieser Zustand auf die irritierte Haltung der Mutter zurückzuführen sei und legte das Mädchen in eines der Kinderzimmer, in der Hoffnung, daß bald alles überwunden sei. Zu seiner Überraschung änderte sich monatelang überhaupt nichts; eines Tages aber bemerkte er, daß das Kind ein Spielzeug hatte und zwar ein langgliedriges Häschen mit baumelnden Beinen und einem kleinen, zarten Körper. Dieses Stofftier lag immer in der gleichen Stellung wie das Kind neben ihm im Bett. Man nahm ihm vorsichtig das Spielzeug weg und ersetzte es durch ein Lämmchen, das auf seinen vier Beinen stand. Nach ein paar Tagen begann das Kind zu essen, stand auf und war nach sechs Wochen gesund. An diesem Beispiel wird die Macht der Nachahmung offenbar.

Nach diesem Exkurs wollen wir zu der Frage nach dem autistischen Kind zurückkehren. Ist es nicht möglich, daß die Fähigkeit nachzuahmen, nachahmend teilzuhaben an der Welt, in diesen Kindern nicht entwickelt ist? Ist es vielleicht so, daß dieses allgemeine Wahrnehmungsorgan, mit dem das Kind aktiv die Menschen seiner Umgebung wahrnimmt, aus irgendeinem Grunde nicht tätig wird? Das Kind bleibt von der Welt abgeschlossen. Es entwickelt sich, aber die Entwicklung geschieht ohne die schöpferischen Kräfte der Mimesis. Dies ist vielleicht eine erste Erkenntnis, die wir an den beschriebenen Phänomenen gewinnen können: Daß es sich bei dem Bilde des frühkindlichen Autismus nicht um eine Entwicklungsbehinderung, sondern um eine Entwicklungsstörung handelt, also um eine Wahrnehmungsstörung, und daß diese Wahrnehmungsstörung zustande kommt durch etwas, was eng verbunden ist mit dem Nachahmungsgeschehen. Von dieser Einsicht ausgehend, werden wir im Folgenden versuchen, das Ich des Menschen und seine Entwicklung zum Ich-Bewußtsein in der frühen Kindheit zu verstehen.

II. Ich-Bewußtsein und Hüllenbildung.

Ich will anknüpfen an den Vorgang der Imitation, welcher mit den grundlegenden plastisch-formenden Prozessen verbunden ist, welche im Kind am Werk sind: Diese Kräfte bilden die Organe des Leibes weiter bis zum Zahnwechsel, wenn diese Kräfte sich metamorphosieren in diejenigen seelischen

Fähigkeiten, mit denen das heranwachsende Kind in der Schule lernen kann. Wie tiefgreifend in extremen Fällen die Kraft der Mimesis sein kann, haben wir an einem Beispiel erfahren können, ein weiteres soll hier aus gleicher Quelle angeführt werden: In die Kinderklinik wurde ein kleines Mädchen gebracht, welches hinkte, seit es gehen gelernt hatte. Es hielt das linke Bein immer steif und man nahm zuerst an, daß es sich um eine Hüftgelenksstörung handelte. Die Untersuchungen ergaben jedoch nichts derartiges und erst als Prof. Nitschke die Familie des Kindes besuchte, stellt sich heraus, daß der Vater eine Beinprothese trug und das Kind den Gang des Vaters nachgeahmt hatte. Es scheint, als ob in dem autistischen Kinde gerade das Gegenteil dieser extremen Imitationskraft vorliegt, daß die Fähigkeiten der Nachahmung sich nicht entwickeln.

Die bisherigen Untersuchungen, die wir durchgeführt haben, sollten uns dazu führen, einen Heilplan für diese Kinder zu entwickeln, denn es besteht kein Zweifel daran, daß wir den autistischen Kindern helfen müssen, die Fähigkeiten der Nachahmung wieder zu gewinnen.

Wir wollen uns jetzt einer anderen Frage zuwenden, die sich auf eines der Hauptsymptome des frühkindlichen Autismus richtet: Den Rückzug von allen Formen zwischenmenschlicher Beziehung. Was bedeutet eine solche Aussage? Was ist es, dem diese Kinder in ihrem Mensch-Sein ausweichen und warum vermeiden sie die Begegnung von Individualität zu Individualität, von Ich zu Ich?

Ich habe mich gefragt, woran es liegen mag, daß wir die Begegnung mit dem anderen Menschen vermeiden, daß wir uns so verhalten, daß wir gerade nicht den anderen Menschen begegnen. Es ist dies eine sehr ernste und notwendige Frage. Wenn wir uns von jemandem verletzt oder «beleidigt» fühlen, so kann es sein, daß wir uns von diesem Menschen zurückziehen. Im Deutschen gibt es das Wort «jemanden schneiden» – die Verbindungsfäden zu ihm abschneiden und vermeiden, ihm oder ihr in die Augen zu schauen. Dies ist die eine Möglichkeit der Vermeidung: der andere Mensch ist nicht mehr als Gegenüber anwesend. Es ist dies unter Menschen eine einigermaßen typische Reaktion. Was können wir aber noch beobachten? Wir «schlagen die Augen nieder» wenn wir uns schämen, wenn wir überwältigt sind von dem Gefühl der Scham und dies durch unsere ganze Haltung zum Ausdruck bringen. Ob wir dabei erröten oder nicht, in jedem Falle möchten wir uns zurückziehen, verschwinden. Ein Gefühl des Schuldig-Seins überkommt uns aus einem uns unbekannten Ort und aus unbekannten Tiefen. Es gibt noch eine Reihe anderer verschiedener Gelegenheiten, bei denen wir Schwierigkeiten haben, den anderen Menschen von Auge zu Auge zu begegnen, so etwa wenn wir am Morgen nur schwer aufwachen und noch nicht in der

Lage sind, dem anderen zu begegnen. Wir können nun versuchen, diese verschiedenen Gelegenheiten der Scham, des «Schneidens», der Schwierigkeiten beim Aufwachen möglichst objektiv zu verstehen mit einem gewissen Maß spiritueller Phantasie. Wenn man das ernsthaft tut, entdeckt man etwas, was hinter all diesen Erscheinungen steht: Der Versuch, das Licht zu vermeiden. Wir versuchen, den Tag, den Blick, den Anblick des anderen Menschen nicht wahrzunehmen. Dieser Rückzug geschieht von der gesamten Sphäre des Lichtes, dem ätherischen Licht, dem astralischen Licht und dem Geistlicht. Wir ziehen, uns zurück vom dem Licht des Bewußtseins, dem Licht des Tages und der Sonne und dem Licht, welches von der Gegenwart und dem Blick eines anderen Menschen ausgeht. Wenn wir so das Licht in jeder Form seiner irdischen Erscheinung vermeiden, so können wir auch sagen, daß wir den Vorgang des Bewußtseinserwachens nicht vollziehen.

Versuchen wir, die geschilderten Reaktionen in Selbsterkenntnis nachzuvollziehen, so weisen sie uns auf einen gemeinsamen Ursprung hin, der zusammenhängt mit dem Augenblick unseres ersten Erwachens, wenn wir geboren werden. Wir sind nicht in der Lage, unsere Geburt – den Eintritt in diese Welt – völlig zu akzeptieren. Wir können dann auch nicht das erwachende Morgenlicht annehmen und auch nicht die Erkenntnis, die hinter dem Schamgefühl liegt, daß wir aus Scham in diese Welt geboren worden sind, daß wir die Geburt durchgemacht haben und einen Leib haben, der zwar der unsrige ist, uns aber doch fremd ist. Wenn ich dann vermeide, dem anderen Menschen zu begegnen, weil ich fühle, daß er mich verletzt hat, so weist dies nicht in die Richtung des Erwachens hin. Vielmehr wirft mich eine solche Haltung auf meinen Ursprung der leiblichen Geburt zurück, zu dem ich nicht «ja sagen», zu dem ich mich nicht bekennen kann. Nun denke man sich diesen Zustand aber nicht nur als eine vorübergehende Reaktion, sondern als etwas Bleibendes, in eine Fixierung hineingesteigert, in etwas also, das nicht von unseren augenblicklichen Gefühlen Besitz ergreift und durch den Ansturm anderer Eindrücke wieder ausgelöscht wird, sondern etwas Bleibendes unserer Existenz wird, was fortgesetzt an uns nagt, was von der Geistseele übergeht in die Astralität, von der astralischen Organisation zu der ätherischen und bis in die physische: Vielleicht war da eine überwältigende Erfahrung oder eine Kränkung, die alles andere durchdrungen, verzehrt und abgetötet hat. Wenn dieses Erleben beim kleinen Kinde bis in das Physische durchdringt, bleibt es mit einer Kraft bestehen, die zu stark ist, da das kleine Kind sein niederes Ich, d. h. sein Ich-Bewußtsein noch nicht entwickelt hat: Dann hält das Kind seine Hand dauernd vor seine Augen oder stülpt sich etwas wie einen Hut über den Kopf. Die Begegnung mit dem anderen Menschen ist vergessen oder wird vermieden. Es beginnen die autistischen Reaktionen: Statt am Lichte, am Tage oder an dem anderen Menschen aufzuwachen, erwacht das Kind am eigenen Leibe und gebraucht ihn wie einen Gegenstand. Ambivalente Gefühle, Haß und Liebe, begegnen sich gleichzeitig, das Kind sucht den anderen und zieht sich im gleichen Augenblick zurück oder wird aggressiv, um sich gegen die Begegnung, die es vermeiden will, zu wehren. Alle diese Eigentümlichkeiten sind nicht Ursache des frühkindlichen Autismus, sie sind nicht einmal Symptome, sondern die Reaktionen der Seele, die gekränkt ist, die sich schämt, die bleibend und früh, bis in die physische Organisation hinein, geschockt ist – unfähig zu überwinden und zu verwandeln, was in normalen Zusammenhängen nur eine kleine Wunde hinterlassen hätte. Hier aber entsteht eine alles umfassende tiefe Kränkung, die sich bei jeder Gelegenheit wie eine Wunde wieder öffnet. Jeder Mensch kennt in verschiedener Stärke diese Situation; aber er kennt auch diejenige, in welcher er langsam wieder lernt, dem anderen Menschen frei zu begegnen. Wie geschieht es, so können wir fragen, daß wir immer wieder die Möglichkeit haben, zu dem Ich des anderen Menschen aufzuwachen – dem anderen direkt zu begegnen, nicht durch Gewohnheit, Bilder oder in Phrasen, sondern unmittelbar und direkt? Diese Fragen können zunächst das Problem des Autismus beleuchten und ich möchte hinzufügen, daß Erziehung ja eigentlich nichts anderes ist, als dasjenige möglich zu machen, was die meisten Menschen versuchen zu vermeiden: die Begegnung mit dem anderen Menschen. Im Laufe der kindlichen Entwicklung geht diese Begegnung durch verschiedene Stadien, die R. Steiner in dem gewichtigen Büchlein über die Erziehung des Kindes beschrieben hat: Die Nachahmung der ersten sieben Lebensjahre und das Aufblicken zu der geliebten Autorität im anderen Menschen im zweiten Lebensjahrsiebt. Diesen Schritten wollen wir uns jetzt im Hinblick auf das autistische Kind zuwenden.

Im ersten Stadium, der Nachahmung, imitiert und wiederholt das allgemeine Wahrnehmungsorgan, von dem wir schon gesprochen haben. Das Kind imitiert und wiederholt die Bewegung, die Aktivität seiner Umgebung; es spielt das, was die Erwachsenen tun. Und genau das Maß von Moralität, das in den Handlungen des Erwachsenen lebt, wirkt auch durch die wiederholende Aktivität des Kindes bis in die Bildung seiner Organe hinein. In dem zweiten Stadium nach dem 7. Lebensjahr lernt das Kind während seiner Schulzeit zu seinem Lehrer aufzublicken, begegnet im vertrauenvollen Aufschauen Vater und Mutter und all dem, was das Kind seelisch umgibt. Seine Gefühle werden geformt und erzogen durch die Sympathie und Antipathie, durch die Schönheit dessen, was das Kind umgibt. Auf diese Weise begegnet das Kind von Mensch zu Mensch der Welt bis nach der Pubertät. Da beginnt das Kind mit einem gewissen Maß an Freiheit seine eigenen Urteile zu bilden.

Es wiederholt aktiv und urteilend die Art und Weise, wie andere Menschen denken, mit oder ohne Wärme und Enthusiasmus. Diese drei Schritte der kindlichen Entwicklung bereiten dasjenige vor, was dann seinen Höhepunkt findet in der Begegnung von Ich zu Ich. Bezüglich der Ich-Entwicklung hat nun R. Steiner auf ein menschheitliches Bewußtseinsproblem hingewiesen, dessen Verständnis von hoher Bedeutung für die Klärung des autistischen Geschehens ist. R. Steiner bemerkt nämlich, daß der Mensch ursprünglich bestimmt war, nach der Geburt seiner Ich-Wesenheit um das 21. Lebensjahr vom Ich her seine Seelenglieder in der darauf folgenden Lebenszeit so umzugestalten und weiterzubilden, daß er erst um die Mitte des Lebens ein volles Bewußtsein seiner selbst als umfassendes Ich-Bewußtsein entwickeln sollte. Es ist diese Entwicklung jedoch durch einen bestimmten Einschlag in der Menschheitsgeschichte gestört und abgelenkt worden und der Mensch kommt verfrüht, d. h. um das 3. Lebensjahr zum Ich-Bewußtsein. Aus geisteswissenschaftlicher Forschung beschreibt Rudolf Steiner diesen «Einschlag» wie folgt: «Woher kommt das, daß der Mensch, wenn er als äußere Organisation betrachtet wird, sein Ich gebiert zwischen dem 28. und 35. Jahr – aber es in Wirklichkeit in frühester Kindheit gebiert? Das kommt von dem Verschieben des inneren Menschen gegenüber dem äußeren Menschen durch luziferische Kräfte. Es sind, wie wir es immer darstellen mußten, die luziferischen Kräfte dasjenige, was ein Zurückbleiben in der Zeit bedeutet. Unser Ich beruht, wie wir es in uns tragen, auf luziferischen Kräften, denn es beruht auf Zurückerinnerung auf das, was von uns von unserem Erleben zurückgeblieben ist. Luzifer löst los, dieses Ich. Daher lebt es losgelöst von der äußeren Organisation.[7] In der regulären Entwicklung des Kindes bringt dieser menschheitlich verfrühte Bewußtseinseinschlag um das 3. Lebensjahr als wesentliches Ereignis die Fähigkeit der Erinnerung hervor durch die Erwekkung des Ich-Bewußtseins als Ausdruck der Individualität. Wir erinnern uns selbst, schauen zurück zu unserem wahren Ich, welches sich jetzt und fortan an der Leibesorganisation als Ich-Bewußtsein *spiegelt*. Es entwickelt sich dadurch aber auch erstens die Fähigkeit des Kindes Ich zu sich zu sagen, zweitens ein Bewußtseinszentrum für die Verinnerlichung von Sinneswahrnehmungen und drittens jene Veränderungen der Umweltbeziehungen, die als «Trotzperiode» beschrieben worden sind. «Von da ab stellt das Bewußtsein überall sich selber in Verbindung mit der Außenwelt.»[8]

Was sich da um das 3. Lebensjahr für das weitere Leben konstituiert, hat R. Steiner auch als das niedere Ich gekennzeichnet, das *Bild* des Luzifer durch welches die irdische Individualität sich begründet.[9] Von diesem Zeitpunkt an verdunkelt sich das Erleben des wahren Ich für das jetzt erwachte Ich-*Bewußtsein*. Man muß dabei jedoch ins Auge fassen, daß dieses Ereignis in der regulären kindlichen Entwicklung einen gewissen Abschluß von Entwicklungsschritten anderer Art darstellt, die schon vorgeburtlich, d. h. während der Embryonalzeit, beginnen. Diese Entwicklungen und deren Störungen sollen im Folgenden charakterisiert werden.

Bei den Kindern, die wir autistische nennen, zeigt sich uns zunächst die Weise, wie das Ich in der Leibesorganisation um das 3. Lebensjahr aufwacht, als ein pathologischer Vorgang, der nicht in dem regulären Ich-Bewußtsein resultiert, sondern sich in tieferen leiblichen Prozessen abspielt. Das Kind zieht sich aus der Umweltbeziehung zurück, vermeidet einerseits Sinneswahrnehmungen, mit Ängsten und emotionalen Ausbrüchen reagierend, und ist andererseits Zwängen und Bewußtseinsveränderungen in bezug auf die Außenwelt ausgeliefert. Das autistische Kind scheint sich unter der Schwelle des regulären Ich-Bewußtseins als Eigenwesen zu konstituieren. Wir müssen deshalb nach den Vorbedingungen einer solchen Entwicklung im 3. Lebensjahr fragen, welche oft ausgelöst wird durch die Geburt eines Geschwisters, die plötzliche Abwesenheit eines vertrauten Menschen oder ein Schockerlebnis.

In der regulären Bewußtseinsbildung muß sich diese auf wichtige *vorangegangene Entwicklungen stützen:* Die Ausbildung von leiblichen, seelischen und geistigen «Hüllen», in denen das Kind eingebettet ist als Vorbedingung für das zentrale Ereignis des Ich-Bewußtseins. Diese Hüllen müssen intakt aufgebaut sein, damit der «Blitz» des Bewußtseinseinschlages um das 3. Lebensjahr ertragen werden kann. Wir werden durch die folgende Charakterisierung dieser «Hüllen» und ihrer Störungen beim autistischen Kind zur Einsicht kommen können, daß es sich beim autistischen Kind um eine *Entwicklungsdissonanz* der Polaritäten von umkreisorientierter Hüllenbildung und der zentralgerichteten Bewußtseinsbildekraft handelt, deren Symptome meist eben gerade um das 3. Lebensjahr in Erscheinung treten und als Autismus diagnostiziert werden.

Wir gehen davon aus, daß im *Umkreis* des kindlichen Bewußtseins – sozusagen am Horizont seiner Existenz – die Sonne des höheren Ich oder wie es R. Steiner auch genannt hat, des wahren Ich, erscheint. Wenn das Kind geboren ist, beginnt dieses Licht zu erscheinen, gleichsam noch weit entfernt in der Morgenröte des Lebens. Dieses Licht strahlt gleichsam in die Existenz des Kindes im Wortsinn, im Gedankensinn und im Ich-Sinn herein. Es handelt sich dabei noch nicht um die differenzierte Ausprägung des gereiften Wort-Gedanken-, und Ich-Sinnes, die erst im Laufe der frühen Entwicklung erfolgt, vielmehr um etwas Strahliges, allgemein Sonnenhaftes, Umhüllendes, welches die drei höheren Sinne aufweckt, zu ihrer Entwicklung führt, gleichsam ihr Heranreifen initiiert.

Im Bilde sehen wir im irdischen Raum das gerade geborene Kind in der

Wiege oder in den Armen der Mutter liegen, umgeben von dem Licht des noch fernen wahren Ich, welches das Kind im anderen Menschen sucht. Wir können dies auch so sagen: wenn das Kind in seinem physischen Leib in den Raum hineingeboren wird, so braucht es Hüllen seines irdischen Daseins, Schutz, Wärme und Liebe. Die ätherische Organisation, der Astralleib des Seelischen und das Ich des Kindes bedürfen der mütterlichen Hüllen. Zwischen dem Licht des höheren Ich und der leiblichen Natur beginnt das Kind sich zu entwickeln, lernt zu gehen, zu sprechen und zu denken und erweckt durch diese sich entwickelnden Fähigkeiten die Wahrnehmungskraft der drei höheren Sinne, die von Anfang an alles erleuchten. Diese Entwicklung des physischen Leibes nach seiner Geburt kann sich aber nur dann abspielen, wenn die rechten Bedingungen in Bezug auf die Hüllen gegeben sind. In die Entwicklung soll die eigene ätherische Organisation, der Astralleib und das Ich noch nicht eingreifen. Der Ätherleib ist noch in die mütterliche, ätherische Hülle eingeschlosen, ebenso der Astralleib in den die mütterliche Seelenhülle und das Ich lebt noch verborgen in der physischen Organisation wie in einem Schrein. Wenn die eigene, ätherische Organisation, der Astralleib oder das eigene Ich des Kindes ohne diese Hüllen tätig werden, so würde Zerstörung folgen. Statt der großen Mächte des wahren Ich würden die Mächte des Luzifers alles in Unordnung stürzen. Wenn man sorgfältig die Lebensgeschichten autistischer Kinder erfragt, so kann man von solchen Störungen hören: die Mutter fühlte schon während der Schwangerschaft, daß etwas mit dem Kind nicht «in Ordnung» gewesen ist, sie ist vielleicht von der Idee besetzt, daß «alles schiefgehen wird», oder eine Mutter hat kurz vor der Geburt einen Unfall, mit einem tiefgehenden Schock verbunden. Eine andere Mutter berichtet, daß während der letzten 14 Tage der Schwangerschaft ein Bluthochdruck aufgetreten ist und daß das Kind frühzeitig zur Geburt gebracht werden mußte. Selbstverständlich können derartige Ereignisse auch ohne die Folgen einer autistischen Entwicklung auftreten, aber wir finden doch sehr viele autistische Kinder, wo wir eine oder eine ganze Reihe von Störungen dieser Art in der Lebensgeschichte entdecken können, welche die normale Entwicklung im Mutterleib und nach der Geburt störend beeinflussen. Wir müssen nun aber fragen, was R. Steiner meint, wenn er von der ätherischen oder der astralischen Hülle spricht. Was können wir darunter verstehen, wie und wo entwickeln sich diese Hüllen?

Wir müssen uns zunächst mit einigen Tatsachen der Inkarnation des Menschenwesens bekannt machen, wie sie R. Steiner geschildert hat: Wenn unser höheres Wesen sich anschickt zur Inkarnation, so wird der physische Keim durch Vater und Mutter vorbereitet. Zum Zeitpunkt der Konzeption verbindet sich der «Geistkeim» (R. Steiner), welchen das Menschenwesen mit der

Hilfe hoher, geistiger Wesen gebildet hat, mit dem physischen Keim. Für einen Zeitraum von etwa 17 Tagen beginnt die Tätigkeit dieses Geistkeimes im physischen Leibe des Kindes und baut einen ersten «Entwurf» der leiblichen Organisation auf. Erst nach dieser Zeit verbinden sich Ätherleib und Astralleib des Kindes und das eigene höhere Ich mit alldem, was in der mütterlichen physischen Hülle des Uterus aufgebaut ist. Es ist eigentlich etwas Fremdes, was mit der eigenen ätherischen und astralischen Organisation des Kindes, aber auch mit seinem Ich jetzt hereinzieht und Anlaß gibt zu einer Hüllenbildung. Das zunächst Fremde wird, wie das in organischen Prozessen häufig der Fall ist, zunächst eingehüllt. Es bildet die ätherische Organisation der Mutter eine Hülle um den Ätherleib des Kindes, dasselbe geschieht mit dem Astralleib des Kindes und auch für das jetzt hereinziehende Ich wird ein Gefäß bereitet. Alles dies geschieht in verschiedenen Stadien, während der embryonalen Entwicklung.[10] Wir wissen heute, daß während des 3., 4. und 5. Monats das noch nicht geborene Kind mit offenen Augen träumt – in der wirklichen Bedeutung des Wortes: Es bewegt seine Glieder, während es kosmische Gedanken träumt. Wenn aber die astralische Hülle von der Mutter geformt ist, und dies geschieht um die Zeit, wenn sie die ersten Erfahrungen der Beweglichkeit des Kindes macht, schließen sich die Augen des Fötus und das Kind beginnt in einen tiefen Schlaf zu fallen. Die Hüllenbildungen der Embryonalzeit sind eng mit dem Bewußsein des noch nicht geborenen Menschenwesens verbunden: Während zunächst die Erinnerung an die geistige Welt, d. h. die Zeit zwischen dem letzten Tode und der kommenden Geburt noch lebendig ist, verschwindet sie jetzt und die Seele vergißt diese Erfahrungen; diese Entwicklung soll bis zu der Geburt des Kindes anhalten, wenn dann langsam die Seele im irdischen Umkreis zu erwachen beginnt. Ein Schock, ein plötzliches, unvorhergesehenes seelisches Ereignis oder andere Geschehnisse können an das Tor des schlafenden Kindes pochen und es aufwecken. Man kann sich vielleicht vorstellen, was dies bedeutet, aufzuwachen in der Wärme und Dunkelheit des mütterlichen Leibes oder während des noch nicht vollendeten Geburtsaktes – oder aufzuwachen während der ersten Lebenstage zu einem Bewußtsein, welches nicht, wie in der normalen Entwicklung noch ein Traumschlaf oder ein Schlaftraum ist, sondern ein Erwachen im schlafenden Träumen – träumendes Wachen. Die Entwicklung zum normalen wachen Selbstbewußtsein um das 3. Lebensjahr wird unterbrochen durch ein «falsches Bewußtsein» in tieferen Leib-Seele-Regionen. Hüllen werden weggenommen. Das autistische Kind wacht zu früh auf und mit dem Aufwachen leidet die ganze Organisation des Kindes. Der Zusammenbruch der ätherischen, mütterlichen Hülle durch einen Schock oder andere Ereignisse läßt den Ätherleib des Kindes ungeschützt, und das Organ für die Nachahmung wird zerstört, bricht zusammen. *Das Kind kommt mit einer gestörten Nachahmungsfähigkeit zur Welt.*

Die moderne Psychologie und Psychiatrie kann diese Zusammenhänge noch nicht erkennen und ist im ganzen hilflos vor der Situation autistischer Kinder. Die Interpretationen sind dann entweder psychologischer Art oder auf organische Schädigungen, etwa der Gehirnsubstanz, hingerichtet. Aus den oben geschilderten Zusammenhängen kann aber deutlich werden, daß in dem frühen Leben des Kindes die organisch-leiblichen Störungen nicht ohne seelische Konsequenzen sind und umgekehrt. Es sind das organische und seelisch-geistige Geschehen noch durchaus eines. Wir beginnen jetzt den Hintergrund autistischer Störungen zu erkennen. Was nach der Geburt zur Nachahmung wird, ist schon durch die ätherische Hülle im Mutterleib vorbereitet, eine Hülle, die wie ein Spiegel die Möglichkeit der Nachahmung veranlagt und gleichzeitig den individuellen Ätherleib des Kindes umhüllt und schützt, um ihn mit der physischen Organisation sich verbinden zu lassen. In diesem Vorgang wirken die Christuskräfte, um dem Kind nach der Geburt Gehen, Sprechen und Denken zu ermöglichen.[11] Wenn das Kind zu früh aufwacht, sind die Ätherhüllen aufgerissen. Das Kind zieht sich zurück, reagiert, ist erfüllt mit Ängsten und Schamerlebnissen, beginnt sich gegen die Welt zu wehren. Die Geschichte eines Kindes soll dies illustrieren: Das Kind war eine Frühgeburt, sehr klein und wog nicht mehr als 3 Pfund. Für einige Monate mußte das Kind in einen Inkubator gebracht werden, wobei ein sehr helles Licht auf das Kind schien, und die Entwicklung mündete in einen schweren Autismus. Eine Frau hat dieses Kind aufgenommen, versuchte Kontakt mit ihm zu bekommen, und es gelang ihr schließlich, sich eng mit diesem Kind zu verbinden. Diese Frau, eine Lehrerin, veranlaßte den Vater, einen Inkubator für dieses Kind zu bauen und eine kleine Puppe in den Inkubator zu legen. Es wurde eines Tages dann das Kind vor dieses Bild geführt und nahm seine eigene Situation der Vergangenheit wahr. Es war dies ein tiefer Schock für das Kind, aber es war offenbar seelisch stark genug, ihn zu ertragen: Nach einiger Zeit gelang es dem Kind, sich weitgehend an die Welt anzuschließen. Dies ist vielleicht ein Bild, aus dem wir sehen können, was eine autistische Entwicklung hervorrufen kann. Wenn die astralische Hülle zu früh zerstört ist, und dies geschieht meist mit dem Verlust der ätherischen Hülle, so kann das Kind keine Verehrungskräfte entwickeln, seine Gefühle wachsen nicht und wir finden deshalb in diesen Kindern diese Trockenheit und Starre des Gefühlslebens: Sympathie- und Antipathiekräfte entwickeln sich nicht, auch nicht der Sinn für das Schöne. Vielleicht können wir auch diese Störungen der frühen Hüllenbildung durch die Heilpädagogik überwinden, wenn wir wissen, womit wir es zu tun haben. Man muß aber bedenken, daß die heutige Zivilisation, insbesondere in der westlichen Welt, zunehmend unfähig ist, diese Hüllen für das Kind zu bereiten. Kinder werden heute in diese Situation des zu frühen Erwachens hineingezwungen, gerade durch die Bedingungen des modernen Lebens, die Leere der Seele und die mangelnde Liebeswärme.

In Goethes Faust wird dem Faust von Mephistopheles der Schlüssel übergeben, der die Tore zu der Welt der Mütter öffnen kann. Faust schaudert zurück. Er weiß, daß er an ein Geheimnis rühren wird, welches bis jetzt verschlossen war. Die Kraft der Mütter ist die Kraft der Hüllen, zugleich auch die Kraft der Natur. Diese aber ist ihres Geheimnisses beraubt worden, wie die Mutter ihrer Hülle. Die großen Hüllenkräfte, welche die Griechen in Rhea, Demeter und Persephone angeschaut haben, die tätig sind in der physischen, ätherischen und astralischen Hülle, sind in Verfall geraten. Es ist unsere Aufgabe, sie wieder aus menschlicher Kraft zu bauen- durch die Wärme, durch welche die Nachahmung möglich wird, durch die Liebe, die Verehrungskräfte wachruft, und durch die Gefühle, die zu Urteilsfähigkeiten führen. In der gegenwärtigen Zivilisation ist das Tor, welches in älteren Zeiten in das Reich der Mütter führte, weit geöffnet und Tausenden von Kindern ist heute genommen, was einst ihre Hülle und ihre Geborgenheit in der Welt bedeutete. All dies hat in der Welt zu erscheinen begonnen, und das Erscheinen autistischer Kinder ist ein Ausdruck dieser Situation.

Ich habe versucht, einen ersten Beitrag zu dem großen Problem mit all seiner Komplexität zu geben, vor welches uns autistische Kinder stellen. Dieser Beitrag ist deshalb auch nicht als etwas Vollständiges zu betrachten. Es muß aber versucht werden, daß daran weitergearbeitet wird, um aus den Erfahrungen mit diesen Kindern zu lernen die Heilpädagogik in das Leben und die Tat umzusetzen, um diesen Kindern unserer Zivilisation helfen zu können.

Literatur und Anmerkungen:

1. Leo Kanner: Child Psychiatry, Springfield Illinois.
2. Im Genaueren hat K. König das Verhältnis der Fähigkeiten des Gehens, Sprechens und Denkens zur Entwicklung der drei höchsten Sinne, Wortsinn, Gedankensinn und Ich-Sinn, in seinem Buch: Die ersten drei Jahre des Kindes, S. 74-110, beschrieben. (Stuttgart, 6. Aufl. 1981).
3. Ihrer Wichtigkeit wegen sei die entsprechende Stelle bei Scheler zitiert: «Primär ist alles überhaupt Gegebene Ausdruck und das was wir Entwicklung durch «Lernen» nennen, ist nicht eine nachträgliche Hinzufügung von psychischen Komponenten

zu einer vorher schon gegebenen «toten», dinglich gegliederten Körperwelt, sondern eine fortgesetzte Enttäuschung darüber, daß sich nur einige, sinnliche Erscheinungen als Darstellungsfunktionen von Ausdruck bewähren – andere aber nicht. 'Lernen' ist in diesem Sinne zunehmende Entseelung – nicht aber Be-seelung . . ..» «Zunächst lebt der Mensch mehr in den anderen als in sich selbst; mehr in der Gemeinschaft als in seinem Individuum. Belege hierzu sind sowohl die Tatsachen des kindlichen Lebens als auch die Tatsachen alles primitiven Seelenlebens der Völker. Die Ideen und Gefühle und Strebensrichtungen, in denen ein Kind lebt, sind – abgesehen von den generellen, wie Hungern, Dürsten etc. – zunächst ganz und gar diejenigen seiner Umwelt, seiner Eltern, Verwandten, größeren Geschwister, Erzieher, seiner Heimat, seines Volkstums usw. Eingeschmolzen in den 'familiären Geist' verbirgt sich ihm sein Eigenleben zunächst fast völlig! Wie exstatisch verloren und wie hypnotisiert von den Ideen und Gefühlen dieser seiner faktischen Umwelt, gelangen ihm auch nur aus seinen Erlebnissen diejenigen über die Schwelle seiner inneren Beachtung, die in die soziologisch bedingten Schemata hineinpassen, die gleichsam das Bett des psychischen Stromes seiner psychischen Umwelt bilden. Erst sehr langsam erhebt es gleichsam sein eigenes, geistiges Haupt aus diesem über es hinbrausenden Strome und findet sich als ein Wesen vor, das auch zuweilen eigene Gefühle, Ideen und Strebungen hat. Dies aber findet erst in dem Maße statt, als das Kind die Erlebnisse seiner Umwelt, 'in' denen es zunächst lebt, indem es sie mit-lebt, *objektiviert* und damit 'Distanz' zu ihnen gewinnt.» Aus: M. Scheler, Wesen und Formen der Sympathie. Bd. VII der gesammelten Werke, Bern 1973.

4. R. Steiner: Die gesunde Entwicklung des Leiblich-Physischen als Grundlage der freien Entfaltung des Seelisch-Geistigen. Dornach, 29. Dezember 1921.
5. R. Steiner: Die Erziehung des Kindes vom Gesichtspunkt der Geisteswissenschaft. Berlin 1921
6. Zitiert nach J.H. Randall, Jr.: Aristotle. Columbia Univ. Press, New York 1960.
7. R.Steiner: Der irdische und der kosmische Mensch. Berlin, 23.4.1912.
8. R. Steiner: «Die geistige Führung des Menschen und der Menschheit» Dornach GA
9. Dieser Aspekt ist von Th. Weihs in seinem Beitrag: «Autistische Kinder» aufgenommen und weitergeführt worden. Zum Verständnis der Beziehung des höheren Ich zum niederen Ich, siehe auch K. König: Die ersten drei Jahre des Kindes, S. 62-71.
10. Zur Frage der Hüllenbildung und der geisteswissenschaftlichen Anschauung der vorgeburtlichen Inkarnationsvorgänge siehe auch: Frits Wilmar: Vorgeburtliche Menschwerdung. Stuttgart 1979, und K. König: Embryologie und Weltentstehung. 1. und 2. Teil, Manuskriptdruck der Arbeitsgemeinschaft für freie Menschenbildung, Freiburg 1966.
    Ferner: Max Hoffmeister: Die übersinnliche Vorbereitung der Inkarnation. Erkenntnisgrundlagen zur Frage der Empfängnisregelung, Basel 1979
11. R. Steiner: Menschenwesen, Menschenschicksal und Weltentwicklung, Vorträge 18.-21. Mai 1923, Freiburg, 1954

JAKOB LUTZ

Zum Verständnis des Autismus infantum als einer Ich-Bewußtseins-, Ich-Aktivitäts- und Ich-Einprägungsstörung

Die von *L. Kanner* und von *H. Asperger* 1943/44 (S. Literaturangabe am Schluß des Aufsatzes) herausgearbeitete Symptomatologie des frühkindlichen Autismus bzw. der autistischen Psychopathie gilt heute noch als maßgebend. Es sind die zwei Hauptsymptome, die bei jedem autistischen Kinde vorkommen, einmal die von früher Kindheit an bestehende Unfähigkeit, auf den gewöhnlichen Wegen Beziehungen zu Personen und Situationen aufzubauen; sodann das Beherrschtsein vom Bestreben, die Gleichheit einer Situation zu wahren. *Kanner* nennt daneben noch andere, zum Teil von diesen Hauptsymptomen ableitbare Erscheinungen, wie den geschickten Umgang mit Gegenständen, dann Sprachstörungen bald im Sinne eines Mutismus, bald als Fehlentwicklung, indem die Sprache zwar ausgebildet, aber nicht zu Beziehungszwecken verwendet wird. Endlich weist er noch auf das intelligente, nachdenkliche Aussehen dieser Kinder hin. – *Asperger* sah bei seinen Autisten ebenfalls Spracheigentümlichkeiten, aber mehr im Sinne schöpferischer naszierender Wort- und Satzgestaltung, und beschrieb im weitern reichhaltig den autistisch geprägten Charakter und Verhaltensstil.

Bis heute weisen die klinischen Arbeiten, die den Autismus zum Inhalt haben, fast ausschließlich einen deskriptiven, psychographischen Charakter auf. Einzig *Bosch* hat den bedeutenden Versuch unternommen, dem Wesen der seltenen Erkrankung näher zu kommen und verständlich zu erklären. Er tat dies in seiner «klinischen und phänomenologisch-anthropologischen Untersuchung am Leitfaden der Sprache»; er sieht das Wesen dieser Krankheit als «ausbleibende oder verzögerte Konstitution von Eigen- und gemeinsamer Welt, als rudimentäre Erschließung eines physiognomisch-ästhetischen und pragmatischen Lebensbereichs», als eine Art Schwächezustand.

Die nachfolgende Darstellung soll ein neuer klinischer Versuch sein, von einigen typischen Autismussymptomen ausgehend das krankhafte Geschehen besser zu verstehen. In ihr wird abgesehen von der Diskussion über die Übereinstimmungen und Unterschiede der Kannerschen und der Aspergerschen Form, über ätiologische, nosologische und therapeutische Spezialfragen. Sie

Erstveröffentlichung in: Acta Paedopsychiatrica, Vol. 35, Fasc. 4–8, 1968, Schwabe, Basel/Stuttgart bedient sich im übrigen des Begriffs *Autismus infantum,* wie ihn *van Krevelen* darstellt; er entspricht dem heutigen Stand des Wissens wohl am besten.

Die Beobachtungen und Deutungen in dieser Arbeit stützen sich auf die Entwicklungspsychologie und psychologisch auf die Annahme einer im Leiblichen lebenden Seele, die denkend, fühlend und wollend sich äußert und der eine ihr übergeordnete Instanz innewohnt, ein Ich. «Ich» ist jedoch nicht im eingeschränkten Sinne als «intrapsychisches Organisationszentrum» oder «autonome rationale Instanz» *(Lewin)* gemeint, wie es in der Charakterologie, der Psychoanalyse und der Entwicklungspsychologie verwendet wird; vielmehr wird es aufgefaßt als individueller Kern des menschlichen Wesens, der durch seine Aktivität die Denk-, Fühl- und Wirkensmöglichkeiten der Seele erst zu den seinigen macht; in dieser Tätigkeit wird er seiner selbst und der Welt bewußt und ahnt – wenn man über die heute geltende naturwissenschaftliche Betrachtungsweise hinaus zur geisteswissenschaftlichen übergeht – seinen Zusammenhang mit geistigen Mächten.

Die Ausführungen basieren auf mehrjährigen Beobachtungen an 5 Patienten der kinderpsychiatrischen Poliklinik Zürich, vor allem aber auf der genauen internen Beobachtung an 3 autistischen Kindern in der Therapiestation Brüschhalde in Männedorf. Alle 8 Kinder weisen zweifelsfrei die Kriterien des Autismus infantum auf, wie sie einleitend dargestellt wurden. Darum wird auf die ausführliche Darstellung der Krankengeschichten verzichtet; sie werden nur soweit referiert, als der Gang der Schilderung dies verlangt. (Interessenten stehen sie jederzeit bei uns zur Einsicht zur Verfügung.) Schon ein erster Vergleich von Krankenbeschreibungen anderer Autoren mit den unsrigen zeigt bei aller Übereinstimmung im Grundsätzlichen doch erhebliche Unterschiede in der Art und Weise, wie die Grundsymptome zum Ausdruck kommen. Das weist darauf hin, daß nicht alle Autisten ihre Symptome in gleicher Weise, sondern individuell gefärbt darbieten. Im Bestreben, das Wesentliche zu erkennen, konnten indessen aus der Literatur und aus unseren Krankengeschichten doch einige allgemeine charakteristische Züge herausgearbeitet werden.

Eigene Erfahrungen

1. Die Beziehungsstörung als Ich-Aktivitätsstörung

Man kann den Beziehungsaufbau im 1. Lebensjahr so charakterisieren, daß man hinweist auf die *Sinnesorgane,* die ihre Funktion zunehmend aufnehmen und steigern und damit dem Kinde eine große Zahl von Kontakten verschiedenster Art mit der Umwelt ermöglichen; auf diese Sinnesbegegnungen aufgebaut werden die ersten Beziehungen möglich. Das gesunde Kind erfühlt und erkennt im Rahmen seiner Möglichkeiten die Umwelt; es begehrt sie und wirkt auf sie ein; seine ganze Seele ist also, wenn auch noch undifferenziert und nur für kurze Zeit, voll in Tätigkeit, als wäre sie magnetisch an- und hinausgezogen von dem, was ihr die Sinne an Eindrücken vermitteln. Sie läßt von dieser Tätigkeit nur ab, wenn ihre Konzentrationsfähigkeit und Wachheit erlahmt.

Manche Schilderungen betonen ein Verhalten der autistischen Seele, das den Verdacht auf eine Sinnesstörung erweckt (siehe z. B. *Fischers Erika,* von der man zuerst meinte, sie höre nicht). Auch unsere jetzt 8 Jahre alte *Marianne,* die wir seit dem 3. November 1964 abgesehen von den Ferienzeiten ununterbrochen klinisch intern beobachten, zeigt heute noch eine früher viel auffälligere *Sinnesschwäche.* Ihr Nervensystem ist (inkl. EEG) vollständig intakt, aber sie geht heute noch plump und mit unsicherem Gleichgewicht, vor 2 Jahren noch fast wie ein 2jähriges Kind. Sie ißt ganz wahllos, hat keine Vorlieben oder Abneigungen, als schmecke und rieche sie undifferenziert. Über Wärme- und Kälteempfindungen äußerte sie sich früher kaum. Sie sah sehr gut allerfeinste Einzelheiten, hatte aber lange Zeit große Mühe, Menschen zu erkennen. Immer wieder wußte sie nicht, wer der Hausvater war und wie er heißt; wenn sie den Referenten, mit dem sie doch sehr viel zu tun hatte und den sie genau kannte, unerwartet in Hut und Mantel sah, meinte sie wiederholt, er sei der Hausvater, den sie andererseits nie derart bekleidet gesehen hatte. Sie hatte trotz gutem Gedächtnis große Mühe, sich die Erzieherinnen und die Kinder zu merken. – Marianne sieht also und erkennt doch nicht recht. Ihr Auge *perzipiert* korrekt, aber sie *nimmt nicht* genügend *wahr.* Durch kräftige Ansprache intensiv zu genauerer Betrachtung gezwungen, kam sie oft, aber nicht immer zur richtigen Bezeichnung der vor ihr stehenden Person. Sie konnte also zur besseren «Benützung» der hier vorwiegend optischen Eindrücke veranlaßt werden, wenn man sie dazu drängte. Marianne besaß als intelligentes Mädchen von damals 6 Jahren, als die Störung noch deutlicher war, gar keinen Grund, den richtigen Namen nicht zu sagen. Sie war ganz bei der Sache, gar nicht abgelenkt, nicht müde, nicht trotzig: Offensichtlich war das Ich zu wenig aktiv wahrnehmend, ergriff die sich in den normal perzipierten Sinnesfeldern bietende Außenwelt nicht und setzte die seelischen Fähigkeiten – hier im besondern die erkennenden – nicht ein. – Analog dazu hört Marianne gut, aber reagiert nicht auf das Gehörte, und zwar wieder nicht aus Trotz oder infolge starker Konzentration auf etwas anderes, sondern weil sie sich offenbar mit dem Gehörseindruck nicht richtig verbindet, ihn nicht eigentlich wahrnimmt, sondern offensichtlich nur perzipiert. Dies läßt sich immer wieder mit einer sorgfältigen Beobachtung unschwer beweisen.

Wir haben eine erste Form der Beziehungsstörung zwischen dem Kinde und der Außenwelt vor uns, bedingt durch eine Aktivitätsstörung – hier eine Schwäche – des Ich, bei intakter Sinnesorganisation und einer primär nicht gestörten, funktionstüchtigen seelischen Fähigkeit des Erkennens.

Marianne blieb indessen auch im früheren, schwerer gestörten Zustand, gleich wie es schon *Bosch* beschrieb, nicht ohne einen gewissen Bezug zur Umwelt. Sie blieb ja in unserem Einflußkreis. Sie lief nicht weg, ließ sich pflegen und im möglichen Rahmen unterhalten und beeinflussen; sie blieb beim Spazieren an der Hand der Erzieherin. – Bei ihren Eltern hatte sie sich gleich verhalten. Sie ging jedoch wiederholt, von irgendeiner Kundin des elterlichen Ladengeschäftes an der Hand geführt, weg, an einer Hand, die ihr offensichtlich das Gefühl der *Symbiose* und des durch diese gewährleisteten Schutzes einflößte. Denn – so möchten wir den Zustand schildern –: Ihr Bezug zur Umwelt war in den ersten Stadien zu Hause und bei uns meist ichlos, auf einer Stufe, auf der die leiblich-seelischen Lebenserscheinungen nicht *ich-*, sondern elementar *instinktgesteuert* abliefen; in diesen Ordnungen gehalten war ihr Dasein – wieder gleich, wie *Bosch* es sah – völlig gesichert. Es ist deswegen unrichtig zu sagen, Marianne sei völlig unverbunden neben uns gestanden; auf ihre Art war sie mit uns verbunden und ganz «vorhanden», eine Art Bestandteil unserer Gruppe, aber nicht bewußt und auf der Ich-Ebene ansprechbar «anwesend».

2. Bewegungsstereotypien

Die häufig bei Autisten beobachteten scheinbar sinnleeren Bewegunsstereotypien wie Hüpfen, Schütteln der Arme, Fächeln mit den Händen, Buchrükken-Bekratzen mit den Fingernägeln u.a.m., werden von den Erstbeschreibern des Krankheitsbildes nicht unter die Hauptsymptome eingereiht; aber sie sind, wie dargestellt werden soll, auf ihre Art typische Erscheinungen.

Man kann das 1. Lebensjahr nicht nur als das Jahr der erwachenden Sinnesfunktionen und Beziehungen zur Umwelt charakterisieren, sondern auch als Zeit der entscheidenden *Bewegungsentwicklung*. Die zuerst chaotisch ablaufenden Bewegungen werden zusehends geordnet, zuerst im Fixieren der Augen, dann im Festhalten und Bewegen des Kopfes, hierauf im Greifen, Halten, Wegstoßen mit den Händen, im Aufrichten des Rumpfes, endlich im Stehen und Gehen. Die Bewegungsfähigkeit wird vom Kinde immer mehr in Besitz genommen, eingespannt zum Vollzug seiner Absichten und zum Ausdruck seiner Gefühle, Stimmungen und Emotionen. Die zunehmende seelisch-geistige Differenzierung hat eine analoge Weiterentwicklung der Bewegungen zur Folge. – Bei älter werdenden Kinder, ja auch noch bei Erwachsenen können in besonderen Zuständen affektiver Spannung elementare Formen der Bewegung beobachtet werden (Zappeln bei Harndrang, Bleistiftschütteln beim Lösen einer schweren Rechenaufgabe, Verhalten der Zuschauer bei einem Fußballmatch usw.). Diese Primitivbewegungen werden aber nur kurze Zeit und an die Situation gebunden ausgeführt und oft als ausgesprochen ich-fremd oder ich-fern empfunden.

Die heute 6 1/2 jährige *Claudia,* seit dem 26. April 1966 ununterbrochen in interner Beobachtung und Behandlung in unserer Therapiestation, ist ein ausgesprochen intelligentes, aber autistisch ziemlich schwer affiziertes Kind. Sie schüttelt ihre Arme und fächelt mit ihren Fingern und hüpft nicht nur kurze Zeit und situationsgebunden herum, sondern jeden Tag mehrere Stunden lang und immer wieder. Ihre Fragen und was sie sonst unternimmt, begleitet sie immer mit diesen Bewegungen. Sie empfindet sie nicht als Zwang und fremd; sie sind ihr ein nicht zurückgehaltener Ausdruck der Grundspannung, nicht etwa besonderer Steigerungen derselben. Wenn sie im Sinne *M. Schelers* gestimmt und gespannt ist, bewegt sie sich in der geschilderten Art. – Auch der jetzt 7 1/2 Jahre alte *Gottlieb* muß jeden Tag unzählige Male in plumper Weise aufspringen, wenn er etwas, was er gezeichnet oder gebaut hat, den Erzieherinnen vorweist. – Beide Kinder sind zu sehr differenzierten, feinmotorisch einwandfreien Bewegungen fähig. Es fehlen bei beiden alle Zeichen einer Störung des Nervensystems oder eines Schwachsinns, mit dem man diese Stereotypien bei Kindern ja oft verkoppelt sieht.

Im Gegensatz zu gesunden Kindern entziehen sich bei Claudia und Gottlieb die Bewegungen zu häufig und zu stark der Ich-Kontrolle; die Abläufe vereinfachen sich wieder, werden wieder zum elementaren Befindensausdruck (der Spannung, des Vergnügens, der Langeweile); bei Claudia treten sie als eine Art undifferenzierter amorpher Aktivität auf. Die Bewegungen als solche bleiben wohlkoordiniert. Man kann sie als zwar *seelisch ausgelöst* und *gebunden,* aber nicht als *ich-gesteuert* und *-beherrscht* ansehen.

In den Bewegungstereotypien sehen wir eine andere Form der Beziehungsstörung vor uns, diesmal nicht zwischen dem Kind und der Außenwelt, sondern gewissermaßen *innerhalb* seines Wesens: *Das zu schwache oder zu wenig aktive Ich gewährt dem Bewegungselement zu großen Spielraum, hält es zu wenig straff unter der Kontrolle. Die Folge ist ein Mangel an Geschlossenheit der autistischen Persönlichkeit.*

3. Verspätung des Ich-Bewußtseinserlebnisses

Autistische Kinder nennen sich selber fast regelmäßig verspätet «ich»; ihr erstes Ich-Bewußtseinserlebnis tritt verspätet ein. Das Phänomen wird von *Bosch* einläßlich diskutiert. – Keines unserer Kinder nannte sich rechtzeitig «ich». Claudia ist darin heute noch unsicher trotz einer guten Intelligenzanlage.

Gesunde Kinder nennen sich in der Regel im 3. Lebensjahr im Zusammenhang mit der Trotzphase «ich». Dieser entscheidende Entwicklungsschritt wird vorbereitet durch alles, was zum Teil dargestellt worden ist. Das Kind erlebt, durch die Sinnesorgane vermittelt, unzählige weckende Anstöße und gegebenenfalls schmerzhafte Rückstöße. Immer wieder und immer mehr wird der Außenraum durchschaut, durchhört, durchtastet, damit durcherlebt und erfahren. Im 2. Jahr wird er benannt und in einfachen Zusammenhängen denkerisch begriffen. Alle diese Erfahrungen geben dem Kinde zunächst ein Gegenstand-, hier zutreffender ein *Außenweltbewußtsein.* Auf diese reichhaltige Weise vorbereitet kann sich dann gegenüber dem Außenraum im bisher unbewußten seelischen *Innenraum* erstmals das *kindliche Ich bewußt empfinden.*

Ein Kind mit einem autistisch inaktiven Ich erlebt wohl nur einen kleinen Bruchteil von dem, was einem gesunden an Erfahrung der Außenwelt zuströmt. So entsteht bei ihm kein deutlicher und herausfordernder Gegensatz von Außen- und Innenwelt, keine Begünstigung der bewußten Ich-Empfindung. Die obligate Du-Empfindung, als Voraussetzung einer bewußten Gegenüberstellung eines Ich, fehlt hier weitgehend.

Eines unserer poliklinisch verfolgten autistischen Mädchen, *Astrid,* blieb bis zum 6. Jahr zu Hause. Dann erst wurde es zum ersten Mal in ein Kinderheim versetzt und begann prompt «ich» zu sich zu sagen, offenbar unter dem Anreiz und Druck der ungewohnten, wohl bedrohlich und dadurch bewußter empfundenen Außenwelt.

Die Verspätung des Eintritts des Ich-Bewußtseins zeigt sich uns als eine Folge der unter 1. beschriebenen Ich-Aktivitätsstörung.

4. Sprachstörungen

Den Sprachstörungen der Autisten kommt eine große Bedeutung zu; sowohl *Kanner* wie *Asperger* beschreiben sie ausführlich. Als Beziehungsstörung muß sich der Autismus im wichtigsten Kontakt- und Selbstausdrucksorgan, in der Sprache, zentral auswirken.

Das Kind lernt bekanntlich, nach Vorübungen im 1. Lebensjahr, in der Regel im 2. Lebensjahr sprechen, sofern zwei Bedingungen erfüllt sind, nämlich erstens, daß seine Hör- und Sprechorgane und die zugehörige nervöse Organisation in Ordnung sind, und zweitens Vorbilder zur Verfügung stehen. Wildkinder und Taubgeborene illustrieren dies eindrücklich durch ihre Sprachlosigkeit. Die Sprache tritt also von außen an das zu ihrer Übernahme angelegte Kind heran, jedoch nur, wenn es drittens – wie dies bei jedem gesunden der Fall ist – für die Übernahme bereit ist, ein Interesse daran hat. Wieder ist es das Ich, das diese interessierte Aufmerksamkeit aktiv auf das Aufzunehmende richtet. Und das Ich ist es, das die Sprache dann ganz übernimmt als Mittel, sich durch sie in allen seelischen Feldern, also im Erkennen, im Gefühl (mittels der Stimme) und im Willen auszudrücken; damit nimmt es die Beziehungen zwischen

Innen- und Außenwelt breit, tragfähig und vor allem dauernd modifizierbar und zur Steigerung bereit, gegenüber dem 1. Lebensjahr völlig neuartig, auf, erhält sie dauernd weiter und gestaltet sie aus. Endlich bildet die Sprache das bedeutendste Instrument des Denkens, das an ihr sich entwickelt und sie, später noch in der Modifikation des Schreibens, zum wichtigsten Ausdruck benützt. Im Zusammenhang mit der Entfaltung des seelisch-geistigen Wesens des Kindes bereichert, verfeinert und differenziert sich auch die Sprache. Aus ihr wirken bei entsprechender Begabung und Pflege gewaltige Kräfte.

Wer die intensive Zuwendung eines Kindes an seine Mutter in der Zeit des Spracherwerbs kennt, begreift sofort, daß ein in der Zuwendung und im Interesse autistisch beeinträchtigtes Kind trotz intakter Sprachaufnahmemöglichkeiten die Gelegenheit, das Sprechen zu erlernen, nur verspätet oder im schlimmen Fall gar nicht ergreift.

Das bei intakter Sprachorganisation und genügenden Vorbildern verspätete oder ganz ausbleibende Sprechen der Autisten kann zunächst erklärt werden aus der Inaktivität und aus der Schwäche des Ich, Beziehungen zu stiften und auszubauen.

Zwei Eigenheiten autistischer Kinder, die die Sprache sich angeeignet haben, bedürfen besonderer Beachtung:

a) *Claudia* kann gut sprechen; sie spricht z. B. vom Liktorenbündel im St. Galler Kantonswappen, kennt die Buchstaben auf der Schreibmaschine, verlangt sehr deutlich und präzis, was sie essen möchte, welches Spielzeug sie sich wünscht. Hat sie aber keinen solchen Wunsch und beschäftigt sie sich nicht mit etwas Bestimmtem, so spricht «es» mit ihr weiter. Sie spricht dann flüsternd oder halblaut immer wieder die gleichen Worte oder Sätzlein, auch wenn sie mit der Situation in keiner Beziehung mehr stehen, betont das Gesagte gefühlsmäßig so, wie sie es von ihrer Mutter oder von den Erzieherinnen gehört und nun, also kopierend, übernommen hat; sie schaut meist auf den Boden, hüpft oft auf den Zehen herum und schüttelt dazu die Hände. – *Sprechen und Bewegen der Hände stehen* in diesen jeden Tag unzählige Male auftretenden Momenten *nicht mehr unter der Ich-Kontrolle;* beide laufen nun zwar meisterlos, aber trotzdem nicht ungeordnet ab. Sie sind dieser entfallen und spielen sich in einem elementaren, tiefer liegenden, einfacheren Ordnungsrahmen ab. Tritt ein Wunsch auf, so spricht Claudia sofort wieder absolut angemessen, zentriert und kontrolliert.

b) *Claudia* gebraucht und verändert Worte auf ihre (naszierende) Weise. Sie nennt z. B. – man weiß nicht woher und warum – den Bauchnabel «Bauchfreund», Frau Palmer «Frau Pali», sich selbst ein «Schattenwäldchen». Sie variiert «Tiger, Tager, Tuger», «Sie sind der Herr Tuger». Sie bleibt stur an diesen Worten und Bezeichnungen hängen. Sie äußert aber darin keinen Trotz, keine Aggression, keine faßbare Absicht; darum ist sie auch nicht eigen*willig,* sondern eigen*artig,* vor allem aber spricht sie so nicht zu ihrem

Vergnügen; sie lacht gar nicht dabei, ist gar nicht auf eine entsprechende Reaktion der umgebenden Menschen gespannt. Sie will nicht ihr so angesprochenes Gegenüber in eine Spielrolle hineinbringen. Solche Worte zu gebrauchen scheint ihr nichts Außergewöhnliches zu sein. – Auch *Marianne,* die gelegentlich nicht einschlafen kann, behauptet, sie leide unter «Schlaftumsstörungen» und will sich damit weder wichtig machen noch sonst etwas besonderes sagen.

Gesunde Kinder erfinden in der magischen Phase ebenfalls besondere Worte, etwa besondere Namen für die Puppe. Sie spielen oft mit den Worten, mit deutlicher Absicht z.B. den anderen zu necken, zu diffamieren, um sich zu belustigen. In der Probe zu einem Weihnachtsspiel sprach ein Hirte den Joseph aus Spaß auf einmal als «Jasaph» an; alle, Joseph inklusive, konnten sich kaum mehr halten vor Vergnügen.

Das alles trifft für die naszierend sprechenden Autisten nicht zu. Ihre besonderen Wortbildungen treten aus ihnen überdies oft in scheinbar bewußtseinsschwachen Momenten heraus, bei Claudia im flüsternden Sprechen, bei Marianne, während sie untätig und unangeregt im Bett liegt.

Im gewöhnlichen Tagesablauf außerhalb des Spiels entsprechen die Worte des gesunden Kindes meist sehr genau dem, was sie konventionell geregelt aussagen wollen. Kaum ein Wort gerät daneben; passiert dies doch, so wird es sofort korrigiert. Im naszierenden Sprechen, genauer gefaßt im außer der gelernten und habituellen Reihe gestalteten Wort, das oft außergewöhnlich zutreffend, oft originell, oft aber bizarr und grotesk sein kann, drückt sich die dem Denken nicht immer genügend angepaßte Eigengestaltungskraft der Sprache aus. Diese ist zu wenig gezügelt und den Begriffen zu wenig genau angemessen; die naszierende Sprache hat zu viel «Spiel», zu wenig straffe Führung. – Es ist darum nicht richtig, das naszierende Sprechen der Autisten als positiven Zug, als wünschbare Originalität aufzufassen. Die unerwarteten Wortbildungen, die uns im Anfang vielleicht belustigen mögen, sind unbeherrschte Seitensprünge und nicht aus Begabung und aus exakter, gesteigerter und geläuterter Phantasie, aus wahrer Eingebung entstandene Neuschöpfungen.

Die naszierende Sprache kann darum betrachtet werden als Resultat einer zu schwach wirkenden Ordnungskraft des Ich. Wieder haben wir eine intrapsychische Beziehungsstörung vor uns. Erneut tritt uns – diesmal von der Sprachstörung aus gesehen – eine ungenügend geschlossene Persönlichkeit entgegen.

5. Bestreben nach Gleicherhaltung der Situation

Zur Erklärung des zweiten Kardinalsymptoms, das mehr oder weniger stark ausgeprägt sein kann, soll zuerst auf das Wesen der Mutter-Kind-Beziehung und der kindlichen Normalentwicklung eingegangen werden:

Nach der Kontaktnahme mit dem anderen Menschen – einer oder mehreren kurzfristigen *Begegnungen,* in denen zunächst kein Zweck und keine Absicht zu liegen scheint – bildet sich allgemein, wenn dies im Rahmen des unbewußt Notwendigen oder des bewußt Erwünschten oder Gewollten liegt, eine *Beziehung.* Äußere Vorstellungen von ihr, etwa als «tragfähige Brücke», als «gegenseitiger Seilhinüberwurf», genügen nicht. Denn sie ist nicht einmal Festgelegtes, sondern etwas Bewegtes, das dauernd angepaßt und verändert wird, also immer wieder neue Formen annimmt. Man kann die Beziehung zwischen Mutter und Kind auffassen als Resultat, als Ausdruck eines tief im Wesen der beiden begründeten, eines lebenswichtigen *Zusammengehörens* zweier ich-begabter Menschen; es ist körperlich, seelisch und geistig gleich bedeutungsvoll. Es ist – nun vom Körperlichen abgesehen – die nicht wegdenkbare Voraussetzung jeglicher psychischer Entfaltung; sie erst ermöglicht und begünstigt die Entwicklung; auf sie sich stützend spielt sich die Erziehung ab.

Die *primäre psychische Entwicklung* ist ein das Kinderleben beherrschender, nur im Schlaf unterbrochener Auseinandersetzungs- und Lernprozeß, den man sich in seiner Lebendigkeit kaum reichhaltig und bewegt genug vorstellen kann. Der Entwicklungsprozeß spielt sich, wie erwähnt, im Medium der Beziehung ab. Diese wird dadurch dauernd verändert, ausgebaut, metamorphosiert; die Beziehungsverwandlung läuft wie die Entwicklung im weiteren Sinn bis zum Lebensende weiter, wenn nicht äußere Ereignisse dies verhindern. – Beide, die *Mutter-Kind-Beziehung* und die *kindliche Entwicklung* sind *Partnerphänomene,* die von beiden Teilnehmern gestaltet werden. Die Entwicklung des Kindes ist abhängig von Kräften des Vorbildes und der Autorität der Mutter (und der weiteren erzieherisch wirksamen, mit dem Kinde verbundenen Persönlichkeiten), von der Seite des Kindes her ebenso obligat von einem gewaltigen Lebens- und Lernimpuls, den man dem Wesenskern zuschreibt.

Wenn dieser Persönlichkeitskern des autistischen Kindes nicht interessiert ist an der *Beziehung* oder sie gar ablehnt oder zu schwach ist, sie aufzubauen und zu gestalten – wer von uns weiß heute schon, welches die eigentliche Ursache dieser Beziehungsbeeinträchtigung ist – dann muß dadurch die *gesamte Entwicklung* gefährdet werden. Dies zeigte sich schon auf dem Gebiet der Sprache und im verspäteten Ich-Bewußtseinseintritt (siehe 3. und 4.).

Ihm, diesem autistisch abnormen Kern, fehlt bei gesunden Kindern der so eindrückliche Impuls, immer Neues und immer noch mehr zu entdecken, zu sehen, zu lernen, sich eben ausweitend zu entwickeln, ob er nun nicht vorhanden oder nur unterdrückt ist und sich nicht auswirken kann. Der Gesamteindruck, den die Autisten machen, legt nahe, eine gewisse Schwäche des *Einsatzes und der Auswirkung und der Beweglichkeit* des Ich anzunehmen. Daraus erklärt sich die deutliche *Beziehungsmühe* gegenüber der gesamten Umwelt.

Diese Beziehungsmühe und -schwäche, die mangelnde Beweglichkeit und die damit beeinträchtigte Anpassungsfähigkeit mögen erklären, warum die Beziehungsaufnahme mit den ruhigen, stabilen, willfährigen, inaktiven Gegenständen leichter gelingt und vorgezogen wird derjenigen mit den beweglichen, nicht nur ihren Ort, sondern auch ihre Meinung und Stimmung ändernden und Stellungnahme vom Partner fordernden und deswegen viel

Umstellungs- und Anpassungsleistungen verlangenden Menschen. – Man muß präzisierend noch beifügen, daß es nicht generell alle, sondern im ausgeprägten Fall nur wenige Gegenstände sind; manchmal ist es nur ein einziger, an den sich das Kind anklammert und den es gleichzeitig nicht mehr loslassen kann und will. – Analog ist sein Verhalten zur ganzen Situation zu denken; jede Änderung derselben bringt die Gefahr mit sich, eine endlich einmal glücklich gelungene Beziehung zu verlieren und vielleicht keine neue mehr zu finden. Unsere Beobachtungen, daß die Kinder die Versuche, sie von einer solchen sturen Verbindung zu lösen, die Situation also zu ändern, ausgesprochen schmerzhaft empfinden, belegen diese Deutung immer wieder. Die Gleicherhaltungstendenz schützt das autistische Kind vor dem gänzlichen Verlust auch noch der letzten spärlichen, mühsam erworbenen Beziehungen zur Umwelt.

Beziehungen zu Gegenständen qualitativ gleich zu bewerten wie solche zu Menschen, ist wohl ebenfalls nicht ganz zutreffend. Einen Gegenstand *hat* man zunächst nur, man *lebt* nicht mit ihm, außer man mache ihn zum Objekt bestimmter Erinnerungen, Empfindungen oder Phantasien. Er ist tot, er fordert nicht, läßt uns in Ruhe. Man kann aber an ihn gewöhnt, an seine stumme Gegenwart gebunden sein – eben in einer dumpfen Symbiose, aber nicht in der lebendigen menschlichen Beziehung.

Claudia bekam Weihnachtsgeschenke. Sie spielte kaum mit ihnen, aber ordnete sie auf ihrem Gestell ein. Niemand darf jetzt diese Ordnung stören; also darf niemand, auch sie nicht, mit den Spielsachen spielen. – Regelmäßig sagte sie zum Arzt, wenn sie ihn sah, er solle ins Büro gehen und dort schreiben. Er gehört für sie in die Situation «Büro». Beim Eintritt und noch ein paar Mal nach Besuchen zu Hause hatte Claudia tagelang «Heimweh», plärrte und jammerte stundenlang, wann sie wieder «nach Dietikon» dürfe. Als sie sich endlich bei uns zurechtgefunden hatte, wollte sie nun zeitweise nicht mehr heim, also nicht die Situation wechseln. Den Vater, der überraschend zu einem kurzen Besuch erschien, schickte sie brüsk weg, denn er veränderte die Situation der Therapiestation, an die sie sich endlich gewöhnt hatte. – Claudia zeigte also die Tendenz zur Gleicherhaltung in Form sturer, armseliger Pedanterie und «Heimweh», das als eine Art großen Mißbehagens gegenüber der veränderten Situation auftrat, weniger als eine Affektstörung, eher als eine Äußerung der ungenügenden Umstellfähigkeit.

Marianne zeigte beim Eintritt in die Therapiestation eine wohl durch frühere poliklinische Begegnungen und wohl auch durch die Fremdheit der neuen Situation bedingte auffallend starke Beziehung zum Arzt. Diese ging so weit, daß Marianne sich immer im Arztzimmer aufhalten wollte. Schließlich gab sie sich zufrieden, wenn man ein Tischlein vor die Arztzimmertüre stellte, auf welchem Briefe, Bleistifte usw. lagen, mit denen sie während des Ärzterapportes «arbeiten konnte wie der Herr Doktor»! – Sie kann nicht «spielen» mit der Beziehung, nicht die Lage wechseln, kann nicht loslassen und wieder von neuem sich verbinden, und ist dadurch, wenn auch menschlich rührend, ganz unfrei in der Beziehungsgestaltung.

Die Tendenz zur Gleicherhaltung wie auch die bessere «Beziehung» zu den Gegenständen als zu den Menschen können erklärt werden als Ausdruck der Mühe des autistischen Ich, sich etwas Neuem anzupassen, seiner mangelnden Beweglichkeit und ungenügenden Umstell- und Anpassungsfähigkeit. Das Gleicherhaltungsbedürfnis entspringt dem Versuch, die wenigen, gelungenen Verbindungen gegen außen nicht auch noch zu verlieren.

Hier handelt es sich wieder um Störungen, die sich im Verhältnis des Kindes zur Außenwelt auswirken.

6. Pseudoobjektivität

Die *Klarsichtigkeit* der Autisten, die *Asperger* beschreibt, ihre Fähigkeit, sich selbst unkindlich, objektiv gegenüberzustehen, die eigenen Gedanken und die Taten zu schildern, als könnte man sie anschauen wie die eines anderen, ist wohl *eine Folge* der unter 2 und 4 beschriebenen *ungenügenden Verbundenheit des Ich mit der übrigen Persönlichkeit, einer Auflockerung der inneren Zusammenhänge.*

Was der reife Erwachsene anstrebt, nämlich die Fähigkeit, sich selbst wie einem Fremden gegenüberstehen zu können und sich selbst objektiv zu betrachten und zu beurteilen, kann nicht als Zeichen der Reife, sondern muß als Ausdruck der noch nicht zustandegekommenen Integration aufgefaßt werden. Die Autisten sind darum pseudoobjektiv; ihre Klarsichtigkeit ist darum nicht ein Zeichen einer vorzeitigen Reife, sondern ein Krankheitssymptom, eine Folge ihrer durch die Ich-Störung bedingten nicht altersgemäßen Integration.

7. Denken, Fühlen und Wollen

Bisher ist das Verhältnis des Ich zu den Sinneseindrücken – damit zur Außenwelt, ferner zur Bewegung, zur Sprache usw. – damit zu sich selbst geschildert worden. Von den engeren Verhältnissen des Ich zu den seelischen Fähigkeiten, also zu Denken, Fühlen und Wollen, war aber noch nicht die Rede. Dies rührt davon her, daß zuerst Gesichtspunkte zur Beobachtung dieser Zusammenhänge gefunden werden mußten und daß deswegen noch viel zu wenig Untersuchungsbefunde vorliegen. Auch in der Literatur sind bis heute erst wenige Arbeiten über diese Spezialfragen zu finden (*Bosch, Fischer, van Krevelen, Wassing*). Die üblichen Methoden der Intelligenzprüfung, der Erfassung der affektiven und antriebsmäßigen Verhältnisse der Kranken scheinen zunächst nicht zu genügen und müssen wohl entsprechend modifiziert werden. – Die in der vorstehenden Darstellung angewandte Betrachtungsweise läßt sich indessen auch als Arbeitsmethode fruchtbar einsetzen zur Deutung einiger autistischer Eigenheiten des Denkens, Fühlens und Wollens. Dies soll mit allem Vorbehalt an den zwar ausführlichen Protokollen der aber doch kleinen Zahl der von uns genau untersuchten Kindern kurz gezeigt werden.

a) Betrachtet man das *Denken* aus Gründen der Darstellung gesondert von den anderen seelischen Fähigkeiten, so lassen sich verschiedene Auffälligkeiten feststellen. Alle Beobachter sprechen von Sturheit, Unablenkbarkeit, Schematismus und Einseitigkeit im Gedankenlauf, von Pedanterie, dann wieder von Zerfahrenheit; oft wird von Phantasielosigkeit und Einfallsarmut gesprochen, dann wieder von «originellen» Einfällen.

Marianne frägt den Arzt mit Vorliebe nach Operationen am Menschen; sie will immer wieder dasselbe hören und stellt eine Frage schematisch aus der vorausgehenden heraus (was für Bauchoperationen es gebe, was man zuerst mache, was dann folgte usw.). Sie selbst trägt nichts zum Gespräch bei, außer daß sie frägt; sie äußert nie ein Mitgefühl, frägt nie nach Gefahren oder nach Schmerzen, spinnt den Faden nie auf persönliche Weise weiter. Sie frägt immer weiter gemäß dem Prinzip, mit welchem man ein *Dominospiel* macht, bei welchem jeweils ein Zahlenwert neben einen gleichen gelegt wird. Es entstehen so keine Lücken, es gibt keine Sprünge, alles hängt genau nach diesem einen Gesetz geordnet zusammen. Es liegt ein schematischer, rein äußerer Zusammenhang vor; das Resultat ist entsprechend sachlich, völlig phantasielos und unpersönlich gestaltet. – Man könnte meinen, hier liege eine anzustrebende konsequente Denkform vor, erinnert sie doch an die Art des Denkens, das bei der Lösung mathematischer Aufgaben notwendig ist. Sie ist hier jedoch nicht als Positivum zu werten, denn Marianne kann sich gar nicht anders als nur so starr unterhalten. Dieses Domino-Denken ist ihre Fessel, welche persönliche Einfälle, individuelle phantasievolle Gestaltungen und Färbungen offenbar ausschließt. Wahrscheinlicher ist indessen, daß das autistische Kind nur sehr eingeschränkt oder gar nicht fähig ist, Individuelles in seine Denkfähigkeit einfließen zu lassen.

Dies scheint der Beobachtung zu widersprechen, daß man immer wieder «originelle», allerdings oft auch bizarre Einfälle zu sehen bekommt. Marianne sagt: «Ich reiße dir die Augen aus, damit du mich nicht sehen kannst; ich nähe dir die Arme auf den Rücken, oder ich will sie dir abschneiden» usw. Einmal sagte sie, die rote Konfitüre auf dem Brot sei dickes Blut. Ein andermal verstaute sie ein kleines Spieleisenbähnchen aus Holz in einem Spielboot; dann holte sie das Eisenbähnchen mit den beiden Rudern des Schiffchens wie mit Messer und Gabel aus dem Boot heraus und wollte es spielerisch verspeisen. (Es ist hinzuzufügen, daß Marianne sonst völlig unfähig zu phantastisch-irrealem Spiel war.) – Dieser Originalität haftet etwas Unangepaßtes an; sie ist wohl zu vergleichen mit dem naszierenden Charakter der Sprache; dieser kann, wie dargestellt wurde, aus einer zu großen Autonomie und ungenügenden Ich-Kontrolle erklärt werden. Man kann die *Originalität der denkerischen Einfälle* ebenso auffassen als ungenügend angepaßte, zu stark autonome, *nicht gezügelte Gestaltungen.*

Die Unfähigkeit Mariannes, ihr gut bekannte Märchen ohne Bilderbuch wiederzugeben, ist sicher keine Gedächtnisstörung; sie ist wie die eben beschriebene zu große Autonomie der denkerischen Einfälle, eine *Schwäche des Ich,* den Gedankengang einmal bewußt zu leiten. Die wiederholte Aufforderung zu einer solchen Wiedergabe bereitet ihr offensichtlich Schmerz und veranlaßt sie zu Tränen.

Gottlieb hält ein Thema unablenkbar und intensiv fest, um vielleicht schon nach wenigen Augenblicken etwas völlig anderes ebenso kräftig festzuhalten und in kurzer Zeit in gleicher Art weiter zu wechseln. Man bekommt den Eindruck einer grobklotzigen und undifferenzierten Zerfahrenheit, die im Gegensatz steht zu der sehr guten Intelligenz (als Schüler der 2. Klasse bemerkt er in einem Brief die Abkürzung von Doktor, nämlich Dr. X. und sagte ganz von sich aus: Nicht wahr, bei einer Abkürzung gibt es auch mitten im Satz einen Punkt, nicht nur am Ende!).

Claudia will immer die gleichen Bilderbücher ansehen; sie schaut nur einzelne, «ihre» Bilder an und auf diesen ein paar bestimmte (immer die gleichen) Einzelheiten. Hinweise auf andere Bilder im gleichen Buch oder auf andere Einzelheiten akzeptiert sie nicht und drängt immer wieder – auch hier die Erhaltung der Gleichheit anstrebend – zu den Bildern ihrer früheren Wahl. Dadurch wirkt ihr Denken stur und armselig trotz guter intellektueller Anlage.

Einer besonderen Beachtung bedarf die Frage der individuellen *Gestaltungsfähigkeit: Marianne, Claudia* und *Astrid* können nicht in der Art und in dem Ausmaß eines gesunden Kindes nachahmen; Marianne wohl am ehesten.

Man hält sich zum Vergleich mit Vorteil folgendes vor Augen: An unbehandelten idiotischen Kindern gehen die Eindrücke wirkungslos vorbei, als fielen sie durch die Seele hindurch. – Wachere halten den Eindruck zunächst nur auf, sie *staunen, merken auf.* – Noch weniger Geschädigte, z.B. Mongoloide, fangen das Vorgemachte, außen sich Abspielende nicht nur auf, sondern kopieren es getreu. Sie spiegeln es wider.

Sie *machen* das Vorgemachte *nach.* – Gesunde nehmen das Vorgemachte als Anstoß und Modell auf, kopieren dieses nun nicht mehr so genau, sondern gestalten, sich nur in großen Zügen an das Vorgemachte haltend, nach eigenen Vorstellungen, aus eigener schöpferischer Phantasiekraft etwas Neues: Sie *ahmen nach.*

Autisten lassen vieles achtlos an sich vorübergleiten; manchmal merken sie wenigstens auf; anderes kopieren sie unpersönlich; nicht häufig variiert z.B. Claudia einmal ein wenig ein Kugelspiel. Nie war sie aber wie erwähnt bis jetzt bei der richtigen Nachahmung zu sehen, so wenig wie früher Marianne. Denn offensichtlich fehlt ihnen beiden, möglicherweise allen Autisten, wenigstens im Anfang weitgehend die ureigene, aus dem Zentralen stammende Gestaltungskraft. Darum verläuft ihr Denken so schematisch, unpersönlich, unoriginell, weil das Eigene, Individuelle fehlt.

Claudia spielte wiederholt mit sich allein Schwarzpeter (sie will und kann das nicht mit anderen zusammen): «Wer hat wohl den Schwarzen Peter? Bist du es etwa, Claudia? Natürlich, du bist es, du hast ihn ja!» – Im Spiel kopiert sie, was sie bei anderen gesehen hat, wendet das auf sich an, was sie bei den anderen beobachtete. Es mag vielleicht doch ein allererster Ansatz zum Rollenspiel sei, das sie sonst noch nicht kennt. – Nachdem sie in den letzten Monaten eine richtige Entwicklungskrise im Sinne einer verspäteten Trotzphase sehr heftiger Art durchgemacht hat, spielte sie das gleiche Spiel, indem sie überall an Stelle von Claudia «ich» sagte. In diesem Moment ist die Szene ein Beispiel der eigenartigen Objektivität, der Distanz zwischen dem spielenden und dem betrachtenden Ich geworden.

b) Zur Frage der *Beziehungen des Ich zu Affektivität und Antrieben* sei kurz angeführt.:

Claudia ist zu heftigen Wut-, Trotz- und Eifersuchtsausbrüchen fähig, die durchaus angemessen auftreten. Sie ist auch dem Spaß zugänglich. (Sie sagt dem Arzt mit listigen Äuglein, sie wolle ihm etwas ins Ohr sagen: Sie flüstert ihm ein paar unverständliche Worte zu und bläst ihm nachher kräftig ins Ohr und hat offensichtlich ihren Spaß daran.) Meist aber ist ihre Affektivität stumm und leer.

Von *Marianne* wurde früher ähnliches gesagt. Die Mutter schilderte sie im 1. Lebensjahr zwar als «eigen, auffallend ernst, aber nicht traurig». Bei uns aber wird sie wütend, wenn man sie zwingt, ihre oben geschilderten Domino-Gedankengänge zu unterbrechen. Sie erträgt nicht, wenn man andere Kinder tadeln oder gar strafen muß; dann wird sie wach und setzt ihre gute Intelligenz ein, durchdringt ihr Denken mit ihrem Ich und sagt: «Das beste Mittel gegen die Bosheit ist Liebsein». Sie hat dann auf einmal zum Teil die schon referierten bizarren Einfälle: Man sollte die Erzieherinnen der Polizei melden, man sollte sie anbinden, man sollte ihnen den Mund zunähen, damit sie nicht mehr schimpfen können. Den Überlegungen, daß man ungehorsames oder gar richtig schlimmes Verhalten doch korrigieren müsse, war sie ganz verschlossen. Als sie einmal in ihrer sturen Wut eine Erzieherin klemmte, kehrte diese insofern den Spieß um, als sie Marianne kopierend sagte, man müsse die Polizei holen für ein Kind, das eine Erzieherin plage; da lachte sie verlegen, aber wollte bzw. konnte nicht die Konsequenz aus dem Erlebnis ziehen. – Auch sie ist zu Spaß bereit. Kürzlich kam sie mit sehr amüsiertem Gesicht auf den Arzt zu und sagte: «So, jetzt sage ich Ihnen Professerli!» – Immer wieder aber springt eine darniederliegende *Affektivität* in die Augen, die jedoch durchaus aktionsfähig ist, sobald durch einen Anlaß ein kräftiger Ich-Einsatz geschieht. In den Zwischenzeiten fehlt dieser offenbar.

Astrid stand bei den poliklinischen Kontrollen regelmäßig zuerst starr und affektiv gleichgültig und untätig da, sagte plötzlich mit herzlichem, sehr ansprechendem Lächeln guten Tag und versank dann wieder in die Erstarrung: Offenbar ein Durchbruch ihres Ich in die affektive und voluntative Sphäre und anschließend ein sofortiges Nachlassen.

Diese Ausführungen mögen die Probleme wenigstens skizzieren. Die Untersuchungen sind noch nicht abgeschlossen und noch zu wenig reichhaltig und erlauben deswegen noch keine bestimmten Schlüsse. Sie deuten aber darauf hin, daß die gleichen Unzulänglichkeiten der Ich-Einwirkung, wie sie unter 1. bis 6. beschrieben worden sind, wohl auch in diesen Spezialsituationen nachgewiesen werden können. *Ich-Schwäche in Form ungenügender und unregelmäßiger Einflußnahme auf das Denken, auf den Einsatz der Aufmerksamkeit, der Affektivität und der Antriebe zeichnen sich wenigstens generell ab.*

Zum Schluß sei noch hingewiesen auf die Beobachtung einwandfreier, vielfältiger Besserungen im Laufe weniger Jahre. Sie sollen einer späteren Arbeit vorbehalten bleiben.

Schlußfolgerungen und Zusammenfassung

Die vorliegende Skizze bedarf noch des Ausbaus, im einzelnen wohl auch noch da und dort der Richtigstellung. Aber die Resultate unserer Beobachtungen sind doch so, daß es gerechtfertigt erscheint, sie den Forschern auf diesem Gebiete zur Kritik und den übrigen Kollegen vielleicht zur Anregung vorzulegen. Sie können folgendermaßen *zusammengefaßt* werden:

1. Bei den Autisten lassen sich *Beziehungsstörungen* nicht nur zwischen dem Kind und seiner *Außenwelt,* besonders zu den Persönlichkeiten, finden, sondern auch im *inneren, geistig-seelischen Bereich.* Man kann die letzteren *intrapsychische Beziehungsstörungen* nennen. Sie sind so ausgesprochen und auf ver-

schiedenste Weise zu finden, sobald man sie einmal kennt, daß man sie als ebenso charakteristisch für den Autismus auffassen muß wie die bisher bekannten Symptome und von ihnen aus den bestimmten Eindruck einer *Auflockerung*, einer *Gefügestörung der Persönlichkeit* erhält.

2. Einer genaueren klinischen Analyse des autistischen Erscheinungsbildes an Hand der Entwicklungspsychologie und einer Psychologie, die eine im Leiblichen lebende, denkende, fühlende und wollende Seele annimmt und, ihr übergeordnet einen Wesenskern, ein Ich (im umfassenden, nicht wie heute oft restriktiv verwendeten Sinne), erkennt, ergeben sich folgende Erkenntnisse:

a) Die *ausbleibende* oder *schwer beeinträchtigte Beziehungsbildung* mit der Außenwelt kann als *Inaktivität oder Schwäche* der *Ich-Einwirkung* auf die Seele erklärt werden.

b) Die *Störung der Bewegungen* und der *Sprache* zeigen sich ebenfalls als *Schwäche des Ich,* die beiden Fähigkeiten unter seinen Einfluß zu bringen.

c) Die *Verzögerung der Entwicklung des Ich-Bewußtseins, der Sprache, der Bewegungsdifferenzierung,* im ganzen der *Inbesitznahme der Außen- und Innenwelt* sind die Folgen dieser *Ich-Aktivitäts-*, *Ich-Bewußtseins-* und *Ich-Einprägungsstörung.*

3. Diese verschiedenartigen Störungen des Ich treten verschieden stark ausgeprägt in sehr vielen verschiedenen Formen auf. Sie bessern sich im Laufe der Zeit. Schwere Formen, die sich besonders als Gefügestörung der Persönlichkeit zeigen, legen den Zusammenhang mit dem schizophrenen Krankheitskreis nahe. Leichtere wirken anfänglich eher wie Entwicklungsgehemmte, Sinnesgeschädigte, andere wie organisch alterierte, manchmal grotesk in sich versponnene, aber nicht abgebaute, auf elementarer Stufe durchaus geordnete und darin voll gesicherte Menschen.

4. Gelingt die intensivere Einflußnahme des Ich auf das Leiblich-Seelische, dann erweisen sich die intellektuellen, affektiven und voluntativen Möglichkeiten als wahrscheinlich nicht primär geschädigt.

5. Eine derartige Ich-Störung kann sich theoretisch durchaus aus verschiedenen (anlagemäßigen, organischen, vielleicht sogar reaktiven) Ursachen heraus entwickeln.

Zusatz 1981

Die fortschreitende Entwicklung der im vorangehenden beschriebenen Kinder, die heute erwachsen geworden sind, und das Bild, das uns viele neue, kleine Patienten bieten, legt nahe, auf Richtlinien hinzuweisen, nach denen die Erforschung der autistischen Erkrankung nach anthroposophischen

Gesichtspunkten fruchtbar weitergeführt, und die Therapie entsprechend differenziert werden kann. Angeregt durch Ausführungen Rudolf Steiners kommt dem vertieften Studium der *abartigen Sinnestätigkeit,* der *Organstörungen* und der *Diskordanzen im Bereich des Denkens, Fühlens und Wollens* die grösste Bedeutung zu. Es seien als Ansatzpunkte erwähnt:

- einerseits die unbenützte Tätigkeit der (intakten) Sinnesorgane, andererseits die Abwehr von Sinneseindrücken;
- die sog. Eßeigenheiten (einseitige Akzeptierung oder die strikte Ablehnung gewisser Speisen);
- die oft fehlende Abstimmung des Gedachten mit dem Empfundenen und Gehandelten wie z.B. Schadenfreude, empfindungslose Brutalitäten (Vergnügen daran, Geschwister vom Balkon herab, oder die Kellertreppe hinunter zu werfen usw.).

Diese hier als Nachdruck veröffentlichte Arbeit ging von den Voraussetzungen aus, die 1968, also vor 13 Jahren, zur Verfügung standen. Unterdessen ist der Erfahrungsschatz erheblich größer geworden; er müßte im heutigen Umfang in die damaligen Ausführungen eingebaut werden. Das Grundkonzept zu ändern lag jedoch kein zwingender Grund vor, denn es hat sich kritisch-theoretisch wie in der praktischen Anwendung im ganzen bewährt.

Literatur:

Asperger H.: Die «Autistischen Psychopathen» im Kindesalter. Arch. Psychiat. Nervenkr. *117,* 76-136 (1944).

Bosch G.: Der frühkindliche Autismus, eine klinische und phänomenologisch-anthropologische Untersuchung am Leitfaden der Sprache. Springer, Berlin 1962.

Fischer E.: Der frühkindliche Autismus (Kanner). Jb. Jugendpsychiat. *4,* (1965) mit ausführlicher Literatur; Jugendpsychiatrische und -psychologische Diagnostik. Hans Huber, Bern 1966.

Kanner L.: Autistic disturbances of affective contact. Nerv. Child *2,* 217-250 (1943).

Van Krevelen D. Arn.: Autismus infantum. Acta paedopsychiat. *17,* 97-107 (1960).

Wassing H. H.: Cognitive functioning in Early Infantile Autism. Acta paedopsychiat. *32,* 122-135 (1965).

WALTER HOLTZAPFEL

Autistische Kinder – Erscheinung und Ursache

I.

Das Rätsel, das uns mit jedem Kinde aufgegeben wird, ist beim Seelenpflege-bedürftigen Kinde besonders groß. Wir kommen auf den Weg der Lösung, wenn wir uns in die innere Situation des Kindes versetzen können. Und gerade das ist beim autistischen Kinde sehr schwer. Es zeigt so viel Unverständliches in seinem Verhalten, daß es uns zunächst ebenso große Mühe kostet, zum Kern seines Wesens vorzudringen, wie ihm selber der Zugang zu den anderen Menschen verschlossen zu sein scheint.

Für den Umgang mit Seelenpflege-bedürftigen Kindern ist die Vorstellung eine grundlegende Hilfe, daß der eigentliche geistige Wesenskern auch eines solchen Kindes unberührt ist und daß sein verändertes Verhalten auf das gestörte Instrument der Leiblichkeit zurückgeht, durch das sich die intakte Geistgestalt nur unvollkommen äußern kann. Das Unzulängliche des leiblichen Instruments kann sich im Aussehen des Kindes, in körperlichen Deformationen, in der Bewegungsart, in Abnormitäten des Stoffwechsels usw. verraten. Wir hatten das Bild gebraucht von dem Pianisten, dem nur ein verstimmtes Klavier zur Verfügung steht.

Wie aber ist es, wenn das Instrument in Ordnung zu sein scheint und das Kind sich trotzdem in seinem Verhalten auf das Schwerste gestört erweist? Wenn wir ein Kind vor uns haben, dessen äußere Erscheinung nicht nur unauffällig, sondern manchmal sogar besonders wohlgeformt ist, das einen ausgesprochen intelligenten und gedankenvollen Gesichtsausdruck hat, von dessen Innenleben wir aber gar nichts oder nur unverständliche Bruchstücke erfahren. Ein Kind, das sprechen kann, aber nicht spricht; das hören und sehen kann, sich aber so verhält, daß man es zunächst für taub oder blind hält. Ein Kind, das sich von jeder menschlichen Berührung abwendet, für die doch sonst gerade Seelenpflege-bedürftige Kinder außerordentlich empfänglich sind. Ein Kind, das seine durchaus vorhandenen Fähigkeiten nicht benutezn kann oder will, während andere Seelenpflege-bedürftige Kinder aus ihren unvollkommenen Möglichkeiten herausholen, was sich ihnen abgewinnen läßt. Hier scheint das Bild nicht mehr zu stimmen von dem unvollkommenen

Nachdruck aus: W. Holtzapfel: Seelenpflege-bedürftige Kinder II, Dornach 1978

Instrument, auf dem der Pianist nur Mißtöne hervorbringen kann. Müßte man dieses Bild so abwandeln, daß der Pianist sich von dem offenbar richtig gestimmten Instrument abwendet und sich aus unverständlichen Gründen weigert, es zu benutzen?

Die Kinder, die uns dieses größte Rätsel aufgeben, werden «autistische Kinder» genannt. Das ist ein Name, der sicher nicht voll das Wesen des Zustandes trifft; aber andere Bezeichnungen, die vorgeschlagen wurden, wie «wahrnehmungsgestörte Kinder» oder «psychotische Kinder» tun es auch nicht, so daß wir zunächst einmal bei diesem ersten Namen bleiben. Der Terminus «Autismus» wurde ursprünglich von dem Zürcher Psychiater E. Bleuler auf erwachsene Schizophrene angewendet, um deren mangelnden Kontakt mit der Wirklichkeit zu kennzeichnen.

Während des Zweiten Weltkrieges (1943/1944) veröffentlichten zwei Ärzte, von denen der eine in den USA, der andere in Wien lebte, unabhängig voneinander ihre Beobachtungen über ähnliche Krankheitsbilder bei Kindern, für die beide die Bezeichnung «autistisch» wählten. *Asperger* (Wien) beschrieb die leichtere Form der Störung als «autistische Psychopathie». *Kanner* (Johns Hopkins University) bezeichnete als «frühkindlichen Autismus» die schwerere Form, die uns im folgenden vorwiegend beschäftigen wird.

Später unterschied man noch weitere Formen: den «psychogenen Autismus», der sich als Reaktion auf fehlende menschliche Beziehung, zum Beispiel bei Hospitalisierung von kleinen Kindern entwickeln kann; den «hirnorganischen Autismus», bei dem eine Hirnschädigung im Vordergrund steht, usw. Alle diese Formen sind aber in verschiedenster Weise durch Übergänge miteinander verbunden.

Hat man es mit solchen Kindern zu tun, so wird eine strenge Klassifizierung ohnehin fragwürdig. Jedes von ihnen ist ein Fall für sich. Allen gemeinsam aber ist das besonders Rätselhafte und schwer zu Fassende.

Wenn wir uns dieser Erscheinung nähern wollen, so gehen wir am besten von der Kannerschen Beschreibung der autistischen Hauptsymptome aus. Daran können sich weitere Beobachtungen und Gedanken anschließen.

Das erste Kardinalsymptom, der eigentliche «Autismus», die Abkapselung von der menschlichen Umwelt, ist häufig schon im ersten Lebensjahr erkennbar. Das Kind antwortet dem Blick der Mutter nicht mit einem Lächeln; es streckt ihr nicht die Ärmchen entgegen, wenn sie es aufnehmen will. In anderen Fällen scheint die Entwicklung zunächst ungestört zu verlaufen, um dann – meist im Alter von 2 bis 3 Jahren – in das autistische Verhalten umzuschlagen. Die Kinder scheinen das spezifisch Menschliche im anderen Menschen nicht wahrzunehmen. Sie betrachten ihn nur als Gegenstand, der ihnen vielleicht beim Laufen durch das Zimmer im Wege steht und dem sie ausweichen oder den sie auch überklettern. Dieser Gegenstand Mensch kann sich aber auch als Sesselersatz brauchbar erweisen. «Du bist mein Parkplatz», sagte ein schon sehr gebessertes Kind, das sich gut ausdrücken konnte, als es sich seiner Erzieherin auf den Schoß setzte. Selbst in einer solchen Aussage, die nicht scherzhaft gemeint war, klingt noch etwas von der nur mechanischen Auffassung des Mitmenschen durch. – Die Hand des Erziehers wird als Werkzeug benutzt: das Kind führt sie zu einem erwünschten Gegenstand, um diesen damit zu ergreifen. Die Kinder vermeiden den Blickkontakt; sie sehen durch den anderen Menschen hindurch oder an ihm vorbei. Sie benutzen die vorhandene Sprachfähigkeit nicht als Mittel zur Verständigung, denn andere Menschen als Wesen, mit denen man sich unterhalten könnte, existieren für sie nicht. Das Ignorieren des eigentlich Menschlichen ist so auffallend, daß man eine «Störung des Physiognomie-Erkennens» vermutet hat[1].

In scheinbarem Widerspruch zu dem Fehlen menschlicher Beziehungen besteht häufig eine enge Bindung an die Mutter oder eine andere Pflegeperson, die wegen ihres unpersönlichen Charakters als «Symbiose» bezeichnet wird. Die Kinder sind auf diese Pflegeperson, die alle ihre Bedürfnisse in bezug auf Nahrung, Kleidung, Gewohnheiten usw. kennt und erfüllt, völlig angewiesen und ohne diese ganz hilflos. Das erinnert an die unselbständige Situation des gesunden Säuglings und Kleinkindes, aber mit dem Unterschied, daß dort bereits ein persönliches Verhältnis im Lächeln und in der Zuwendung zum Ausdruck kommt.

Das zweite Kannersche Kardinalsymptom, das ängstliche Festhalten an der Gleichheit der Situation («sameness»), die Veränderungsangst, äußert sich darin, daß die Kinder mit Angstzuständen auf jede Veränderung der gewohnten räumlichen und zeitlichen Ordnung reagieren. Die Stellung der Möbel in der Wohnung, die Ordnung der Spielsachen im Schrank darf nicht verändert werden. Stets muß beim Frühstück zum Beispiel die Marmelade rechts vom Kinde stehen und sie muß eine gelbe Farbe haben. Stets muß der Spaziergang den gleichen Verlauf nehmen, ein Umweg kann eine schwere Erregung auslösen. Es ist so, als ob das Sich-Bestätigt-Fühlen in der Welt, das gesunde Kinder im Umgang mit anderen Menschen erleben, sich hier ausschließlich auf die Verhältnisse der dinglichen Umwelt stützen würde. Dabei richtet sich die Aufmerksamkeit ganz auf die quantitativen Verhältnisse der Dinge. Die Gegenstände, sagen wir Schuhe, Waschlappen oder Kekse, werden ohne Rücksicht auf ihre eigentliche Bedeutung in eine abstrakte Ordnung gebracht, etwa in langen Reihen angeordnet. Auffallend ist der Sinn für Symmetrie. Ein 8jähriger Junge, der an seiner Farmerhose auf der rechten Seite einen Knopf verloren hatte, knüpfte daraufhin auch die linke Seite nicht mehr zu. Müller-Wiedemann, der in einer aufschlußreichen Studie[2] auch auf die räumlichen Arrangements der autistischen Kinder eingeht, schreibt: «Eines unserer Kinder hat zu Hause tagelang jeden Morgen alle Schuhe aus dem Schrank genommen, die linken von den rechten getrennt und die rechten auf die eine Seite, die linken auf die andere Seite eines langen Ganges aufgereiht. Dabei kamen die jeweiligen Spitzen genau symmetrisch einander gegenüber zu stehen. Solche symmetrischen Anordnungen finden sich bei autistischen Kindern auch im Aneinanderreihen von Holzblöcken und Farbmustern oder in spiegelbildlichen Mustern, die als Reihe nach links und rechts, von einem Mittelpunkt ausgehend, mit Farbstiften oder Bauklötzen gelegt werden. Dazu gehört auch das Verhalten eines Kindes, welches, aufgefordert, eine Schublade hineinzuschieben, alle anderen Schubladen eines Schrankes genau auf die Höhe dieser Schublade herauszieht, bis alle Schubladen mathematisch genau übereinstimmen. Eine räumlich-geometrisch genaue Anordnung wird hier zwanghaft befriedigt unter Opferung eines Bedeutungsgehaltes einer Lade: Dem Aufziehen und Zuschieben.»

Die Kinder haben eine Vorliebe für geschlossene Räume. Das kann sich so äußern, daß sie sich etwa stundenlang in einen Schrank setzen oder daß noch Drei- und Vierjährige ihre Gitterbetten ungern verlassen. Auch dieses Bedürfnis nach Geschlossenheit kann sich ins Abstrakte verwandeln und in das Miterleben eines außerhalb des Kindes gelegenen Musters übergehen. Dafür gibt wieder Müller-Wiedemann[2] charakteristische Beispiele: «Diese Kinder versuchen einen 'geschlossenen' Raum herzustellen, der als Anordnung von Dingen perfekt ist und dadurch Sicherheit vermittelt, jedoch zwischenmenschliche Intentionen und Bedeutungen ausschließt. Dafür gibt es viele Beispiele, wie etwa das Verhalten eines unserer Kinder, das mit Klötzen ununterbrochen geschlossene Reihen oder Kreise legt. Bei Tisch springt dieses Kind plötzlich auf und setzt seinen Teller vor den Platz eines Kindes an einem anderen Tisch in dem Augenblick, als dieses Kind seinen Teller gerade der Gruppenmutter gibt. Dadurch wurde die Ordnung des Kreises der Teller an diesem Tisch gestört (es entsteht eine 'Öffnung') und der Junge stellt mit seinem Teller den geschlossenen Kreis wieder her.»

In unmittelbarem Zusammenhang mit der Veränderungsangst der Kinder steht ihr enges Verhältnis zu den Gegenständen der unbelebten Umwelt. Lichtschalter, Füllfederhalter, Spielautos, Schachteln, Klötze usw. ziehen sie unwiderstehlich an, während andere Menschen sie nicht nur nicht interessieren, sondern, wie bereits erwähnt, als solche für sie gar nicht existieren. Dabei ist die Auswahl unter diesen Dingen eine differenzierte: ein Kind interessiert sich nur für Füllfederhalter, ein anderes für Steckdosen usw. Fast allen gemeinsam ist die Vorliebe für – insbesondere fließendes – Wasser. Auch

Geräusche, vor allem technische, faszinieren sie, zum Beispiel der heulende Ton des Staubsaugers. Doris Weber[1] schildert: «Der sehnlichste Wunsch von zwei unserer Patienten (5;8 und 8;9 Jahre) war ein Ventilator. Nachdem beide Jungen von den Eltern einen Ventilator geschenkt erhielten, saßen sie stundenlang davor und sahen der gleichförmigen Bewegung zu». Die Kinder haben eine ungemeine Geschicklichkeit, auch selber bestimmte Gleichgewichts- und Bewegungszustände hervorzurufen. Mehrfach habe ich gesehen, wie ein solches Kind einen auf die Spitze gestellten Reißnagel so in drehende Bewegung versetzen konnte, daß er sich längere Zeit in kreiselndem Gleichgewicht erhielt: ein Kunststück, das wir Erwachsene trotz eifrigen Bemühens nicht fertigbrachten. In solchen Betätigungen der Kinder ist keine Entwicklung festzustellen; sie erschöpfen sich in der automatischen Wiederholung des ewig Gleichen.

Die Sprachentwicklung zeigt ganz besondere Eigentümlichkeiten. Fast immer ist sie verspätet. Da die Kinder auf Töne und Geräusche nicht reagieren, werden sie zunächst leicht für taubstumm gehalten. In vielen Fällen lernen sie aber doch sprechen. Dabei kann man aus manchen Anzeichen entnehmen, daß das Sprachverständnis lange vor dem Beginn des Sprechens vorhanden ist. Diese nichtsprechenden Kinder sind nicht stumm. Sie besitzen die Sprachfähigkeit, aber sie sprechen nicht, weil sie kein Bedürfnis nach Mitteilung haben. Solches Schweigen bei vorhandenem Sprachvermögen wird als Mutismus bezeichnet.

Lange Zeit kann die Sprache lediglich in einem echolalieartigen Nachsprechen bestehen. Wenn dann die Kinder beginnen, Eigenes zum Ausdruck zu bringen, so wirkt dieses häufig wie ein Spiel mit Worten und hat noch keinen Mitteilungscharakter. Dabei können originelle Wortbildungen zustande kommen. Ein Junge bezeichnete zum Beispiel seine Durchfallserkrankung als «Bauchschnupfen». Die Fähigkeit zu neuen Wortkombinationen und -bildungen haben besonders die autistischen Psychopathen Aspergers. – Wenn schließlich die Sprache zur Mitteilung an andere benutzt wird, dann fällt immer noch die monotone, mechanische und gefühlsarme Sprechweise auf.

Große Schwierigkeiten haben die Kinder mit dem Wort «Ich». Der Punkt, der in der normalen kindlichen Entwicklung des Ichbewußtseins dadurch markiert wird, daß das Kind sich selber als «Ich» bezeichnet, wird entweder gar nicht oder sehr verspätet erreicht. Auf dem Wege zu dem Pronomen «Ich» tritt eine charakteristische Ausdrucksweise auf, die «pronominale Umkehr». Das Kind kann zum Beispiel seinen Erzieher fragen: «Was schenk ich dir?» Es meint aber: Was schenkst du mir?» Ich und Du, überhaupt die auf die erste und zweite Person bezüglichen Fürwörter werden vertauscht. Auf diese

Erscheinung werden wir im Zusammenhang mit anderen Umkehrphänomenen noch zurückkommen.

Wie die Schwierigkeiten gegenüber dem Wort «Ich» auf eine tiefgreifende Störung in der Entwicklung des Ichbewußtseins zurückgeht, so weist der ebenfalls lange vermiedene Gebrauch des Wortes «ja»[3] auf eine Störung in der Beziehung zur Welt. Da die Kinder das Wort «nein» durchaus gebrauchen, muß ihnen auch der Begriff des «ja» bekannt sein. Wir können diese Bevorzugung des Verneinens, Ablehnens im Sprachgebrauch in Parallele sehen mit dem «Verneinen», Nicht-Anwenden vorhandener Fähigkeiten, wovon schon die Rede war.

Wenn die Kinder bis zum 5. Jahr nicht sprechen gelernt haben, so ist das ein ungünstiges Zeichen für die weitere Entwicklung. Überhaupt sind die Entwicklungsmöglichkeiten dieser Kinder sehr verschieden. Sie können im Laufe der Jahre unter dem Einfluß der Behandlung deutliche Grade der Besserung erreichen. Was hier als ein Umriß des autistischen Verhalten skizziert wurde, kann nur ein Durchschnittsbild geben, von dem jedes einzelne Kind auf seine individuelle Weise abweicht.

Kanner fand bei seinen Untersuchungen, daß fast alle autistischen Kinder aus Intellektuellenfamilien stammten. Die Väter waren in gehobenen Berufen (Ingenieure, Ärzte, Rechtsanwälte usw.) tätig, die meisten Mütter hatten eine abgeschlossene Berufsausbildung. Häufig waren beide Eltern Akademiker. Kanner nahm an, daß der «emotional frigide» Charakter intellektueller Eltern in einem ursächlichen Zusammenhang mit der Entstehung des Autismus zu sehen sei. Es wurde an anderer Stelle (siehe den Beitrag: «Stufen der Manifestation» in diesem Band) schon ausgeführt, wie ein solcher Zusammenhang zwischen dem seelischen Vorzustand in der Umgebung und der eigentlichen Abnormität beim Kinde in Wirklichkeit zu verstehen ist. Heute kann man nicht mehr von einem Vorherrschen intellektueller Berufe bei den Eltern sprechen. Alle Berufe sind vertreten. Allerdings muß man sagen, daß die intellektuelle Seelenverfassung sämtliche Berufsschichten durchdrungen hat.

Bei den heutigen Untersuchungen tritt die ursächliche Rolle einer Hirnschädigung immer mehr in den Vordergrund, die man bei vielen autistischen Kindern findet. Da aber frühkindliche Hirnschädigungen leider überhaupt sehr häufig geworden sind, fragt es sich, warum glücklicherweise nur wenige dieser Kinder zu Autisten werden. – Selbstverständlich wird die Frage der Erblichkeit erwogen. Es spricht aber sehr gegen die Rolle der Vererbung, daß es eineiige Zwillinge gibt, von denen der eine gesund, der andere autistisch ist.[3]

Auch nach biochemischen Ursachen ist geforscht worden. Man fand zum

Beispiel Störungen im Eiweiß-[4] und im Zinkstoffwechsel[5]. Für die Bedeutung des Stoffwechsels spricht auch, daß es bei einer als Zöliakie bezeichneten schweren Verdauungsinsuffizienz der Kinder zu autistischem Verhalten kommen kann[6].

Es sind noch viele Forschungsergebnisse zu erwarten, die zu einer Lösung des Rätsels Autismus beitragen werden. Aus den vorliegenden Phänomenen läßt sich aber heute schon ablesen, in welcher Richtung diese Lösung zu suchen ist. Das soll im folgenden Kapitel ausgeführt werden.

II

Was liegt dem kindlichen Autismus zugrunde?

Suchen wir nach dem Verständnis eines so beispiellos erscheinenden Verhaltens, wie es uns in den autistischen Kindern entgegentritt, so kann es eine Hilfe sein, wenn wir wenigstens Anklänge an bereits Bekanntes finden, an die sich anknüpfen läßt.

Bei den hysterischen Kindern war uns die Vorliebe für geschlossene Räume bereits begegnet[7]. In ähnlicher Weise sehen wir auch autistische Kinder sich gegen die Umgebung abgrenzen, indem sie etwa ihr Gitterbett nicht verlassen wollen, sich in einem Schrank verkriechen und ähnliches. Aber wenn diese Neigung, sich umhüllt zu fühlen, über das Erleben der körpernahen Umgebung hinausgeht und auf das Miterleben außerhalb gelegener Reihenbildungen übergreift, so ist das eine abstrakte Übersteigerung des Bedürfnisses nach Geschlossenheit, das bei hysterischen Kindern in dieser Form nicht vorkommt.

Die Feinfühligkeit des hysterischen Kindes, die ihm ermöglicht, seine Umgebung intim zu erkunden, steigert sich beim autistischen Kinde bis zu telepathischen Fähigkeiten. Man kann diesen Kindern manchmal anmerken, wie sie in erschreckend genauer Weise die Seeleninhalte ihrer Erzieher miterleben, auch wenn sie von diesen gar keine Notiz zu nehmen scheinen. Sie können bestimmte Fähigkeiten, zum Beispiel im Malen, nur dann zeigen, wenn ihr gerade in dieser Hinsicht besonders fähiger Erzieher dabei ist. Von einem elfjährigen Jungen, der nie ein Wort sprach, berichtet sein Erzieher, daß er mit der Schreibmaschine Gedichte schreibe, wenn er auf den Knien seines hochbegabten Vaters sitze. Ein achtjähriges Mädchen sagte mit Bestimmtheit: «Heute kommt meine Mutter», und die weit entfernt wohnende Mutter erschien tatsächlich. Sie hatte keine Nachricht gegeben, aber eine plötzlich notwendig gewordene Reise zu einem Abstecher in das Institut benutzt. – In solchen Beispielen zeigt sich eine auch bei hysterischen Kindern veranlagte Fähigkeit ins nahezu Unglaubhafte gesteigert. – Auch die Verwundbarkeit und das Verstummen (Mutismus) kindlicher Hysteriker finden wir bei den autistischen Kindern in gesteigerter Form wieder.

Der charakteristische Ausspruch des hysterischen Kindes «ich kann das nicht», mit dem es sich zunächst vor jeder Aufforderung zurückzieht, die es dann doch erfüllen kann, steigert sich beim autistischen Kind zur absoluten Unmöglichkeit, bestimmte Tätigkeiten zu vollziehen (Apraxie), obgleich die Ausführung im Bereiche seiner Fähigkeiten läge. «Mehrere unserer Patienten griffen als Kleinkinder, auch bei intensivem Hunger, niemals selber zum Löffel oder zum Brot, obwohl sie ihre Gliedmaßen frei bewegen, nach Gegenständen greifen und mit ihnen hantieren konnten. Einige Eltern versuchten, diesen vermeintlichen 'Trotz' zu durchbrechen, indem sie die Kinder vor dem gefüllten Teller sitzen ließen. Sie mußten diesen Erziehungsversuch aber aufgeben, da die Kinder – wie die Eltern vermutlich zu Recht meinten –, 'vor vollen Tellern verhungert' wären[1].» Ist ein solches Verhalten schon schwer verständlich, so steht man bei folgendem Beispiel vor etwas ganz Unfaßbarem: Eine kleine Patientin wäre fast ertrunken, weil ihr Bruder beim Spiel ihren Kopf in ein wassergefülltes Gefäß tauchte und sie ihn nicht wieder heraushob[6]. Ist es nicht so, als ob das Kind seinen Körper – in diesem Fall seinen Kopf – wie einen leblosen Gegenstand empfände, der nur von außen bewegt werden kann? Manchmal kann die im Augenblick erforderliche Tätigkeit aber doch durch den Anruf eines anderen Menschen in Gang gesetzt werden: Ein zehnjähriger Junge aß für sein Leben gerne Äpfel. Wenn man ihm einen Apfel hinlegte, so konnte er ihn erst dann ergreifen, wenn man ihn dazu aufforderte. Aber ehe er wirklich in den Genuß des Apfels kam, waren stufenweise noch weitere Aufforderungen nötig: den Apfel in den Mund zu stecken, ihn zu kauen, ihn hinunterzuschlucken. Andere Kinder können eine Treppe nicht ersteigen, eine Türe nicht öffnen, eine Schwelle nicht überschreiten usw., wenn sie nicht dazu aufgefordert werden. In dem auslösenden Einfluß, den der Erzieher in dieser Weise auf das Tun des autistischen Kindes ausübt, kann man eine Steigerung des «seelisch-streichelnden» Dabeiseins erblicken, mit dem er die Tätigkeit des hysterischen Kindes begleitet.

Es ließen sich noch andere Parallelen in den Erscheinungen beim hysterischen und beim autistischen Kinde anführen. Immer ist dabei das noch verständliche Verhalten des hysterischen Kindes in einem Ausmaß gesteigert, daß wir mit unserem Verständnis schwer nachkommen.

Nun verglich Rudolf Steiner das Geschehen der kindlichen Hysterie mit dem Vorgang des Sterbens. Wenn wir auch diesen Vorgang, der ein Urbild der hysterischen Erscheinungen abgibt, beim autistischen Kinde uns gesteigert denken, so würde es zu einem Schritt kommen, den man mit dem Überschreiten der Todesschwelle vergleichen müßte. Natürlich sind derartige Vergleiche cum grano salis und vor allem mit dem notwendigen Takt zu nehmen. Das hysterische Kind ist nicht in Wirklichkeit ein sterbendes, seine Lebenserwartung ist nicht vermindert. Der Vergleichspunkt liegt in seiner Tendenz, sich aus der Leiblichkeit herauszuziehen und sich zu verströmen[7].

Das autistische Kind ist nicht in die geistige Welt hinübergegangen, wie das beim Tode der Fall wäre, aber der Vergleich ist insofern zutreffend, als es doch in einer von der unsrigen ganz verschiedenen Welt sich befindet. Daß das so ist, ist immer wieder gespürt worden und in den verschiedensten Bezeichnungen zum Ausdruck gekommen, die auf das Unfaßbare und Unzugängliche der Situation des autistischen Kindes hinweisen: «Das Kind in der Glaskugel» (Junger), «die leere Festung» (Bettelheim), «eine fremdartige Welt» (Delacato) usw.

Die Welt des autistischen Kindes ist zwar die gegenständliche Umwelt, in der auch wir leben, aber der Bezug zu dieser Welt hat sich so verschoben, daß sie zu einer für uns völlig fremdartigen geworden ist. Das Welterleben dieser Kinder ist weiter von uns entfernt als das des schizophrenen Menschen, der doch wirklich in einer ganz anderen Welt, der der Halluzinationen und Wahnideen, lebt.

Was ein solches Kind erlebt, ist die Welt des Todes, die Welt der unbelebten Gegenstände und ihrer physikalisch-mechanisch-mathematisch erfaßbaren Verhältnisse, die keine Entwicklung kennt und sich in der ständigen Wiederholung des Gleichen erschöpft. Aus dieser Welt gilt es, das Kind herauszuziehen und es der Welt der Menschen wieder zuzuführen.

Wir haben uns der Situation des autistischen Kindes zu nähern versucht, indem wir von einigen Eigenschaften ausgingen, die eine Übersteigerung kindlich-hysterischer Symptome darstellen. Es gibt andere Eigenschaften, die sich nicht in diesen Bezug bringen lassen. Für die geschilderte «pronominale Umkehr» zum Beispiel findet sich bei hysterischen Kindern nichts Vergleichbares. Aber das Phänomen der Umkehr ist nicht auf die Pronomina beschränkt, bei denen «Ich» und «Du» vertauscht wird. Es begegnet uns so häufig auf den verschiedensten Ebenen, daß sich darin etwas den Autismus Kennzeichnendes aussprechen muß. Die Welt dieser Kinder scheint *auf den Kopf gestellt* zu sein. Es ist alles nicht nur anders, sondern immer gerade umgekehrt, als wir es unseren bisherigen Erfahrungen und Begriffen nach erwarten würden. Das beginnt schon damit, daß vorhandene Fähigkeiten einfach nicht benutzt werden. Alle Voraussetzungen für eine gesunde Entwicklung scheinen gegeben, und diese nimmt trotzdem einen schwer gestörten Verlauf.

– Die Kinder wenden sich von den Menschen ab und der dinglichen Umwelt zu; die Rolle von Mensch und Welt erscheint vertauscht. – Sie können sich selber schlagen und beschädigen, ohne Schmerzen zu äußern, während ihnen eine Veränderung ihrer Umwelt den größten Schmerz bereitet. – Auch im Erleben der eigenen Leiblichkeit werden die Verhältnisse umgekehrt. Die aufgerichtete menschliche Gestalt ist auf den Gegensatz von oben und unten, von Auftrieb und Schwere orientiert. Der Kopf und das Zentralnervensystem leben im Auftrieb (das Gehirn schwimmt im Gehirnwasser), sie sind aus der Schwere herausgehoben. Die übrige Organisation – insbesondere die Füße durch ihre Gewölbekonstruktion – ist auf die Auseinandersetzung mit der Schwere eingerichtet. Auch diese Verhältnisse werden von den autistischen Kinder vertauscht. Manche von ihnen stehen stundenlang auf dem Kopf, ohne daß es ihnen Mühe macht, im Gegenteil, sie scheinen diese Position zu genießen[1]. Dafür ist die Tendenz, die Füße aus der Schwere herauszuziehen und auf den Zehenspitzen zu gehen oder zu trippeln, weit verbreitet. – Ein ganz eigenartiges Umkehrphänomen wird von Doris Weber[1] folgendermaßen geschildert: «Von den eineiigen Zwillingen Heidi und Brigitte G. konnte Heidi mit 3 Jahren kauen (als sie auch einzelne Worte zu sprechen begann), Brigitte jedoch mit 4;2 Jahren immer noch nicht, obwohl sie in mancher Beziehung motorisch recht geschickt war, zum Beispiel wie die Schwester im Bett recht ausdauernd auf dem Kopf stehen konnte. Es geschah immer wieder, daß Brigitte, ein Stück Apfel oder ein Plätzchen in der Hand haltend, intensiv auf den Mund der Schwester sah, während diese kaute. Oft riß Brigitte dann plötzlich der Schwester das Apfelstück aus der Hand und steckte es in ihren eigenen Mund. Nach kurzer Zeit spuckte sie es jedoch, begleitet von kläglichem Geschrei, wieder aus. Es kann kein Zweifel darin bestehen, daß Brigitte gerne gekaut hätte, es aber nicht vermochte. Sie nahm der Schwester das Apfelstück weg, weil sie meinte, daß der Apfel die Fähigkeit zu kauen beinhalte.» Hier wird innen und außen, Ich und Welt vertauscht: Die Möglichkeit den gekauten Zustand zu erzielen, wird aus dem Menschen heraus in den Apfel, als einen Gegenstand der Umwelt, verlegt. – Nicht selten wird auch die zeitliche Reihenfolge umgekehrt: Manche Kinder können zunächst lesen und schreiben (wobei manchmal unerklärlich bleibt, wo und wie sie es gelernt haben) und beginnen dann erst mit dem Sprechen.

Wenn autistische Kinder Bewegungen nachzuahmen beginnen, was einen großen Fortschritt bedeutet, dann vertauschen sie häufig die Bewegungsrichtung: sie zeigen nach unten anstatt nach oben, bewegen den linken Arm statt des rechten usw. Sie ziehen die Kleidungsstücke verkehrt herum an und ziehen die Schuhe an den falschen Fuß[8].

Was spricht sich in solchen Umkehrphänomenen aus, in denen die Rollen von Ich und Du, Mensch und Welt, oben und unten, innen und außen, vorher und nachher vertauscht sind? Die Antwort auf diese Frage ließe sich finden, wenn es gelänge, eine Stelle im menschlichen Organisationszusammenhang nachzuweisen, an der diese abnorme Umkehrtendenz als normaler Vorgang auftritt. Eine solche Stelle gibt es. Derjenige Bereich der menschlichen Organisation, in dem alles «auf den Kopf gestellt» wird, ist der Kopf selber. Das Gehirn ist so gebaut, daß durch seine Struktur oben und unten, rechts und links, vorne und hinten, innen und außen vertauscht werden. Diese Umkehr der Richtungen wird vor allem durch die Kreuzung der Nervenbahnen erreicht, die aus dem übrigen Organismus in das Gehirn hineinziehen. Die sensorischen und motorischen Zentren für die rechte Körperhälfte liegen im Gehirn links und umgekehrt. Die Zentren für die oberen Körperpartien liegen unten neben der Zentralfurche, diejenigen für die untere Körperhälfte oben. Die nach vorn gerichtete Augenorganisation hat ihre Zentren in der hintersten Partie des Gehirns. Die graue Substanz, die im übrigen Körper (Rückenmark) zentral liegt und von der weißen Substanz umschlossen wird, liegt im Gehirn peripher und umschließt als grauer Mantel die weiße Substanz.

Ist es erlaubt, so verschiedene Dinge wie die Gehirnstruktur und charakteristische Züge eines bestimmten Kindertyps aufeinander zu beziehen? Werden hier nicht ganz unvergleichbare Seinsbereiche – morphologische und psychologische – miteinander in Verbindung gebracht? Für eine umfassende Betrachtung ist ein solches Verfahren möglich und notwendig. Wir wenden ein entsprechendes Verfahren an, wenn wir etwa den Stil einer bestimmten Zeitepoche durch die verschiedensten Bereiche, durch Architektur, Malerei, Musik, Dichtkunst, Philosophie, aber auch durch die gesellschaftlichen und politischen Verhältnisse hindurch verfolgen. Die gotische Kathedrale ist als solche ein architektonisches bzw. morphologisches Phänomen, aber aus dem Stil, in dem sie gebaut ist, spricht eine Sprache, durch die wir den Geist der gotischen Zeit überhaupt vernehmen können. So können wir sagen: In bestimmten Verhaltensweisen des autistischen Kindes äußert sich ein «Stil», der demjenigen der Hirnstruktur entspricht.

Was ist mit einer solchen Erkenntnis gewonnen? Sie bestätigt uns etwas, das wir – von einem ganz anderen Ausgangspunkt aus – bereits bei einem Vergleich der autistischen mit den hysterischen Erscheinungen erkannt hatten: Es ist der Bereich des Todes, in den wir gelangen. Das Gehirn ist fast leblos. Die eigentlichen Gehirnzellen vermehren sich nicht mehr und können deshalb nach Verletzungen und Zerstörungen durch Krankheit nicht wieder ersetzt werden. Darüber hinaus werden täglich Tausende dieser Zellen irreversibel vernichtet. Aber nicht nur in bezug auf die organischen Verhältnisse, sondern auch in bezug auf seine diesen Verhältnissen zugrundeliegende übersinnliche Gliederung gehört das Gehirn dem Tode an. Die übersinnlichen Wesensglieder[1], die Leben, Bewegung und Tätigkeit des Organismus bewirken, haben sich aus dem Kopf herausgezogen und lassen das Gehirn als leblosen Spiegel der Bewußtseinsvorgänge zurück. Diese für den Kopf gültige Gliederung kann bis zu einem gewissen Grade auf das autistische Kind als Ganzes bezogen werden. Auch bei ihm hat sich der übersinnliche Anteil, insbesondere sein Ich, herausgezogen und einer anderen Welt zugewendet, wie wir sahen. Daraus erklären sich zum Beispiel die als «Apraxie» bezeichneten Zustände. Das Ich des Kindes hat weitgehend die Möglichkeit verloren, seine Intentionen durch die Leiblichkeit zu verwirklichen, von der es sich abgewandt hat.

Für das symbiotische Verhalten des autistischen Kindes liefert ebenfalls der Kopf ein Bild. Er lebt in einseitiger «Symbiose» mit dem übrigen Körper, der ihn bedient und alle seine Bedürfnisse erfüllt. Er läßt sich tragen und von Ort zu Ort führen – «der Kopf fährt Kutsche», wie Rudolf Steiner sagte –, er läßt sich die Sinneseindrücke zuleiten, er läßt sich füttern usw.

Auch die Betonung der Symmetrie ist sozusagen im Kopf zu Hause. Der Kopf und seine Organe sind im Vergleich mit anderen Regionen der menschlichen Organisation am stärksten symmetrisch gebaut.

Während so das autistische Kind als Ganzes Kopfcharakter annimmt, wirkt sein eigentlicher Kopf fast wie ausgeschaltet. Das Gehirn und die mit ihm verbundenen Sinnesorgane werden in ihren Funktionen eingeschränkt und abgeändert. Das zeigt sich schon in den immer häufiger festgestellten Hirnschädigungen. Das zeigt sich auch in den als Wahrnehmungsstörung aufgefaßten Erscheinungen: «Sie sehen nicht, sie hören nicht, sie haben keine Physiognomiewahrnehmung.» Das zeigt sich vor allem in einer «sachfremden Benützung» der Sinnesorgane.

Daß wir durch unser Auge die Welt erfassen können, ist dadurch möglich, daß dieses Organ dabei aus dem Erleben völlig ausgeschaltet wird. Wir erleben nicht das Auge, sondern durch das Auge die Welt. Bei diesen Kindern zeigt sich umgekehrt die Tendenz, das Auge selbst als Organ zu erleben, während die Sehfunktion an Bedeutung verliert. Viele von ihnen verdrehen zum Beispiel die Augen extrem nach oben oder seitlich unter die Augenwinkel (obere und seitliche Endstellung)[1]. Das dabei auftretende Druck- und Spannungsgefühl wird offenbar lustvoll erlebt. Andere Kinder erreichen entsprechende Erlebnisse, indem sie mit den Fingern auf die Augäpfel drücken (Augenbohren, digito-okuläres Phänomen). Das sind Erlebnisse, die viel mehr im Bereich des Tast-, Lebens- und Bewegungssinnes liegen als in dem des Sehsinnes. Auch für das Ohr wird eine ähnliche Erlebnisverschiebung durch intensives Ohrenbohren (digito-aurikuläres Phänomen) beobachtet.

Schon durch den bereits erwähnten Kopfstand wird der Kopf in einer seinem eigentlichen Wesen fremden, ja ihm entgegengesetzten statischen Funktion erlebt. Wir hatten diese Erscheinung bisher als *Umkehrphänomen* verstanden. In gleicher Weise ließen sich übrigens auch die geschilderten Erlebnisverschiebungen an den Sinnesorganen (Auge und Ohr) verstehen. Die beim autistischen Kind auftretenden Erscheinungen kann man durchaus unter verschiedenen Gesichtspunkten betrachten, die dann in verschiedener Weise etwas über sein Wesen aussagen. – Ein entscheidender Schritt in der Entwicklung des kindlichen Ichbewußtseins vollzieht sich dann, wenn das Kind beginnt, von sich selbst als «Ich» zu sprechen. Das sich inkarnierende Ich erwacht am Widerstand seiner Leiblichkeit und bezeichnet sich mit dem Wort, das nur es selber auf sich anwenden kann. In der gesunden kindlichen Entwicklung ist das mit 2-3 Jahren der Fall. Man spricht vom «Trotzalter», weil die erwachte Persönlichkeit sich sehr deutlich in der Betonung des kindlichen Eigenwillens äußert. – Wir sahen, wie diese Stufe vom autistischen Kind verspätet, unter eigenartigen Umwegen, oder gar nicht erreicht wird. Als «Störungen der Ich-Aktivität, des Ich-Bewußtseins und der Ich-Einprägung» charakterisiert J. Lutz das Wesen des Autismus[10]. Van Krevelen[11] spricht von einer «Retardierung der totalen kindlichen Persönlichkeit», Bosch[12] von einer ausbleibenden oder verzögerten «Konstitution von Eigen- und gemeinsamer Welt», Bettelheim[3] von einer «Verleugnung der Selbstheit» oder von einer «mangelnden Wahrnehmung der Selbstheit». Alle diese Forscher weisen damit in die gleiche Richtung:

Das Ich des autistischen Kindes erfaßt sich selber nicht, es vermag deshalb auch das Ich im anderen Menschen nicht wahrzunehmen. Es ist charakteristisch, daß der Umschlag in das autistische Verhalten nicht selten im Lebensalter von 2 bis 3 Jahren beginnt[3]. Gerade in dem Zeitpunkt, in dem das Ich einen entscheidenden Schritt zu seiner Selbstverwirklichung tun sollte, wendet es sich ab und einer entgegengesetzten Entwicklungsrichtung zu. Th. Weihs[3] spricht von einer «Panik-Reaktion auf das übermächtige, urplötzlich hereinbrechende Erwachen des eigenen Ich».

Das Ich des gesunden Kindes richtet sich durch seine Leiblichkeit auf die Welt und lebt in ihr. Es verwirklicht seinen Willen mit Hilfe dieser Leiblichkeit. Es nimmt durch deren Organe die natürliche und menschliche Umwelt wahr und entwickelt daran innere Erlebnisse. In diesem Zusammenspiel des Ich mit seiner Leiblichkeit entzündet sich das seelische Erleben in Frage und Antwort, in Freude und Schmerz, in Verlangen und Abwehr.

Beim autistischen Kind hat sich das Ich von der eigenen Leiblichkeit und dem durch sie vermittelten Welterleben abgewendet und findet sich stattdessen unmittelbar in die Vorgänge der unbelebten Umwelt hineingestellt. Das Zusammenspiel mit der Leiblichkeit und die daraus entspringende Entwicklung seelischer Innerlichkeit in Denken, Fühlen und Wollen ist aufs Schwerste gestört. Darum können diese Kinder so eigentümlich seelenlos, gleichgültig und unbeteiligt wirken. Nur selten äußern sie Gefühle, und wenn, dann im Zusammenhang mit Vorgängen in der dinglichen Umwelt. Eine gewiße seelische Leere spricht aus der mimischen Armut des feingebildeten Gesichts und hat zu Benennungen wie «Elfenkind» Anlaß gegeben. – Auf dem Gebiet des Willens äußert sich die Störung in Antriebslosigkeit und Passivität. Kaum jemals ist ein Streben, eine Entwicklung sichtbar. Dem autistischen Kind fehlt das Zielbewußtsein.

Daß auch eine Störung des Denkens vorliegt, wird leicht übersehen, weil die Kinder sporadisch Beweise großer Intelligenz geben können. Manches, was als Wahrnehmungs- oder Sprachstörung aufgefaßt wird, beruht aber in Wirklichkeit auf dem Unvermögen, die richtigen Begriffe durch das Denken zu finden. Das Denken ist es, das die Beziehungen zwischen den Dingen herstellt[15, 16]. Wo das Denken nicht eingreift, bleibt die Welt ein unverständliches Chaos. Einer solchen Welt ohne Zusammenhang, ohne Sinn, ohne Bedeutung, die keine menschliche Anteilnahme zu erwecken vermag, sieht sich das autistische Kind gegenüber. Auch van Krevelen[17] sagt von der Welt des autistischen Kindes, sie sei nicht durch Gedanken belebt, sondern monoton und öde.

C. Park, die aus ihrem unmittelbaren Erleben als Mutter eines autistischen Kindes das bisher aufschlußreichste Buch über den Autismus[14] geschrieben hat, sieht in dem mangelnden Denkvermögen den eigentlichen Schlüssel zum autistischen Verhalten: «Es ist tatsächlich der zentrale Mangel des autistischen Kindes, daß es unfähig oder nicht gewillt ist, die primären Bausteine der Erfahrungen zusammenzusetzen. Dieser Mangel wirkt sich auf die Sinnesorgane aus, auf die Sprache, auf die Aktivität und auf das Gefühlsleben.»

Weil es an der Zusammenhang schaffenden Tätigkeit des Denkens fehlt, fällt es dem autistischen Kind beim Erlernen der Sprache schwer, solche Worte zu erfaßen und zu erlernen, welche Verhältnisse zwischen den Dingen angeben. Das sind vor allem die kleinen und unscheinbaren Worte, die als Präpositionen und Konjunktionen bezeichnet werden. Es dauert lange, bis auch nur die einfachste Verbindung durch das Wort «und» gelingt. Viel schwieriger aufzufassen sind schon räumliche und zeitliche Beziehungen, welche durch «unter», «gestern», «früher» usw. hergestellt werden. Und gar solche Worte wie «zwar» oder «trotzdem», in denen nach Jean Paul eine ganze Philosophie steckt, sind ihnen fast unzugänglich. Dies alles tritt in der Sprache zutage, ist aber keine eigentliche Sprachstörung.

F. Affolter[18, 19] hat in überzeugender Weise geschildert, wie es im Laufe der kindlichen Entwicklung zu einer immer stärkeren Verbindung zunächst räumlich und zeitlich getrennter Wahrnehmungen kommt. Wenn es nun autistischen Kindern nicht gelingt, solche Verbindungen herzustellen, so kann man eigentlich nicht von einer «Wahrnehmungsstörung» sprechen. Die Wahrnehmung als solche ist ungestört. Gestört ist das Verständnis der Wahrnehmung, das aus dem im Denken erfaßten Begriff entspringt. Diese Störung des Verständnisses ist es, die den Bezug zur nächsten Wahrnehmung blokkiert. Wenn das Kind sich nach einer Schallquelle nicht umwendet, so liegt es nicht daran, daß es den von dieser Schallquelle ausgehenden Ton nicht hört, sondern daran, daß es mit dem Gehörten keinen Begriff verbindet und darum nicht weiß,daß etwas zum Hören auch etwas zum Sehen sein kann.

C. Park schreibt gegen den Schluß ihres Buches[14], in dem sie von ihrer autistischen Tochter Elly berichtet: «Es ist gewiß nicht an mir zu entscheiden, welcher Fachausdruck für Ellys Syndrom zutreffend ist. Einer ist meiner Meinung nach aber bestimmt nicht anwendbar. Mein Kind ist kein 'gestörtes' Kind. Hier und da geschieht etwas, das ihre Fähigkeiten übersteigt, und solche Dinge verwirren sie. Doch je länger ich sie beobachte, umso besser kenne ich sie, und je mehr es bei ihr zu sehen gibt, umso fester bin ich überzeugt, daß wir es nicht mit einer Störung, sondern mit einem Mangel zu tun haben. Die Schraube ist nicht locker, sie fehlt.» Hier wird in einer allerdings sehr vereinfachten, aber anschaulichen Ausdrucksweise auf das besonders Tiefgehende der Veränderung hingewiesen, die beim autistischen Kind vorliegt. Wir haben uns in den vorangehenden Ausführungen bemüht, anhand der Symptome zu ergründen, was unter dieser «Schraube» zu verstehen ist, die die menschliche Organisation zusammenhält. Es handelt sich um das zentrale menschliche Wesensglied, um das «Ich», welches zwar nicht endgültig fehlt, aber doch sich so weit entfernt und *seine Richtung so verändert hat,* daß es kaum zu erreichen ist. Das Ich des autistischen Kindes hat sich vom menschlichen Bereich abgewendet und muß diesem zurückgewonnen werden. Das ist der Leitgedanke, welcher der Behandlung zugrundeliegt.

Es ist vor allem die gestaltende Kraft des Wortes, wie wir sahen[20], die an das Ich des Kindes appelliert. Auch wenn das Kind selber noch nicht spricht, so wirkt es schon, wenn in seiner Umgebung gut konfiguriert gesprochen wird und wenn man Sprachliches und Rezitatorisches an das Kind heranbringt. Hat das Kind sprechen gelernt, so muß man auch bei ihm auf deutliches und klares Sprechen achten. Besonders wirksam ist aber alles dasjenige, was als Gebärdensprache das gesprochene Wort begleitet. Wenn das Kind an einem geistgemäßen Kultus teilnehmen kann, so liegt darin auch ein therapeutisches Element. Und die Eurythmie als «sichtbare Sprache» hat hier eine große Aufgabe.

Das Ich lebt im 24-Stunden-Rhythmus. Das immer sich wiederholende Miterleben eines sinnvoll gestalteten Tageslaufes, wie es in einem heilpädagogischen Heim möglich ist, schafft die Atmosphäre, in die das Ich sich eingliedern kann. Durch Morgen- und Abendfeier, durch das wache Unterrichtselement am Vormittag und durch das Gemütselement der Erbauungsstunde am Nachmittag werden die Qualitäten der Tageszeiten betont.

Das Ich lebt in der Wärme. Dieses Erleben ist bei den autistischen Kindern gestört. Sie sind fast unempfindlich gegen Abkühlung. Man muß darauf achten, daß sie warm angezogen sind. Warme Bäder, auch Überwärmungsbäder, können hilfreich sein. Bei subfebriler (leicht erhöhter) Körpertemperatur bessert sich der Zustand oft deutlich.

Das Ich lebt im Willen. Der Wille lebt in der Bewegung. Auch von diesem Gesichtspunkt aus ist die Eurythmie ein unentbehrliches Hilfsmittel; aber auch alles andere, was das Kind zu sinnvoller und durchseelter Bewegung bringt.

Die menschliche Gestalt ist ein Ausdruck der Ich-Organisation. Man kann immer wieder feststellen, daß diese Kinder von ihrer eigenen Gestalt, von ihrem «Körperschema», kaum eine Vorstellung haben. Wenn sie versuchen, einen Menschen zu zeichnen, so kommt eine Addition verschiedener Körperteile dabei heraus, die sich nicht in eine Gesamtgestalt einfügen. Systematische Übungen in sogenannter «Körpergeographie» sind hilfreich: «Zeig mir dein linkes Ohr», «faß mit der rechten Hand an den linken Fuß» usw.

So intensiv auch die Bemühung sein kann, die zur Behandlung aufgewandt wird, so darf sich doch diese Intensität nie unmittelbar auf das Kind richten. Ein solches Kind darf man nicht direkt und energisch ansprechen oder ihm in die Augen schauen. Jede Begegnung mit dem Ich eines anderen Menschen wirkt als eine Attacke, gegen die das eigene Ich sich aufrechterhalten können muß. Beim autistischen Kinde, dessen Ich so weit entfernt ist, daß es kaum vorhanden zu sein scheint, könnte eine direkte Begegnung schlimme Folgen haben und wie eine Verletzung wirken, gegen die es sich nicht wehren kann und durch die es noch weiter zurückgeschlagen wird. Sachlich, ruhig, «mit abgestelltem Affekt» (Asperger) steht der Erzieher neben dem Kinde und gibt dadurch den Raum frei, dem das Ich des Kindes sich nähern kann.

Literatur und Anmerkungen:

1 *D. Weber:* Der frühkindliche Autismus unter dem Aspekt der Entwicklung. Bern 1970
2 *H. Müller-Wiedemann:* Die verstellte Welt (in diesem Band)
3 *B. Bettelheim:* The empty Fortress, New York 1967
4 *H. Harbauer in:* Harbauer, Lempp, Nissen, Strunk: Kinder- und Jugendpsychiatrie, Berlin 1974
5 Internationaler Kongress für Autismus St. Gallen, 12.-15. Juli 1976
6 *Schönfelder,* zit. nach D. Weber (Anm.1)
7 *W. Holtzapfel:* Seelenpflege-bedürftige Kinder. Band I, Kap. VIII, Dornach 1976
8 *L. Wing:* Das autistische Kind. Ravensburg, 1973
9 *W. Holtzapfel:* Seelenpflege-bedürftige Kinder. Band II, Kap. II, Dornach 1978
10 *J. Lutz:* Kinderpsychiatrie. 3. Auflage, Zürich 1968
11 *A.D. van Krevelen:* Early infantile Autism. Zur Kinderpsychiatrie 19, 91-97, 1973
12 *G. Bosch:* Der frühkindliche Autismus. Eine klinische und phänomenologisch-anthropologische Untersuchung am Leitfaden der Sprache. Berlin 1962
13 *Th. Weihs:* Autistische Kinder (In diesem Band)
14 *C. Park:* Eine Seele lernt leben. Bern 1973
15 *R. Steiner:* Wahrheit und Wissenschaft. GA 3, 4. Auflage, Dornach 1958
16 *R. Steiner:* Die Philosophie der Freiheit. GA 4, 13. Auflage, Dornach 1973
17 *A.D. van Krevelen:* Quelques remarques sur l'usage abusif du diagnostic d'autisme. Ann. Neurol. 59, 191-197, 1953
18 *F. Affolter:* Aspekte der Entwicklung und Pathologie von Wahrnehmungsfunktionen. In: Gehörstörungen beim Kind. Basel 1972.
19 *F. Affolter:* Leistungsprofile wahrnehmungsgestörter Kinder. In: Zentrale Bewegungsstörungen beim Kind. Basel 1974
20 *W. Holtzapfel:* Seelenpflege-bedürftige Kinder. Band II, Kap. III, Dornach 1978.

HANS MÜLLER-WIEDEMANN

«Die verstellte Welt» – Zum geisteswissenschaftlichen Verständnis des frühkindlichen Autismus

Seit der frühkindliche Autismus von L. Kanner[1] und seinen Mitarbeitern im Jahre 1943 zum ersten Male als eine Störung des affektiven Kontakts mit der Umwelt beschrieben worden ist, haben sich eine große Zahl von Ärzten, Psychologen, Therapeuten und Heilpädagogen um das Verständnis dieser Störung bemüht.

K. König[2] hat 1960 in zwei Vorträgen die damaligen Erkenntnisse zusammengefaßt und einen ersten Schritt zur geisteswissenschaftlichen Durchdringung der vorliegenden Phänomene unternommen, an der sich die folgende Untersuchung in vieler Hinsicht orientiert hat. Er hat dabei vor allem auf die Unfähigkeit dieser Kinder, nachzuahmen, hingewiesen. Die Stufen der Nachahmung, die sich in den ersten sieben Lebensjahren entfalten und differenzieren, beinhalten die Fähigkeit des Kindes, seine menschliche Umgebung mitzuvollziehen und diese sich dadurch zu eigen zu machen.

Diese oft nicht genügend gewürdigte Tatsache menschlicher Bildung im Sinne des Lernens bedeutet aber nichts anderes, als die Frühform zwischenmenschlicher Beziehungnahme und Erkenntnis. Autistische Kinder zeigen, wie sich an einer Fülle von Beobachtungen in den letzten Jahren zunehmend ergeben hat, eine schwere und schon früh offenbare Störung gerade in dieser Ebene der Beziehungen zur Welt, deren wesentliche Erscheinungen in diesem Band wiederholentlich beschrieben worden sind und die hier wie folgt zusammengefaßt werden sollen:

1. Die Beziehung zum anderen Menschen ist gestört oder fehlt ganz. Das Kind reagiert nicht auf die Sprache und Geste des Anderen, vermeidet den Blick, manchmal auch die Berührung.
2. Ein autistisches Kind erlebt die Dinge nicht im menschlichen Bezugsraum, sondern eingeengt auf ihre Position im geometrischen Raum (Stellung, Lage, Relation, Form) und strebt nach Gleichheit räumlich-dinglicher Arrangements und zeitliche Abläufe.
3. Falls ein autistisches Kind sprechen kann, so verwendet es die Worte, als wären sie Dinge, d. h. in einer nicht sinn- und mitweltbezogenen Weise; die

Überarbeitung der Erstveröffentlichung im Manuskript-Druck unter dem selben Titel (1970) persönlichen Fürworte Ich und Du werden oft vertauscht. Über diese letzteren sprachlichen Zusammenhänge hat G. Bosch[3] eine wichtige Studie von phänomenologischen Gesichtspunkten ausgehend veröffentlicht.[4]

Damit soll zunächst einmal der seit Kanners Veröffentlichungen von fast allen Autoren immer wieder bestätigte, grundlegende Umkreis der Phänomene bestimmt sein, welcher in aller Manigfaltigkeit und in vielen Variationen das gestörte Verhältnis des autistischen Kindes zu seiner Um- und Mitwelt beinhaltet. Wir müssen uns daher, wenn wir einem autistischen Kind begegnen, im Klaren sein, daß seine Welt nicht einfach eine defizitäre gegenüber der unsrigen ist, sondern daß das autistische Kind sich selbst eine Welt schafft, in der es leben kann, auch wenn diese Welt uns verengt und zunächst unerreichbar und fremd erscheint. Welcher Art diese Welt ist, soll hier gefragt werden; wo finden wir sie in uns? Wie begegnen wir ihr erkennend und verstehend?

Dabei gehe ich zunächst davon aus, daß der Mensch durch sein Ich und seine durch die Sinne gemachten Erfahrungen die Welt als eine uns allen gemeinsame erlebt, aber doch so, daß die zugrundeliegenden Sinneserlebnisse differenziert sind. Die geisteswissenschaftliche Sinneslehre bezeichnet, R. Steiner folgend, diese Differenzierungen als 'verschiedene Erlebnis-Felder', deren Anaylse einen Bereich der höheren Sinne, der sogenannten mittleren Sinne, und der unteren Sinne oder Leibes-Sinne ergibt.[5]

Derartige Differenzierungen haben sich gerade für das Verständnis des autistischen Kindes, aber auch anderer Entwicklungsstörungen, als fruchtbar erwiesen, und ich werde auf die geisteswissenschaftliche Sinneslehre im Laufe dieser Betrachtungen häufig zurückkommen.[6]

I. Frühkindliche Sinneserfahrung und Bewußtseinsentwicklung.

Das autistische Kind zeigt schon bald nach der Geburt ein Verhalten, welches oft übersehen wird und auf sein Unvermögen, die mitmenschliche Welt zu erfassen, hinweist. Die Antwort auf die mütterliche Zuwendung bleibt aus. Im Blick, im Lächeln, in den korrespondierenden Bewegungen der Arme, wenn die Mutter das Kind aus der Wiege hebt, scheint jener ursprüngliche Kontakt zu fehlen, der die seelische Fülle und den Glanz der frühen Mutter-Kind-Beziehung ausmacht. Gerade jene Mütter, die innerlich empfindend auf ihr Kind als antwortendes Seelenwesen eingehen, empfinden diese Störung der vorsprachlichen Beziehung; andere Mütter, bei denen die Versorgung der leiblichen Bedürfnisse des Kindes im Vordergrund ihrer Aufmerksamkeit steht, übersehen sie oft und bemerken sie erst, wenn das Kind später zwischen dem 2. u. 3. Lebensjahr durch Geste und Sprache nicht kommuniziert.

Den Vorgängen, welche der frühen Kind-Mutter-Beziehung zugrundeliegen, haben sich in den letzten Jahren die Kinderpsychologen in einer Fülle von wertvollen Beobachtungen und Untersuchungen zugewandt, welche alle übereinstimmend die Bedeutung der ersten Mitwelt-Erlebnisse für die Gesamtentwicklung der seelisch-erkennenden Funktion feststellten.

Was sich hier schon in den ersten Lebensmonaten abspielt, gehört zum sich immer wieder wiederholenden Mysterium der menschlichen Ur-Begegnung, durch welche das Ich des Kindes sich aktiv in die umgebende menschliche Welt und Kultur einlebt und nachahmend, d. h. erkennend und anerkennend sich diese Welt im eigentlichen Sinne des Wortes «einverleibt». Zu dieser Mitwelt gehören zunächst auch die Dinge, welche in der frühkindlichen Entwicklung noch lange Zeit vorwiegend Gegenstände *innerhalb eines zwischenmenschlichen Beziehungsraumes* sind und aus dem sie ihre funktionelle Bedeutung und später ihren sprachlich kommunizierbaren Symbolgehalt gewinnen. Unter den vielen Phänomenen, welche im »Einverleiben« die Teilnahme des Kindes an der menschlichen Mitwelt zeigen, läßt sich am ersten Lächeln des Kindes am deutlichsten zeigen, worauf es ankommt: Indem das Kind in der Begegnung mit der Mutter lächelt, vollzieht es durch den Leib die Teilnahme an einer durch die Mitwelt – oder die höheren Sinne erfahrenen seelischen Haltung der Mutter. Genauer gesagt, das neugeborene Kind nimmt die zugewendeten Intentionen der Mutter primär wahr, noch weit entfernt, die äußere Leibesgestalt der Mutter voll objektivieren oder die Haltung der Mutter interpretieren zu können. Diese Begegnung findet durch die Plastizität des Leibes eine Antwort, die als Ausdruck des Lächelns aufscheint. Während das Kind sich in der Mutter erlebt, erlebt sich die Mutter im antwortenden Lächeln des Kindes. Wir beobachten hier eine der vielen Begegnungen der frühen Kindheit, die wir als Komplementarität oder einen zwischenmenschlichen Gestaltkreis gegenseitiger Bestätigung bezeichnen können, der, wie wir sehen werden, dem Instinkt-Verhalten der Tiere ähnlich erscheint, aber doch etwas grundlegend anderes ist. Kind und Mutter wachen einer am anderen zu sich selbst auf und beginnen damit eine gemeinsame Umwelt im Prozeß menschlicher Beziehungen zu konstituieren. Es zeigt sich aber auch an diesem Vorgang eine zum ersten Mal von R. Steiner so beschriebene Stufe der Nachahmung, deren primäres Geschehen in einer Sinneswahrnehmung liegt, in welche die Sinnestätigkeit des Kindes auf die seelische Zuwendungstätigkeit der Mutter trifft, d. h. ihr begegnet. Ihr liegt also im Kinde ein aktiver Prozeß des Suchens und Findens zugrunde, welchen E.H. Erikson schlicht und wahr Hoffnung genannt hat: «Sie erwächst aus der ungebrochenen frühen Vertrautheit und Gemeinsamkeit und erzeugt ein Gefühl des Hineinpassens in die persönliche und kulturelle Umwelt«.[7] Weiter sagt Erikson: «In der Folge wird dann die Hoffnung immer wieder durch alle jene Rituale und Ritualisierungen angefüllt, die gegen das Gefühl des Verlassen-Seins und der Hoffnungslosigkeit eingesetzt werden, und stattdessen das ganze Leben hindurch ein gegenseitiges Erkennen von Angesicht zu Angesicht versprechen – bis wir erkennen, wie auch wir erkannt sind.»[6]

Die aktive Leistung des Kindes in der Eingliederung in die, oder der Teilnahme an der Mitwelt, Umwelt und Eigenwelt des Leibes hat die Kinder-Psychologie erst in den letzten 20 Jahren als eine ihrer wesentlichen Errungenschaften zu beschreiben und zu verstehen begonnen und damit die Intentionalität des seelisch-geistigen Wesenskernes des Kindes in den Blick bekommen. J. Lutz[8] hat in einer zum Wesentlichen vordringenden Arbeit über den kindlichen Autismus die Tatsache der Ich-Aktivität, bzw. der Schwäche im autistischen Verhalten, deutlich als «individuellen Kern des menschlichen Wesens» herausgestellt. «Durch die Aktivität dieses Kernes erfaßt das Menschenwesen die Welt, wird seiner selbst in der Welt bewußt und ahnt seinen Zusammenhang mit geistigen Mächten.»

Die Formen früher zwischenmenschlicher Begegnung, die sich immer wieder wiederholen von der morgendlichen Begrüßung der Mutter bis zu dem Augenblick, wo die Mutter «gute Nacht» sagt, und die Erikson «Ritualisierung» genannt hat, dienen dem Einleben in die *Mitwelt unter Einstimmung der Leibeserfahrungen des Kindes* auf diese Welt. Denn es stellt sich ein Wechselspiel ein zwischen den Mitwelt-Erfahrungen und den Leibeserlebnissen des Kindes, des Durstes, des Hungers, von Haltungen und Bewegungserfahrungen, aber auch Organspannungen. Alle diese Erscheinungen nimmt das kleine Kind zu Beginn noch intensiver als später mit den Leibes- oder unteren Sinnen wahr, und jedesmal kommt den Äußerungen dieser Wahrnehmungen das «eingestimmte» Verhalten der Mutter als Antwort entgegen.

Noch ist in diesen frühen Stadien die Leibeserfahrung des Kindes nicht seine unverwechselbare eigene und wird noch nicht als solche erlebt. Sie ist zunächst an die an-wesende Mutter gebunden, und die Leibesfunktionen bedürfen, da sie nicht instinkthaft organisiert sind, noch lange Zeit der leiblichen und seelischen Zuwendung der Mutter. Es handelt sich dabei um «zeitgebende zwischenmenschliche Rhythmen», die von Anfang an von autistischen Kindern nicht aufgegriffen werden, wodurch diese Kinder schon früh auf ihre eigene noch nicht zu einer organisierten Selbsterkennung gewordene Leiblichkeit zurückgeworfen werden.

Erst im Laufe der ersten Lebensjahre reifen die Leibeserfahrungen zu demjenigen aus, was in einer gesicherten Eigenwelt-Erfahrung zugleich auch das Selbsterleben des Kindes im Leibe begründen kann. Es gehört zu den signifikanten Phänomenen in der Entwicklung autistischer Kinder, daß sich dieser Reifungsprozeß nur ungenügend abspielt und die Schwere der autistischen Störung hängt nach unseren Erfahrungen mit den zeitgemäßen Graden dieser Ausbildung der unteren Sinnesreifung zusammen. Darauf hat auch vor allen Dingen K. König[9] in Bezug auf die Entwicklung des Lebenssinnes im ersten Lebensjahr aufmerksam gemacht und auf dessen Reifungsstörung im Zusammenhang mit autistischen Entwicklungsstörungen. Das von einer Reihe von Autoren und uns immer wieder beobachtete, sogenannte «symbiotische Verhalten» des autistischen Kindes im Umgang mit der Mutter, welches weit über das erste Lebensjahr hinaus fortbesteht, scheint uns darauf hinzudeuten, daß dabei die frühe Verbindung von Leibes- und Mitwelterfahrung der ersten Lebensmonate die einzige, zwischenmenschliche Begegnungsmöglichkeit bleibt, ohne sich in die Erfahrung des eigenen Leibes als Eigenwelt und das Wahrnehmen des anderen Menschen als eines selbständigen Gegenüber eines «Anderen» zu *polarisieren.*

In der normalen Entwicklung geschieht diese Polarisation durch das schon im ersten Lebensjahr beginnende aktive Ergreifen und Erfassen der Welt der Dinge, d. h. der Umwelt, ein Vorgang, der zur sogenannten Objektivierung der Welt führt. Er bedeutet eine langsame Entfremdung aus der geschlossenen Mutter-Kind-Beziehung. Von der Sinneserfahrung her gesehen handelt es sich dabei um eine echte Metamorphose, in deren Verlauf sich während des ersten Lebensjahres die bleibende und sich beim gesunden Kind weiter gestaltende Differenzierung in Mitwelt-, Umwelt- und Eigenwelt-Erfahrungen vollzieht: Die Urkomplementarität der Begegnung und die Verbundenheit von Leibeserfahrung und Mitwelt-Erfahrung, die wir im vorigen geschildert haben, verwandelt sich: Die Welt der Dinge, der Gegenstände, die durch die mittleren Sinne vermittelte Welt (Sehen, Hören, Riechen, Schmecken), erscheint zunehmend im Vordergrund des kindlichen Bewußtseins und konstituiert das *Selbstbewußtsein* des Kindes gegenüber der Welt. Das in den Griff- und Blick-Bekommen der Welt der dinglichen Natur, der Umwelt, im ersten Lebensjahr stellt einen Kreuzungspunkt der kindlichen Entwicklungsrichtung dar: Indem die Dinge vordergründig für das Bewußtsein werden, erlebt das Kind seinen Leib, d. h. die Totalität der Erfahrungen der unteren Sinne als seinen *eigenen* aber zugleich auch als Objekt unter Objekten und beginnt damit seine Eigenwelt gegenüber der Umwelt zu konstituieren, die unverwechselbar und für das ganze Erdenleben die seine ist. Das normal sich entwickelnde Kind beginnt fähig zu werden, den Leib als «Leib-Haben» und zugleich als «Leib-Sein» zu erleben.[10] Gleichzeitig aber beginnt sich durch die zunehmende Objektivierung, d. h. Verdinglichung, die Mitwelt-Wahrnehmung aus dem ursprünglichen Mitvollzug in das bildhafte Erkennen zu wandeln. Wie eine Hülle bleibt aber das nachahmende Mitwirken in der menschlichen Welt bis zum 7. Lebensjahr bestehen. In der Objektivierung ergreift sich das Ich als Selbst an der Umwelt. Rudolf Steiner hat diesen Vorgang zunehmender Individualisierung durch die immer mehr in den Vordergrund tretenden Bildvorstellungen im Laufe des ersten Lebensjahres wiederholt und eingehend geschildert und J. Piaget hat in unzähligen Beobachtungen die Verwandlung der Nachahmungswelt zur Bildwelt beschrieben.[11]

Erfassen wir den Vorgang der Objektivierung als einen zur Selbsterfahrung führenden Prozeß, so sehen wir, wie die Welt der Dinge langsam *zwischen der Leibeswelt und der Mitwelt erscheint.* Dreierlei vollzieht sich. Indem das Kind zwischen der Eigenwelt und den Dingen unterscheiden lernt, tritt es in die Phase motivierter Handlungen ein: an ihnen beginnt sich sein zukünftiges Schicksal zu entfalten. Die Mitwelt, der das Kind von der Geburt an hoffend entgegenlebt, differenziert sich in einer Welt der Wahrnehmung der obern Sinne, welcher auf die Sprache, die Gedanken und das Ich des anderen Menschen gerichtet ist, und in der das «Du» des Anderen entdeckt wird.

Die gegenständliche Welt bleibt, jetzt auf einer höheren Stufe, als kulturelle Gemeinsamkeit zwischen Menschen lebendig auf Werdendes, Gemeinsam-Gegenwärtiges und Gewordenes hindeutend: Der Stuhl zum Sitzen, das Fenster zum Öffnen und Schließen, der Becher, aus dem man trinkt, das Spielzeug, das nicht nur mir, sondern wechselweise auch meinem Partner gehört, alle diese Dinge bleiben, obwohl sie Gegenstände geworden sind, im Bereich menschlicher Intentionen und treten in der gemeinsamen Sprache in eine neue Ebene der Kommunikation ein, Metamorphose vorsprachlicher Beziehungen. Zum dritten aber erlebt das normal sich entwickelnde Kind in dem Stadium der gelungenen Objektivierung zum ersten Male das eigene Erden-Selbst, zu dem es später «Ich» sagt, am Erscheinen der Welt der Dinge als Nicht-Ich.

Das Ausbleiben der Stufen der Objektivierung bei autistischen Kindern als Ausdruck einer sich nicht wandelnden Mitwelt-Beziehung läßt die gegenständliche Welt für diese Kinder als Teil der eigenen Leiblichkeit erscheinen. Die Gegenstände gewinnen als «außen» nicht den Charakter der Aufforderung zum handelnden Umgang mit ihnen; sie werden nicht Gestalt für sprachliche Hinweise (Referenz) und setzen die vorstellende bildhafte Gedankentätigkeit nicht in Gang. Man ermißt angesichts dieses Entwicklungsbruches die Schwere der Störung dieser Kinder als eine Begrenzung des Freiheitsraumes, der schon, im Gegensatz zum Tier, beim Kleinkind darin besteht, daß die gegenständliche Welt in vieler Weise verfügbar wird: Zum Handeln und Spielen, um über sie mit jemanden zu sprechen, zum Bild und zur Erinnerung. Den geisteswissenschaftlichen Untersuchungen R. Steiners[12] folgend, müssen wir annehmen, daß die mangelnde Objektivierung der Welt ihre Wurzeln darin hat, daß das autistische Kind nicht zu einem begrifflichen Wahrnehmungsurteil in Bezug auf die Wirklichkeit der gegenständlichen Welt kommt, welches sich im Bewußtsein in der Anerkennung ausdrückt, daß etwas «ist», relativ unabhängig von mir selbst und doch in Bezug zu mir und dem anderen Menschen als eine gemeinsame Weltwirklicheit. Die Tatsache, daß die klassische naturwissenschaftliche Denkrichtung den Begriff der Wirklichkeit mit dem der Materialität gleichgesetzt hat und diesen Begriff nicht genügend als ein Wahrnehmungsurteil anerkennt, hat auch dazu geführt, daß eine entscheidende Komponente der «Objektivierung» in der kindlichen Entwicklung, nämlich die des Wirklichkeitsurteils übersehen wurde, die uns beim autistischen Kind als gestört entgegentritt.

II. Die Rolle der unteren Sinne (Leibessinne)

Im Vorangegangenen haben wir vom Gesichtspunkt der Sinneserfahrung die frühkindliche Bewußtseinsentwicklung zu verstehen versucht als das Einleben, die Inkarnation des Ich in die differenzierten Erfahrungsweisen der Welt: die Welt des eigenen Leibes, die der Dinge und die menschliche Welt. Im Umgang mit dem autistischen Kind wird uns offenbar, daß ein solches Kind die Sphäre der Mitwelt nicht entdeckt: Nur selten trifft der Blick des Kindes den anderen Menschen, seine Bewegungen bleiben unbezogen auf die Intentionen des anderen in Geste und Ausdruck, die Dinge gemeinsamen Umgangs fallen aus dem menschlichen Beziehungs- und Bedeutungsraum heraus, ohne objektiviert zu werden. Wir gewinnen den Eindruck, daß das autistische Kind aus diesem primären Unvermögen heraus die Welt der Bilder und der bildhaften Erinnerungen nicht entdeckt und über sie innerseelisch frei verfügen kann. Stattdessen treten die oft geschilderten raum- und ortgebundenen Erinnerungen und biographisch irrelevanten stereotypen Erinnerungsformen auf.

Der Individualisierungsprozeß zum 7. Lebensjahr hin gelingt nur begrenzt, und so bleiben auch die leibliche Gestalt, die Gesichtszüge und die Bewegungsabläufe bis zum 7. Lebensjahr fast unverwandelt. Bewegungsformen und Gestalt gewinnen eine eigene, begrenzte Dynamik von Gewohnheiten, welche in der Manipulation der Dinge in einem von menschlicher Begegnung abgeschlossenen Raum sich vollziehen. Dieser Raum ist bildlos und wir können uns fragen, in welcher Weise er bei diesen Kindern konstituiert wird, und ob wir ähnliche Raumerfahrungen kennen.

Zunächst fällt auf, daß die Dinge für das autistische Kind durch ihre Lage, Größe, Stellung und Form im *Raum* «Bedeutung» gewinnen. Die Intentionen des Kindes sind darauf gerichtet, in immer neu sich wiederholenden Riten einen geschlossenen zahlen- und größenhaften Raum zu schaffen, der eine selbstvergessene Sicherheit gibt, welche zwanghaft etabliert werden muß. Sie ist anders als die Selbstsicherheit erkannter und erinnerter Bilder oder sprachlich vermittelter Inhalte, welche die Doppelerfahrung der Zeit als Vergangenheit und freier Planungsmöglichkeit vermitteln.

Wir können diesen Raum als einen gegenwärtigen, zeitlos vom Werden abgeschlossenen verstehen. Er ist ungeschichtlich und abstrakt, insofern er von der Fülle möglicher menschlicher Veränderungen, vor allem aber sowohl von der eigenen Mitgestaltung als auch seiner Offenheit für den anderen Menschen abstrahiert ist. Er wird zum entwerdenden, toten Raum. Ein autistisches Kind ist deshalb auf räumliche Arrangements der Dinge eingestellt. Dabei versuchen diese Kinder einen «geschlossenen Raum» herzustellen, der als Anordnung von Dingen perfekt ist und dadurch Sicherheit vermittelt, jedoch zwischenmenschliche Intentionen und Bedeutungen ausschließt. Dafür gibt es viele Beispiele, wie etwa das Verhalten eines unserer Kinder, das mit Klötzen ununterbrochen geschlossene Reihen oder Kreise legt. Bei Tisch springt dieses Kind plötzlich auf und setzt seinen Teller vor den Platz eines Kindes an einem anderen Tisch in dem Augenblick, als dieses Kind seinen Teller gerade der Gruppenmutter gibt. Dadurch wurde die Ordnung des Kreises der Teller auf diesem Tisch gestört (es entsteht eine Öffnung) und der Junge stellt mit seinem Teller den geschlossenen Kreis wieder her. Veränderungen und das Hinzutreten, manchmal auch schon die hinschauende Intention eines anderen Menschen, werden mit Schrecken und Panik als Störung dieser einzig wirklichen Umwelt erlebt. G. Bosch, der in seiner Studie über den frühkindlichen Autismus auf diese Zusammenhänge eingeht, zitiert Edmund Husserl, der sich mit der Frage der «intersubjektiven Objektivierung» auseinandergesetzt hat. Damit ist die Tatsache gemeint, daß ein Ding auch mit den Augen eines anderen einmal anders gesehen werden kann. Bosch schließt zurecht, daß das autistische Kind vorwiegend solche Interessen zeigt, die weitgehende Objektivierung innerhalb einer gemeinsamen Welt nicht oder nur in geringem Maße bedürfen, ohne daß er diesem Verhalten weiter nachgeht.

Wir erleben aber beim autistischen Kind neben dem oben geschilderten Phänomen des Bedürfnisses nach der «Feststellung» der Dinge im Raum auch andere, charakteristische Tätigkeiten im Umgang mit den Dingen. Mit dem Begriff der «Feststellung» scheint mir eine besondere Weise des Ergreifens von Sinneserfahrung im Sinne einer «Objektivierung» nach dem Modell der klassischen Physik vorzuliegen, die auf eine Objektivierung hinzielt, welche die Welt auf Zähl- und Meßbarkeit reduziert. Es werden dabei Daten im Raume, d. h. eine falsche Faktizität zum Ausgangspunkt gemacht, welche die Relation der Wirklichkeit zu mir selbst und zum Anderen ausschließt, wie auch die lebendigen Beziehungen der «Fakten» zueinander. Ähnlich verfahren autistische Kinder mit dem gesprochenen Wort, welches auf kontextunabhängige Wörtlichkeit reduziert wird, die dann in allen wechselnden Fällen angewandt wird. Es soll mit diesem Begriff der «Feststellung» auch deutlich werden, daß es sich dabei nicht nur, wie bei einer anderen Behinderung, um einen «Ausfall» handelt, sondern um eine spezifische krankhafte Strukturierung der Wahrnehmungswelt. Weiterhin fiel uns bei der Beobachtung dieser Kinder auf, daß deren Manipulationen mit den Dingen, aber auch die Bewegungen des eigenen Leibes einen Rhythmus zeigen, welcher, wie der mechanische, als ein *in sich geschlossenes System* wirkt. Dabei können die rhythmischen Bewegungen des eigenen Leibesobjektes ohne Übergang sich ausdehnen auf die rhythmischen Manipulationen von Lichtschaltern, Wasserhähnen, das zwanghafte Öffnen oder Schließen von Türen, auf das sich immer wiederholende Einfügen von Formen in die dazugehörigen Räume (wie z. B. beim Puzzle), das rhythmische Zusammenfügen und Auseinandernehmen von mechanischen, manchmal sehr komplizierten Gegenständen, Wiederholungen von Melodien oder rhythmisches Wiederaufgreifen derselben Tätigkeit, wobei diese Wiederholungen sich über Minuten bis Monate erstrecken können. Die Aufmerksamkeit dieser Kinder ist dabei wie gebannt auf die Gesetzmäßigkeit von Größe, Zahl und Gewicht gerichtet, und das Kind sucht sie zu verwirklichen. Auch in diesem Phänomen scheint uns der in der normalen Entwicklung so bedeutende Rhythmus «zeitlich-geschichtlicher» zwischenmenschlicher Begegnungen und Ritualisierungen, aber auch der des Gegenstands- oder Ballspiels, sowie der Lebensrhythmus von Schlafen und Wachen verräumlicht in einer Art von begrenzten Eigenrhythmen, welche bildlos und geschichtslos zwischenmenschliche Kommunikation ersetzen und aufheben. Im allgemeinen zeigen sich ryhthmische Geschehnisse in der frühkindlichen Entwicklung als Phänomene der Begegnung: Im Hinblicken und Wegschauen, Greifen und Loslassen, Aneignen und Überlassen eines Gegenstandes und vielen anderen rhythmisch gebundenen, sich wiederholenden Leistungen. Die bei autistischen Kindern vorliegende Verengung des rhythmischen Umkreises, d. h. eine Verräumlichung des Zeitelementes führt einerseits zu Bewegungs- und Handlungsstereotypien und andererseits zum zwanghaften Verhaftet-Sein an Sinneserlebnisse, dem Zwang sie zu wiederholen und sie später in der Entwicklung dieser Kinder zu fixierten Formeln auszuweiten. Die Entdeckung solcher Rhythmus-Störungen, d.h. die

Frage auf welche ursprünglichen normalen Rhythmen sie sich zurückführen lassen, scheint uns eine wertvolle Fragestellung zu sein, da sich daraus wichtige therapeutische Folgerungen in Bezug auf die Gestaltung der Lebensrhythmen dieser Kinder ergeben haben. Die Beziehung zu rhythmischen Vorgängen der Technik liegt auf der Hand.

Ein drittes Phänomen, welches wir immer wieder beobachten konnten, bezieht sich auf die Gleichgewichtsverhältnisse. Eines unserer Kinder ging durch eine Phase, in der es alle möglichen Gegenstände so auf die Kante eines Tisches legte, daß sie gerade nicht herunterfielen, oder es fügte Bauklötze zu einem hohen Turm, den kein anderes Kind in dieser Höhe hätte aufbauen können, ohne daß er sofort zusammengestürzt wäre. Zum vierten haben wir die Vorliebe dieser Kinder für eine Symmetrie entdeckt, die ohne Bedeutungsbezug auf räumlich-geometrische Perfektion gerichtet ist: Eines unserer Kinder hat zu Hause tagelang jeden Morgen alle Schuhe aus dem Schrank genommen, die Linken von den Rechten getrennt und die Rechten auf die eine Seite, die Linken auf die andere Seite eines langen Ganges aufgereiht. Dabei kamen die jeweiligen Spitzen genau symmetrisch einander gegenüber zu stehen. Solche symmetrischen Anordnungen finden Sie bei autistischen Kindern auch im Aneinanderreihen von Holzblöcken und Farbmustern oder in spiegelbildlichen Mustern, die als Reihe nach links und rechts von einem Mittelpunkt ausgehend, mit Farbstiften oder Bauklötzen gestaltet werden. Dazu gehört auch das Verhalten eines Kindes, welches aufgefordert, eine Schublade hineinzuschieben, alle anderen Schubladen eines Schrankes genau auf die Höhe dieser Schublade herauszieht, bis alle Schubladen mathematisch genau übereinstimmen. Eine räumlich-geometrisch genaue Anordnung wird hier zwanghaft befriedigt unter Opferung der Funktionsbedeutung einer Lade: Dem Aufziehen und Zuschieben.

Schließlich ist ein Verhalten zu erwähnen, welches weitere Hinweise gibt auf die Art der Welt, welche das autistische Kind konstituiert und welche mit dem Tastsinn in Zusammenhang steht: Wir haben häufig autistische Kinder beobachtet, welche Gegenstände, z. B. einen Stuhl, von allen Seiten anschauen: Sie gehen mit dem Blick an den Verstrebungen des Stuhles entlang, der Lehne, der Sitzfläche, drehen den Stuhl dann herum oder kriechen unter den Stuhl, als wollten sie alle räumlichen Dimensionen, Winkel, Linien, Geraden, Runde und Diagonale mit den Augen abtasten. Wenn man ein solches Kind intensiv beobachtet, so kann man erleben, wie die Sinnestätigkeit des Sehens in einer Art Gestaltwandel dasjenige tut, was sonst Tätigkeit des Tastsinnes ist. Der Tastsinn vermittelt uns aber nur die Dinge als Begrenzung unseres eigenen Leibes. Das Kind verfehlt auf diese Weise das Bild-Erleben und die Bedeutung eines Gegenstandes und «erkennt» durch den Tastsinn im Sehen nur den räumlichen Aspekt in einem autonom geschlossenen Raum.

Wenn wir uns diese Dimensionen der autistischen Welt vor Augen führen, so können wir schließen, daß diese Welt sich begrenzt im Erleben der unteren Sinne, d. h. des Gleichgewichtssinnes, des Bewegungs- des Lebens- und des Tastsinnes. Diese Sinne konstituieren in der normalen, kindlichen Entwicklung ihrer Reife von der Geburt an und weiter durch das 1. Lebensjahrsiebt die *Wahrnehmung des eigenen Leibes als der Eigenwelt,* die mit den Erlebnisfeldern der Ding- und Menschenwelt in Beziehung tritt und das Selbst als Ich im Leibes-Sein in einer differenzierten Welt sich bewußt werden läßt. Im autistischen Kind wird diese Eigenwelt des Leibes nicht individualisiert und ist mit ihren Wahrnehmungen mit der Umwelt krankhaft verschmolzen. Das Kind wird sich seiner selbst, d. h. seiner Eigenwelt, *in einer Dingwelt* bewußt, welche ihm das Erleben des eigenen Leibes als einer einheitlichen Selbsterfahrung aber auch das der Mitweltbegegnung «verstellt». Es ist gefangen in der Welt der unteren Sinne, welche in das Feld der mittleren Sinne (Umweltsinne) vor- und eindringt und sie nicht zu ihrer eigenen Entfaltung kommen läßt. Edmund Husserl hat einmal eine solche «solipsistische» Situation durchgedacht. Er meint, daß die solipsistisch gewonnenen Erfahrung in dem Meinungsaustausch mit dem Anderen, im Eintreten in eine gemeinsame Welt als unvereinbar mit den Erfahrungen anderer sich erweist, und weiter: «Von der Bestätigung durch den anderen, der intersubjektiven Objektivierung unabhängig sind lediglich solche Erfahrungen, die durch logisch-mathematische Gesetze objektiviert werden.« Nach Husserl tragen die Konstitutionen eines Dinges nach Maß, Zahl und Gewicht, d. h. alle logisch-mathematischen bestätigten Konstitutionen ihre Objektivierung in sich selbst und sind unabhängig von Ort, Zeit und menschlicher Gemeinschaft.[13]

Es kann kein Zweifel darüber sein, daß in der Geschichte der menschlichen Technik, d. h. der Handhabung von menschlichen Intentionen herausgelöster und objektivierter Gesetzmäßigkeiten diese von Husserl geschilderte Erfahrung eine entscheidende Rolle spielt. Dabei ist im Vergleich zum Verhalten des autistischen Kindes das Folgende zu bedenken: Die abstrahierte Welt mathematischer Erkenntnisse und Begriffe und deren Raum entsteht ja im Menschen normalerweise nicht ohne seine bleibende, wenn auch heute zunehmend gefährdete Beziehung zum mitmenschlichen Anschauungsraum und bildet sich als formale Denkmöglichkeit im Kinde erst am Ende des 2. Lebensjahrsiebtes auf der Grundlage und Beibehaltung einer gesicherten Mitwelt-Erfahrung aus. Diese Entwicklung des *denkenden* Konstituierens des Raumes und der Dinge lebt sich nicht primär in der vor-denkerischen Sinneserfahrung aus, sondern beruht auf sekundärer Vorstellungs- und Begriffsbildung, eben auf der Grundlage der *ausgereiften* unteren Sinne: des

Lebenssinnes, des Bewegungssinnes, des Gleichgewichtssinnes, des Tastsinnes. Diese sekundären *Denkformen* aber werden im autistischen Kinde offenbar Inhalt primärer Weltstrukturierung durch die unteren Sinne, d.h. das autistische Kind scheint an der Umwelt in diese Erden-Gesetzmäßigkeiten zu früh aufzuwachen, ohne den Schritt in die Bildwelt zwischenmenschlicher Beziehungen vollziehen zu können. Wie können wir dieses anthropologisch wichtige Phänomenen verstehen, welches doch eine deutliche Beziehung zwischen der Welt des autistischen Kindes und dem modernen, technischen Weltbild erkennen läßt?

R. Steiner hat als erster schon am Beginn dieses Jahrhunderts den Zusammenhang zwischen der Leibeswahrnehmung durch die unteren Sinne und dem mathematisch-geometrischen Denken begrifflich aufgezeigt. Er beschreibt eingehend, wie das Geometrisieren, die Rhythmen und Zahlenreihen, die Gesetze von Schluß und Urteil der Logik auf die Gesetze der Räumlichkeit im allgemeinen entwicklungsgeschichtlich aus den unteren Sinnen, d.h. Gleichgewichts-, Bewegungs-, Lebens- und Tastsinn hervorgehen. Sie treten als Gesetze im denkenden Bewußtsein auf. Die sinnlichen Wahrnehmungen der unteren Sinne als Wahrnehmung der leiblichen Eigenwelt im Erdenfelde bleiben dagegen gerade unbewußt, ja sie *werden* im ersten Lebensjahr unbewußt, um dem Seh-Sinn und den anderen Umweltsinnen Gelegenheit zu geben «Außenwelt» und zusammen mit den höheren Sinnen «Mitwelt» zu konstituieren.

Wir können annehmen, daß das autistische Kind im Erleben der unteren Sinne wach wird und deren primäre räumliche Erkenntniselemente in den Umwelt-Sinnen insbesondere im Sehen auslebt. Dadurch wird die Umwelt zur nicht kommunizierbaren Raumeswelt in primärer sinnlicher Wahrnehmung ihrer irdischen Gesetzmäßigkeiten, ohne daß es zunächst zur sekundären mathematischen oder geometrischen Begriffs- und Vorstellungsbildung käme. Derartige Begriffe können aber, wie auch G. Bosch beschrieben hat, im Laufe der Entwicklung eines autistischen Kindes im 2. Lebensjahrsiebt im vorstellenden Bewußtsein auftauchen und stellen eine Bestätigung der von R. Steiner beschriebenen Entwicklungstendenzen dar. So antwortet ein jetzt 20-jähriger junger Mann, der im Alter von 5 Jahren mit den Zeichen eines frühkindlichen Autismus zu uns gekommen war, als ihn sein Betreuer bittet einen Hammer aufzuheben; «Der liegt ja viel näher zu Dir als zu mir».

In einer ähnlichen Situation sagte er ein andermal: «Du bist kleiner als ich, Du kannst viel schneller herunterkommen.» Die Vordergründigkeit einer räumlichen Beziehung läßt auch hier noch deutlich die menschliche Begegnung in den Hintergrund treten, obwohl sich bei diesem Jungen in den vielen Jahren heilpädagogischer Bemühungen die zwischenmenschliche Welt langsam eröffnet hatte. Die Beispiele, die sich auf das Autonom-Werden der Welt der unteren Sinne beziehen, ließen sich beliebig vermehren.

Besonders eindrucksvoll scheint sich die Beziehung einer geschlossenen, räumlichen Eigenwelt zur sich gerade eröffnenden Mitweltbeziehung sozusagen im «Übergangsstadium» in einem 6 $^{1}/_{2}$-jährigen autistischen Mädchen zu zeigen: Dieses Kind zeigte im Alter von 4 Jahren noch alle Zeichen einer schweren, autistischen Kontaktstörung, lernte aber langsam, in die Welt der Bilder und der Sprache vorzudringen. Diese Beziehungen zur Mitwelt sind aber noch ungenügend ausgebildet, und das Kind trifft jetzt immer wieder gleichsam zur Absicherung dieser noch zarten Mitweltbeziehung seine räumlichen Arrangements. So ordnet es z. B. auf der Rechenmaschine die Kugeln in verschiedenen Reihen, die oberste, längste, die sie den Vater nennt (er ist der Größte der Familie), dann folgt die Großmutter in einer etwas kürzeren Reihe, dann in der nächsten Reihe die Mutter, dann die ältere Schwester, sie selbst und der kleine Bruder. Die menschliche Beziehung findet hier Ausdruck in Größenordnungen, die aber doch schon symbolischen Charakter haben und Mitweltbeziehungen gleichsam noch vertreten. Auch hier treten die Störungen des Zeiterlebens, d. h. die Altersunterschiede innerhalb der Familienmitglieder als räumliche Konstruktion in Erscheinung.

Die Beobachtungen, die wir machen konnten, lassen uns erkennen, daß das autistische Kind eine geschlossene Raumeswelt konstituiert, welcher es selbst angehört und welche allein Sicherheit verspricht. Diese Welt stellt eine nicht kommunizierbare Eigenwelt im Sinne der solipsistischen Welt E. Husserl's dar. Sie ist uns bekannt als für den modernen Menschen hervorgegangen aus der logisch-mathematischen Denkform der zählenden und rechnenden modernen Wissenschaft und manifestiert sich heute zunehmend kulturbestimmend im Bereich technischer Wahrnehmung und Handhabung. Ihre Intention ist Perfektion, Geschlossenheit unter Ausschaltung störender, intersubjektiver Bezugsräume, eine Welt, deren Funktionieren mit der affektiven und illusorischen Erwartung von Sicherheit und Beherrschbarkeit verbunden ist. Sie erscheint umso sicherer, je intensiver sie ohne störende Umwelt-Intentionen manipuliert werden kann. Sie muß dauernd sozusagen für die Ewigkeit geschaffen werden; sie macht keine zwischenmenschlichen Ansprüche, indem sie eine Objektivierung menschlicher Selbstvergessenheit dokumentiert. Das Erscheinen autistischer Kinder in unserer gegenwärtigen Zivilisation scheint uns wie ein Spiegel auf einer anderen Ebene zu sein für dasjenige, was bis heute, noch aus dem 19. Jahrhundert hereinreichend, an Denk- und Sachzwängen das naturwissenschaftlich-technologische Weltbild beherrscht.

Es muß sich jedem, der lebendigen Umgang mit dem autistischen Kind sucht, die Frage stellen: Was veranlaßt ein solches Kind in einer Welt zu leben, deren Zugang dem anderen Menschen verschlossen ist, und wie könnten wir den Ursprung seines Verhaltens verstehen lernen?

Diese Frage beginnt immer drängender zu werden, und die bisherigen Antworten sind widerspruchsvoll und ungenügend. Nach dem derzeitigen Stand der Bemühungen und Ursachenerkennung lassen sich die meisten der vorgebrachten Theorien nicht aufrecht erhalten: Weder ist diese Störung genetisch oder biologisch «vererbt», noch lassen sich bei den meisten Kindern hirnorganische Störungen nachweisen, die als Ursache aufgefaßt werden könnten. Noch wichtiger scheint uns aber jetzt die allgemein anerkannte Tatsache, daß Fehlverhalten oder kulturell und konstitutionell bedingte Eigenarten der Eltern eine Schicksalssituation zwar zur Erscheinung bringen können, sie aber nicht gesetzmäßig primär verursachen. Kanner und Eisenberg haben allerdings als erste auf eine häufig, aber nicht immer vorliegende Verhaltensweise der Eltern dieser Kinder hingewiesen, welche die beiden Autoren als «Mechanisierung der menschlichen Beziehungen» oder die «bedingungslose Übergabe an die Grundsätze des Perfektionismus» bezeichnet haben, wobei «zwanghaftes Festhalten an Regeln und Vorschriften» diesen Eltern als «Ersatz für Lebensfreude» zu dienen scheint. «Mutter und Kind leben zwar in körperlicher Nähe, aber bewegen sich doch in verschiedenen Sphären.» (Kanner und Eisenberg.)[14]

In einer Studie hat H. Städeli[15] auf das schicksalhafte Moment in der Begegnung des autistischen Kindes mit seiner Mutter eindrucksvoll hingewiesen. Eine große Zahl von Erfahrungen und Beobachtungen in unseren Schulen haben uns einen Weg geführt, welcher uns aus geisteswissenschaftlichem Verständnis des Inkarnationsprozesses eine Entwicklung vermuten läßt, die schon vor der physischen Erdengeburt des Kindes beginnt.

Wir begannen zu vermuten, daß diese Kinder das Einleben in die menschliche, kulturelle Mitwelt versäumen, d. h. auf dem Wege der Inkarnation in die Empfangssituation der Familie das vorgeburtliche Urbild der mitmenschlich-kulturellen Umgebung, in der zu leben sie sich anschicken, vergessen, d. h. dafür blind sind. Nicht nur empfangen die Eltern das Kind, sondern die geisteswissenschaftliche Forschung kann darauf hinweisen, daß das Neugeborene von Anfang an *aktiv* die menschlichen Beziehungen sucht in einer Form von Intention, die ihren Ursprung schon vorgeburtlich hat und die von vielen Müttern, wenn man sie befragt, auch wahrgenommen wird. Dazu gehört, daß das Kind nach der Geburt das vorgeburtliche Urbild seiner menschlichen Umgebung «erinnernd» wiedererkennt und sich ihm öffnen kann. Der Zusammenhang, der uns für die mangelnde intentionale Einstellung des autistischen Kindes besonders wichtig erscheint, wurde von R. Steiner am Phänomen der Nachahmung erläutert: «Das Kind setzt, indem es durch die Geburt ins physische Dasein eintritt, nur das fort, was es erlebt hat in der geistigen Welt vor der Empfängnis. Da lebt man ja als Menschenwesen in den Wesen der höheren Wesenheiten drinnen, da tut man alles dasjenige, was an Impulsen aus den Wesen der höheren Wesenheiten kommt. Da ist man in noch viel höherem Maße ein Nachahmender, weil man mit einer Einheit ist mit denjenigen Wesen, die man nachahmt. Dann wird man in die physische Welt herausgesetzt, das ist sozusagen die erste Geburt, da setzt man die Gewohnheit eins zu sein mit der Umgebung fort. Diese Gewohnheit erstreckt sich dann darauf, eins zu sein mit Wesen oder nachzuahmen diejenigen Wesen, die als Menschen in der Umgebung sind . .». «Es ist ein umso größeres Heil für das Kind, je mehr es leben kann nicht in seiner Seele, sondern in der Seele der Umgebung, in der Seele der Mitmenschen.»[16] Dieses Mitleben kann mißglücken, wenn das Kind die Intentionen des nachahmenden Mitlebens vergessend versäumt, wenn diese Tätigkeit ihm entfällt als eine Sinnestätigkeit der oberen Sinne, die im Gegensatz zum biologisch-gesicherten Instinkt des Tieres dem Menschenkind mißlingen kann. Es mißglückt dann auch die nach der ersten Objektivierung, wenn sie ansatzweise gelingt, auftretende Welt der Vorstellungs-Bilder, welche aus vorgeburtlichen Gestaltungskräften hervorgeht und nicht nur Abbild einer physisch-sinnlich gedachten Welt ist.[17]

Wenn wir zunächst an dieses primäre Mißglücken eines wesentlichen Schicksalszusammenhanges der Inkarnation der Seele vor Augen führen, so werden wir dann auch hingewiesen auf die Welt des autistischen Kindes, die sich nicht aus dem mitmenschlichen Bezug des Vertrauens, der Hoffnung und der Geborgenheit konstituiert, als einer kulturell-geschichtlichen Welt, sondern stattdessen krankhaft wach wird in einer Welt, welche die Erdenkräftewelt ist, oder die Welt, die das normale Kind durch die Leibessinne dumpf wahrnimmt. Auch diese Welt ist Schicksalswelt, lebt sich doch auch die Geistseele des Kindes in den Leib ein, indem sie sich in die Erdenkräfte, wie im Vorgang des Gehenlernens «hineinorientiert». Was als Ich durch den Erdenleib Träger der Handlungen und Taten in der Entwicklung des Kindes wird, bildet zusammen mit den vorgeburtlichen Schicksalsabsichten des Seelenleibes das je individuelle Schicksal des Menschenkindes aus. Dieses sein Schicksal ist ihm zunächst nicht bewußt, gestaltet aber seine Entwicklung mit. In die Verborgenheit seines Schicksals im Leibes- und Erdensein reichen die Vorstellungskräfte nicht hinein. Das Menschenkind realisiert sein Schicksal handelnd im Vertrauen und in der Begegnung mit seiner Mitwelt.[18] Es erscheint uns, daß das autistische Kind die Schicksalswelt seines eigenen Tuns und Handelns, die im normalen Kind unter der Führung der geistigen Mächte steht, versäumt und statt dessen eine geschlossene, Pseudosicherheit gewährende raumgebundene Welt konstituiert. Sein Schicksal kann sich nicht entfalten, da es sich in der Wachheit der unteren Sinne gegenüber den Maß-, Zahl-, und Gewichtsverhältnissen verfestigt, was erst Aufgabe sekundärer, lebensgeschichtlich späterer freier Begriffsbildung sein sollte.

So werden diese Kinder in einer *Bewußtseins-Umkehr* von Inkarnationsrichtungen wach in Bezug auf die schlafenden Schicksalsabsichten, die im Willensleben walten, und versäumen die wache Selbstbewußtheit im Sinnesumkreis der mitmenschlichen Welt.

H. E. Lauer hat, den Angaben R. Steiners folgend, darauf hingewiesen, daß sich in den unteren Sinnen aus dem vorgeburtlichen Leben kosmische Gesetzmäßigkeiten offenbaren, die noch in den Schulen des Pythagoras und in den Lehren Platos als kosmisch-geistige gewußt und erlebt wurden. Es ist für die menschliche, frühkindliche Entwicklung bezeichnend, daß diese Erfahrungen verleiblicht und damit unbewußt werden, um erst später als mathematische und geometrische Gesetze im Denken wieder aufzutauchen. Das autistische Kind scheint diese Gesetzmäßigkeiten, statt sie zu vergessen, zu «erinnern» und konstituiert aus ihnen eine Eigenwelt, die den Gesetzen des Raumes anheimfällt. Es verfehlt die Dunkelheit und Unbewußtheit seines irdischen Schicksalsweges. Indem ihm die Menschenbeziehung, die Inkarnation in die Mitwelt, im Selbstvergessen mißglückt, verfehlt das autistische Kind im Erwachen und Erinnern kosmisch vorgeburtlicher Gesetzmäßigkeiten die Dunkelheit seiner eigenen Leiblichkeit als Handlungs- und Schicksalsträger. Es wird hier das zeitgeschichtliche Problem dieser Kinder ganz besonders deutlich, aber auch die schwere Aufgabe, welche die Heilpädagogik im Leben mit diesen Kindern und deren Eltern gegenwärtig und in der Zukunft zu erfüllen hat.

Das eben Gesagte wird noch einmal deutlich, wenn man die Handlungen des autistischen Kindes betrachtet, die oft ein eigentümliches Tempo und eine Direktheit im zwanghaften Umgang mit einem begrenzten Kreis von Dingen haben, wobei immer der unmittelbare Eindruck entsteht, als verfehlten diese Kinder die Erfahrung ihres *Selbst als Handelnde.* Sie offenbaren sich deshalb im Handeln und Sprechen in langen Phasen ihrer Entwicklung überhaupt nicht, es sei denn in der Manipulation von toten Dingen, im geschlossenen Leib-Gegenstandskreis. Wir vermuten, daß dieses Verhalten eben damit zusammenhängt, daß das autistische Kind nur ungenügend oder gar nicht seine eigene Leiblichkeit als ein Instrument eigener schicksalsverbundener

Willensimpulse erlebt. Dieses Erleben setzt voraus, daß das sich inkarnierende Menschenwesen seinen Leib mit einer ichhaften Tätigkeit durchgreift, einer motorischen Intentionalität «im Auf-Die-Welt-Gerichtet-Sein». Diese Intentionalität richtet sich primär nicht auf Vorstellungsinhalte, sondern erkennt im Handeln die Welt, wie sie gleichermaßen offen ist für das Handeln des anderen, welches sich in der Nachahmung der eigenen Intentionalität einprägt. Wir glauben, daß in diesem Vorgang sich die kulturelle Umwelt im sinnvollen Gebrauch von Gegenständen, in der Einprägung des anderen Menschen und im Einverleiben der Sprache im Nachahmungsgeschehen eröffnet, noch ehe diese Welt nach vollzogener Objektivierung in ihrem expliziten Bedeutungsgehalt erfaßt wird. Die Störung des Erfassens der Bedeutung der Dinge und der Semantik der Sprache scheinen uns deshalb auch erst die Folgen des hier beschriebenen, gestörten Inkarnationsprozesses zu sein. Um selbstbewußt Handelnder zu werden, bedarf es in der Entwicklung der Bewußtseinsdumpfheit der unteren Sinne und des Wach-Werdens an den Dingen der Außenwelt. In der normalen, frühkindlichen Entwicklung taucht eben erst nach Vollzug der damit zusammenhängenden Objektivierung, des Distanz-Nehmens von den Dingen, echte selbstmotivierte Handlung auf, in der das Kind sich selbst als Handelnder erlebt und sich gleichzeitig darauf einzustellen beginnt, daß sein Leib und dessen Offenbarungen im Handeln sich in einer Mitwelt vollziehen, welche ihn sieht und miterlebt. Dies bedeutet, daß der Leib auch Objekt unter anderen wird, wenn die Objektivierung im Verlauf des 2. Lebensjahres erreicht wird. (J. Piaget). Das Ausbleiben (mehr oder weniger) dieser Erfahrung des Leibes als *Dasein,* auch für den anderen Menschen, zeigt sich im Leben mit autistischen Kindern in eindrucksvollen Erfahrungen. Wir bemerken, wie verwundbar ein solches Kind durch das unmittelbare Zutreten, die Konfrontation, den Blick oder die Berührung des anderen Menschen sein kann, so daß man den Eindruck gewinnt, daß viele Veranstaltungen des autistischen Kindes darauf ausgerichtet sind, «nicht gesehen zu werden». – Gesehen werden ist aber ein wesentliches Phänomen mitmenschlicher Beziehung, an dem sich das Ich in seiner Offenbarung durch den Leib bewähren muß und korrigierbar wird. Die sich im Handeln offenbarende kindliche Individualität erkennt sich nicht nur im dumpfen Wahrnehmen der Leibessinne, sondern auch im Blick und an der bezugnehmenden Haltung des anderen Menschen. In der frühkindlichen Mitwelt-Beziehung spielt die Art und Weise, wie sich die Umwelt auf die ersten Offenbarungen eigener, kindlicher Motivation einstellt, eine entscheidende Rolle. Der Dialog hängt davon ab. Wenn es beim autistischen Kind gelingt, sei es auch nur die geringste motivierte Handlung in einer zwischenmenschlichen Situation zu erwecken, so ist ein wichtiger Schritt getan, um dem Kind das erste Erlebnis seines eigenen Schicksalsweges zu ermöglichen und eine von den Dingen verstellte Eigenwelt in eine gemeinsame Welt zu eröffnen. Autistische Kinder in der ersten Phase der Therapie versuchen oft lange, die Anteilnahme des andern Menschen im Hinblik auf ihre Handlungen zu vermeiden, und die wachsende Toleranz des Kindes, als im Raume handelndes Wesen ernst genommen zu werden, stellt einen wichtigen Vorgang der Beziehungsbildung dar. B. Bettelheim hat in seiner biographisch-analytischen Monographie über den Autismus gerade diesen Prozeß an einigen Kindern sehr überzeugend darstellen können.[19]

Im selbstmotivierten Handeln stellt das Kind die Dinge in ihren menschlichen Bezug, in dem es sich zugleich als einen von ihnen unabhängigen Mittelpunkt von Intentionen erleben kann. Das Spiel, welches zunächst keinem autistischen Kind gelingt, ist das Ur-Phänomen dieses Vorganges. Wo ein erster Ansatz des gemeinsamen Spieles möglich wird, verstellen der eigene Leib und die Dinge die Welt nicht mehr; die Welt wird durchsichtig im gemeinsamen Bild, verwandelt durch die eigene Handlung, welche den Leib und die Dinge ichhaft durchgreift und an welcher der andere Mensch teilnehmen kann.

Eine vertiefte Anthropologie der frühkindlichen Entwicklung ist ohne die Erkenntnis des Inkarnationsweges der Seele und des Ich aus der vorgeburtlichen Welt in die Erdenwelt nicht zu erringen. Das autistische Kind steht vor dem Rätsel seines Selbst-Seins in der Gemeinschaft mit anderen Menschen in einer verschlossenen Geist-Vergangenheit und in einer von den Dingen verstellten Zukunft. Seine Frage ist die Frage des modernen Menschen: Die Frage nach dem Menschenweg in einer Welt, deren Vorgeschichte der Geburt wir verschlossen und deren Ausgang des Todes wir verstellt haben.

Es wäre ein Mißverständnis, wenn der Leser in dem hier vorliegenden Versuch eine endgültige Antwort sehen würden. Es sollte aber ein Weg zum Verständnis und zur Anregung aufgezeigt werden, welcher zunächst an die Schwelle führt, an der eine Anthropologie der frühkindlichen Entwicklung der Befruchtung durch die moderne Geisteswissenschaft, der Anthroposophie bedarf. Das Ziel dieses Versuches ist es, die heilpädagogische Begegnung mit dem autistischen Kind schicksalsgerecht möglich zu machen, sie zu vertiefen und heilpädagogische Haltungen zu entwickeln, welche in den langen Entwicklungsverläufen dieser Kinder ihnen ein Leben in einer uns als Menschen gemeinsamen Welt wieder eröffnen können.

Literatur:

1 L. Kanner: Autistic Disturbances of Affective Contact. Nervous Child No 3, Vol. 2 (1942-1943)
2 Siehe den Beitrag in diesem Band
3 G. Bosch: Der frühkindliche Autismus. Berlin 1962
4 Es wird davon abgesehen, die inzwischen schnell angewachsene Fülle der Literatur zu zitieren. Einen neueren Überblick geben: Autism, A Reappraisel of Concepts and Treatment, ed. M. Rutter und E. Schopler, New York-London 1978, und H. E. Kehrer: Kindlicher Autismus. S. Karger, Basel-München 1978
5 R. Steiner: Der Mensch als Sinnes- und Wahrnehmungswesen, Befunde der Seelenbeobachtung. Vorträge vom 22. - 24. Juli 1921. In GA 206
6 Einen Überblick der von R. Steiner entwickelten Sinneslehre unter Hinweis auf die Arbeiten R. Steiners und anderer geisteswissenschaftlich orientierter Autoren geben:
R. Steiner, Themen aus dem Gesamtwerk 3: «Zur Sinneslehre» Hrsg. Christoph Lindenberg, Stuttgart 1980, und H. E. Lauer: Die zwölf Sinne des Menschen, Umrisse einer vollständigen und systematischen Sinneslehre auf Grundlage der Geistesforschung Rudolf Steiners, Schaffhausen 1977
7 E. H. Erikson: Die Ontogenese der Ritualisierung, Psyche, 7. Heft Juli 1968
8 Siehe Beitrag in diesem Band
9 K. König: Sinnesentwicklung und Leiberfahrung, Stuttgart 1971
10 Siehe dazu: G. v. Arnim zur Entwicklung des Körperbildes im ersten Lebensjahrsiebt: «Körperschema und Leibessinne» in K. Königs: Sinnesentwicklung und Leiberfahrung. Stuttgart 1969
11 J. Piaget: Nachahmung, Spiel und Traum.
12 R. Steiner: Von Seelenrätseln. 5. Anhang. GA 21
13 Zit. nach G. Bosch (Siehe oben)
14 In E. Fischer: Jahrbuch für Jugendpsychiatrie und ihre Grenzgebiete. Band IV, Bern 1965
15 H. Städeli: Ein Beitrag zur Problematik der Beziehungsschwierigkeiten von Müttern zu ihren autistischen Kindern. Acta pädopsychiatrica Vol. 35, IV-VIII, 1968
16 R. Steiner: Die Erziehungsfrage als soziale Frage. Vortrag 9. Aug. 1919. GA 296
17 R. Steiner: Allgemeine Menschenkunde als Grundlage der Pädagogik. GA 293
18 H. Poppelbaum: Schicksalsrätsel. Dornach 1959
19 B. Bettelheim: The empty Fortress and the Birth of the Self, Infantile Autism. New York 1967

ZWEITER TEIL

Heilpädagogische Erfahrungen und Aspekte

HELLMUT KLIMM

Beobachtungen und Erwägungen beim Autismus

Bei der Eigenart des Autismus ist es verständlich, daß sich die meisten Veröffentlichungen mit Beschreibung, Kasuistik und Behandlung befassen und seltener versucht wird, einer möglichen Ursache auf die Spur zu kommen oder das Geschehen zu deuten. Die Diskrepanz zwischen unbeeinträchtigter Physis mit potentiell aussichtsreichen Funktionen und der tiefsitzenden Störung, die sich jeder Beeinflussung hartnäckig widersetzt, läßt aber – ähnlich hartnäckig – das Anliegen nicht ruhen, bessere Einblicke in dieses Krankheitsgeschehen und Wege für eine wirksamere Behandlung zu gewinnen. Damit soll nicht gesagt werden, daß *nur* bessere Erkenntnis auch bessere Behandlung bringt, oft bringt die Weisheit der Praxis neue Möglichkeiten, oft wird zu einer guten Therapie nachträglich der theoretische Überbau gefunden, doch bleibt gültig, daß wir durchschauen wollen, was wir tun und warum wir es tun.

Bei einer so komplizierten Störung ist klar, daß Einblicke in Schichten und von verschiedenen Aspekten aus gewonnen werden können, was uns von einfacheren Krankheiten her eine geläufige Tatsache ist. Man denke an das Magengeschwür, das aus Magensaft- und Durchblutungsstörungen «erklärt» werden konnte, wozu erst später die psychosomatischen Zusammenhänge erforscht wurden, die allgemein menschlich schon nahelagen.

Daß sich Menschen von dem ausgesprochen psychopathologischen Problem des Autismus angesprochen fühlen, die sich über die naturwissenschaftliche Grundlage hinaus um erweiterte Einblicke in geistig-seelische Zusammenhänge bemühen, ist verständlich. Eine zeitgemäße Erweiterung ist die Anthroposophie.

Die vorliegende Arbeit bringt neben den Erfahrungen im Umgang und in der Therapie mit diesen Kindern den Versuch einer Deutung von dieser Seite. Sie blickt über die seelischen Erscheinungen hinaus auf die leiblichen Grundlagen im Sinne der geisteswissenschaftlichen Erkenntnis, daß Krankheiten sich nie allein im Seelischen abspielen, sondern in der physisch-ätherischen Organisation ihren Sitz haben. Diese müssen nicht in physischen Veränderungen zu fassen sein. Die möglichen Gesichtspunkte für eine anthroposophisch orientierte Betrachtung sind vielfältig. Die hier in der Heilpädagogischen

Schriftenreihe zusammengestellten Beiträge über den Autismus zeigen, wie von verschiedenen Ansatzpunkten ausgegangen und eine wesentliche Seite des Problems beleuchtet werden kann. Im Hinblick auf diese Beiträge und die umfangreiche Literatur werde ich mir erlauben, die symptomatischen Beschreibungen nur kurz zu skizzieren, und die vielen Literaturquellen nicht extra angeben. Viele Seiten des Themas sind besser und eingehender behandelt worden und haben mich angeregt. Mich beschäftigt ein bestimmter Zusammenhang, der hier dargestellt werden soll.

Das Leitsymptom des nicht haftenden Blickes

Alles Seelische des Menschen braucht für die Erkenntnis einen anderen Zugang als leibliche Erscheinungen, da das «Bezugssystem» nicht auf der wäg- und meßbaren Basis der Naturwissenschaft, sondern in der eigenen Seelenhaftigkeit des Untersuchers liegt. Je mehr sich psychopathologische Probleme von der Einfühlbarkeit entfernen, desto schwieriger sind sie für uns faßbar. «Man kann kaum einem Menschen seelisch etwas sein, in dessen Innenlage man sich nicht versetzen kann», schreibt Rudolf Steiner in einem Brief 1915, «doch hilft bei diesem Sich-Versetzen keine Reflexion, sondern das wie selbstverständliche Sich-Finden im anderen Menschen».

Da die als autistisch bezeichneten Kinder in dieser Hinsicht schwierige Fragen aufwerfen, müssen wir vorerst unsere eigenen, uns selbstverständlichen Voraussetzungen unter die Lupe nehmen. Wir gehen davon aus, daß wir mit einer eigenen Innenwelt der Außenwelt gegenüberstehen, über unsere Sinne Wahrnehmungen von der Welt draußen haben, sie im Innern verarbeiten und darauf reagieren. Dabei bringen wir die verschiedenen Wahrnehmungen zusammen, «zentrieren» sie, lassen uns gefühlsmäßig davon ansprechen mit der Unterscheidung von angenehm und unangenehm, Freude oder Angst bereitend, und verarbeiten gedanklich mit Erfahrung und nach individueller Möglichkeit gestufter Einsicht den Bezug auf uns.

Bei autistischen Erscheinungen kann man sich fragen, ob diese Voraussetzungen so gegeben sind, ob nicht schon das Sich- und Welterleben grundlegend anders ist. Natürlich haben diese Kinder ihren Organismus mit seinen Grenzen und müssen auf die Umwelt reagieren, aber offenbar von einer ganz anderen seelischen Grundlage aus. Diese Andersartigkeit liegt nicht in Mängeln der Sinne, obwohl auch das schon angenommen wurde. Die Organe sind intakt und die Verarbeitung der Eindrücke wird nicht von außen nach innen alteriert, sondern allenfalls von innen her. Auch die *Voraussetzungen* für eine vorstellungsmäßige bis gedankliche Verarbeitung sind vorhanden, wenigstens die Elemente dafür. Die Kinder wirken nicht schwachsinnig und erstaunen durch Leistungen, wenn sie auf der Linie ihrer speziellen Interessen liegen. Aber es kommt bei ihnen eben alles ganz anders an und heraus, als wir es uns nach unserer Selbsterfahrung vorstellen.

Da die Augen beim sehenden Menschen als Spiegel der Seele empfunden werden, können wir im charakteristischen Blick der sogenannten autistischen Kinder einen Anhaltspunkt für die Grundproblematik suchen. Dieser periphere, nicht im Auge des Mitmenschen haftende Blick ist meines Erachtens ein Schlüssel für die gesamte Situation. Dabei können diese Kinder genau hinschauen und fixieren, wenn es in ihr Anliegen fällt, Entfernungen einzuschätzen etc., aber gerade in der Verbindung von Mensch zu Mensch fehlt der verbindende Blick. Eine interessante Erfahrung an dieser Stelle: Ein Junge mit typisch autistischen Erscheinungen zeigte ein fixiertes Interesse an den Augen eines sehr behinderten Mädchens, dessen Blick auch nicht haftet. Immer wieder beugte er sich wie ein Untersucher zu den tiefliegenden Augen des kleineren Mädchens und schien ganz fasziniert davon. Er bekam keinen Gegenblick, eher Abwendung. Es schien, als ob er seinem eigenen Problem auf der Spur sei.

Im Umgang mit diesen Kindern erlebt man evident, daß die mangelnde Zentrierung des Blickes einer mangelnden inneren Zentrierung entspricht. Ihre Handlungen werden oft gekonnt wie nebenbei ausgeführt. Alles geschieht ohne «Konzentration» auf das Ziel. Wir sind unsere eigene Zentrierung so gewohnt, daß wir eine solche Unzulänglichkeit innerlich kaum nachempfinden können. Unser Kopf wirkt für unser Vorstellungsleben wie ein *Hohlspiegel,* der alles im Punkt zusammenführt. Das Zentrum unserer Persönlichkeit, unser Ich, erleben wir punktuell und «behaupten» uns durch diesen Punkt in der Welt.

Dazu läßt sich folgende Überlegung anstellen: Was muß von mir erhalten bleiben, damit ich noch existent bin? Meine Glieder kann ich mir wegdenken, meinen Rumpf, meinen Mund, Nase, Ohren, auch die Augen. Es bleibt ein Punkt, auf den wir nicht verzichten können. Er ist der Schnittpunkt der Waagerechten, die von der Nasenwurzel zwischen den Augen medial in den Kopf führt,und der Senkrechten,die wir vom Scheitel fällen. Damit kommen wir in die Gegend der Sehnervenkreuzung und der Hypophyse. Wird dieser Punkt ausgelöscht, so haben wir unser Persönlichkeitszentrum verloren. Wie bekannt, wurde der Punkt an der Stirnbasis bei den Indern oft markiert. Vielleicht war das in ihrer Entwicklungssituation eine Hilfe, um zum eigenen Ich zu kommen.

Die Existenz unter autistischer Symptomatologie entbehrt dieses zentrierte Eigenerleben im Ich-Bewußtsein, was sich auch in der Schwierigkeit bei solchen Kindern ausdrückt, von sich Ich zu sagen. Wenn sie es nach langen Umwegen über die dritte Person doch noch von uns lernen, merkt man immer noch die Unsicherheit. Im Gegensatz zum Hohlspiegel wäre hier das Bild eines *Streuspiegels* zutreffend, der das Bewußtsein peripher auseinanderführt. Wie wir als Ergebnis der Zentrierung eine Integration der Persönlichkeit erleben, kommt es hier zu einer Desintegration und damit zu Hinweisen für ein Verständnis der Diskrepanz, daß so viele potentielle Möglichkeiten nicht genutzt werden können. Natürlich darf man sich den Gegensatz von Zentrierung und Streuung nicht so absolut vorstellen. Auch der gesund zentrierende Mensch bedarf der Streuung, um sich nicht im Zentrum zu verkrampfen, ähnlich wie zum Punkt des genauen Sehens der Umkreis des Gesichtsfeldes gehört. Es handelt sich um Dominanzen. Wir sind heute sicher zu sehr auf den Punkt fixiert, sehen «einäugig» genau und sind in unserem Ich stark zusammengezogen. Das scheint ein Entwicklungsergebnis des modernen Menschen zu sein. Notwendig haben wir auch die Tendenz zur Peripherie und zur Streuung in uns. Wir können auch alle ein wenig Autisten sein. Darin liegt der Ansatz für ein Verständnis solcher Erscheinungen. Aber unsere Dominanz liegt auf der Gegenseite. Für die Kinder mit autistischen Erscheinungen ergibt sich, daß sie sich nicht der Welt gegenüber fühlen, sondern in ihr wie ausgesetzt sind, daß sie sich nicht wie ein Subjekt in der Gegenüberstellung empfinden, sondern wie ein Teil von ihr als Objekt.

Zur Symptomatologie

Unter dem Leitgedanken der mangelnden Zentrierung lassen sich einige geläufige Symptome betrachten:

1. Die Kontaktstörung

Sie ist keine Schwäche auf einer Linie vom guten zum geringeren bis zum schlechten Kontakt, sondern eine völlig andere Beziehung. Wegen des Fehlens des eigenen inneren Haltes im Ich, wird jede Zuwendung einer anderen Persönlichkeit wie eine Attacke empfunden, der man ausweichen muß. Eine frontale Begegnung mit ihnen ist ganz unfruchtbar und richtet nur Schranken auf, eine pädagogische Zuwendung, die direkt etwas erreichen und Fortschritte im Rapport erzielen will, ist zum Scheitern verurteilt. Dagegen kann man das Kind besser neben sich haben und es von der Seite begleiten. Dann wirkt das daneben oder dahinterstehende Ich des Erziehers wie eine Hilfe für das zarte Ich des Kindes. Ein Körperkontakt kann den Zugang zu ihm öffnen, und bei einem humorvollen Spaßmachen auf dem Schoß leuchtet,wenn eine gewisse Hürde überwunden ist, das kleine Ich entzückend auf. Wiederholte kleine Spiele, die zur Gewohnheit werden, helfen viel.

Eine Erfahrung aus der eigenen Arbeit: Heilpädagogen mit einer Zielstrebigkeit, die auf den Punkt kommen will, sind für diese Kinder schwer verdaulich. Dagegen haben Erzieher mit «eine Hülle bildender» Gelassenheit einen guten Einfluß. Diese Haltung liegt besonders Menschen aus nordischen Ländern. Wir haben das wiederholt erlebt, z. B. bei einem Kind, das sich lange nicht in unserem Heim einleben konnte und sich erst in der Betreuung einer Finnin wohlzufühlen begann. Ganz extrem kam dieses Phänomen bei einem schwierigen Kind zum Vorschein. Es war sehr erregt, neigte zu Zerstörungen und drohte fortzulaufen, so daß man es an der Hand führen mußte. Damals hatte sich ein junger Schwede bei uns zur Ausbildung gemeldet, der so verträumt war, daß man ihm keine Kinder anzuvertrauen wagte und ihm vorschlug, er solle sich erst einmal im Garten betätigen. Er drängte aber hartnäkkig – denn Verträumtheit schließt Hartnäckigkeit nicht aus – zur heilpädagogischen Arbeit und wurde schließlich in der Gruppe mit dem schwierigen Kind eingesetzt. Nach ein paar Tagen waren wir wie durch ein Wunder überrascht: das Kind wurde mild und friedlich, beim Spaziergang lief es drei Schritte hinter dem Schweden her und wurde immer anhänglicher an ihn. Damit war zunächst nur die Situation gemeistert, eine heilpädagogische Förderung konnte dann darauf aufgebaut werden.

Dazu eine weitere Erfahrung: Es hat sich bei uns bewährt, daß die Betreuung während des Tages in der Gruppe von Menschen übernommen wird, wie wir sie als «eine Hülle bildend» geschildert haben. Diese Art ist natürlich nicht geographisch begrenzt. Im Schulunterricht darf aber ruhig ein etwas leistungsfordernder Zug in Ansatz kommen, wenn er die Gegebenheiten berücksichtigt und nicht frontal auf das Kind losgeht.

Übrigens sind diese Kinder «anfällig» für Konditionierung. Man kann damit etwas erreichen, weil Lust und Unlust ohne Konfrontation sachlich eingesetzt werden. Damit sind Anpassungen möglich, aber keine Ich-Entfaltung. Es ist wie ein Korsett, das man dem Kind anzieht.

2. Zur Gleicherhaltung der Situation

Da die Kinder keinen inneren Halt finden, müssen sie sich einen von außen aufbauen, der die Umgebung mit sicheren «Denkmälern» stabilisiert. Alles muß am gewohnten Platz sein und nach dem gleichen Ritus ablaufen. Auch die Neigung, sich an etwas festzuhalten, ewig einen Knetgummi in der Hand zu drücken oder ein Spielzeug mitzuschleppen, liegt in der gleichen Richtung. Ein Umzug in eine neue Wohnung führt häufig zu außergewöhnlich heftigen Reaktionen, da er dem Kind den ohnehin dünnen Boden entzieht.

Beim Einleben in einem Heim gibt es schwierige Anfangsphasen. Interessant ist die Beobachtung, daß sie es nicht lieben, wenn ein ihnen vertrauter Mensch in einem Zusammenhang auftaucht, in den er nicht hingehört. Also wenn der Erzieher im Heim, wo er ganz akzeptiert wird, einen Besuch bei den Eltern macht und in deren Wohnung erscheint. Oder wenn die Eltern zu einem Schulbesuch in die Klasse kommen. Sie unterscheiden die verschiedenen «Bühnen», auf denen sie sich bewegen, und halten sie auseinander. Oft erzählen sie daheim nichts von der Schule und in der Schule nichts von daheim. Sie sind an bestimmte Situationen gebunden, die unverändert erhalten bleiben müssen.

3. Sprachstörungen im Sinne des Mutismus oder unmodulierte, unbeseelte Sprache

Es ist einleuchtend, daß ohne das Anliegen einer Kommunikation von Ich zu Ich auf gleicher Ebene die Sprache nicht interessant ist. Dem Signalcharakter, um einen Wunsch durchzusetzen, kann anders Ausdruck verliehen werden, ohne sich seelisch moduliert anschmiegen zu müssen. Dafür finden diese Kinder raffinierte, intelligente Wege. Die eigentliche Interessensphäre ist eine andere, mehr auf die Dingwelt gerichtete, auf die unbelebte und unbeseelte, vor allem technische Umgebung, manchmal mit der Fähigkeit, z.B. Automarken selbst an kleinsten Details, wie Lampen, Kotflügel etc. zu identifizieren. Wenn sie sprechen, fehlt jedes verbindende Timbre. Die Schwierigkeit, sich mit dem Wort «Ich» zu bezeichnen, ist kein Sprachproblem.

4. Störungen der Form-Hintergrund-Erfassung

Wenn wir etwas anschauen oder auf andere Weise wahrnehmen, beziehen wir die Wahrnehmung auf etwas, stellen eine Verbindung zu anderen Gegebenheiten her, letztlich zu unserem Ich. Beim Autismus stehen die verschiedenen Gegebenheiten beziehungslos nebeneinander, soweit sie sich nicht auf einen Wunsch richten. Formen können für diese Kinder sehr interessant sein, aber von einer ganz anderen Seite her. Für unsere Tests können sie sich nicht erwärmen.

5. Ängstlichkeit

Auch diese Kinder haben Angst, aber weniger eine Umweltangst vor Bedrohungen von außen als eine fast «objektive» Angst, die unverständlich für uns auftaucht. Man kann nicht Angst vor dem Überfahrenwerden wecken, um sie verkehrssicher zu machen, allenfalls kann ihnen ein angepaßtes Verhalten von außen anerzogen werden. Bei größeren Verletzungen, wie beim Stürzen oder Fallen, können sie sehr indolent sein, so wehleidig sie bei kleinen Kratzern reagieren können. Eigenartig ist die Reaktionslosigkeit in extremen

Situationen. Zweimal konnte ich bei verschiedenen Kindern etwas Erschrekkendes in unserer Badeabteilung erleben. Sie tauchten plötzlich durch ein kleines Versehen unter, das an sich keine Notsituation herbeiführte, denn der Betreuer war neben ihnen im Wasser, machten aber keinerlei Bewegung, um wieder an die Oberfläche zu kommen, sondern blieben unbewegt mit starrem Gesicht und offenen Augen unter Wasser.

Zur Phänomenologie

Hier sollen zur Unterscheidung von umschriebenen Symptomen einige Eindrücke besprochen werden, die diese Kinder auf uns machen:

1. Es sind meist wohlgestaltete Kinder mit ansprechendem Aussehen, die wie verzauberte Prinzen oder Prinzessinnen wirken. Man könnte sich vorstellen, daß sie plötzlich entzaubert werden, befreit von ihrer Isolation und der Welt zurückgegeben. So geht es offenbar auch vielen Eltern von ihnen, die meinen, man müßte nur die rechte Behandlung finden oder einen entscheidenden Kniff, dann könnte doch alles in Ordnung sein. So werden die Kinder von einem Spezialisten zum andern gebracht.

2. Man spürt in ihnen eine Persönlichkeit. Sie sind bei allen Monotonien keine Langweiler und langweilen uns nicht. Ihr Ausdruck ist intelligent, eher altklug, nicht kindlich. Sie sind keine armen Hascherl, die unsere Hilfe erheischen, sie kassieren vielmehr unsere Hilfe wie ein Fürst, der eine Huldigung entgegennimmt. Wir fühlen uns von ihnen souverän dirigiert und sind bemüht, ihren Wünschen zu entsprechen, die sie imperativ durchsetzen.

3. Sie machen auf uns einen sympathischen Eindruck. So mühsam ihre Betreuung ist, es fällt nicht schwer, Betreuer für sie zu gewinnen, die sich schwer wieder von ihnen trennen und sie nicht gern hergeben. Mir scheint, sie haben eine Anziehungskraft ähnlich wie eine Jungfrau für den Liebhaber, der kein Echo auf sein Verlangen herauslocken kann. Hier liegt der Reiz in der Unerwecktheit der Triebe. Die autistischen Kinder sind unreif im Kontakt. Sie beantworten unsere Liebe nicht auf der uns vertrauten Ebene. Das mangelnde Echo auf unsere Werbung macht sie so anziehend.

4. Ein rechtes Wohlbefinden erleben wir bei Ihnen nicht. Niemals sind sie ganz gelöst, entspannt und glücklich. Sie können wohl ruhig und versponnen in einer Ecke spielen, auch Befriedigung und Freude äußern, aber sie kommen nicht in einen Einklang mit ihrer Umwelt, der sie zufrieden macht und ein anhaltendes Wohlgefühl hervorruft.

Die Zusammenstellung der Symptome und Phänomene ist eine Art Quintessenz aus der Erfahrung mit autistischen Erscheinungen. Im Einzelfall können bestimmte Seiten ausgeprägt sein und andere zurücktreten. Es begegnen uns immer wieder Kinder, die uns als «klassisch» autistisch anmuten, und andere, wo wir eher von autistischen Zügen sprechen. Auch bei organischen, meist cerebralen Schädigungen gibt es autistische Bilder. Wahrscheinlich kann man zwischen einem primären Autismus und einem sekundären im Rahmen anderer Störungen unterscheiden.

Zur geisteswissenschaftlichen Betrachtungsweise

Wenn wir uns mit der anthroposophischen Menschenkunde den Fragen des Autismus zu nähern suchen, liegt eine wichtige Erweiterung der geläufigen Vorstellungen darin, daß unser ganzer Organismus als Grundlage seelischer Funktionen angesehen werden muß. Das ist keine allgemeine Behauptung. Rudolf Steiner hat dazu für das gesunde und kranke Geschehen im Menschen sehr differenzierte Darstellungen gegeben. Für die Entwicklungsstörungen im Kindesalter gibt es von ihm den Heilpädagogischen Kurs[1], gehalten im Juni 1924, in dem er außer der Beschreibung einzelner Krankheitsbilder und der Besprechung vorgestellter Kinder grundlegende Anregungen für die Anschauung solcher Störungen gibt. Unter seinen Beispielen und unter den Kindern, die er gesehen hat, sind keine, die an eine autistische Symptomatik denken lassen, abgesehen davon, daß es den Begriff Autismus noch nicht gab. Aber alle Beiträge des vorliegenden Sammelbandes beruhen auf den Erkenntnissen der Geisteswissenschaft. Wie ersichtlich, sind die möglichen Ansatzpunkte sehr verschieden. In allen wird das mangelhafte Ich-Bewußtsein und der beeinträchtigte Ich-Bezug hervorgehoben. So beschreibt J. Lutz den Autismus als intrapsychische Beziehungsstörung, die auf einer Ich-Aktivitäts-, Ich-Bewußtseins- und Ich-Einprägungsstörung beruht und keine gesunde Verbindung zum Denken, Fühlen und Wollen ermöglicht. Th. Weihs sieht den Kern des Problems darin, daß es dem Kind nicht gelingt, sein Ich-Erleben im Mittelpunkt seines Wesens zu verankern. K. König findet die Kontaktstörung in einer zu starken Bindung an die Umwelt. Das Kind lebt in den Dingen und kommt zu keiner Ich-Distanz. Dadurch kann auch keine Nachahmung zustandekommen. Daran knüpft H. Müller-Wiedemann in seinem Beitrag von der «verstellten Welt» an. W. Holtzapfel beschreibt auch den mangelnden Zusammenhalt der Situation dieser Kinder durch das Ich, das sich so weit entfernt und seine Richtung so verändert hat, daß es kaum noch zu erreichen ist, und findet in der Abkehr vom Menschen und in der

Bindung an die dingliche Umwelt eine Vertauschung, die die Welt gleichsam auf den Kopf stellt. Die Umkehr verfolgt er an verschiedenen Phänomenen und macht deutlich, wie die Kopfgesetzmäßigkeit überhand nimmt. Das autistische Kind nimmt Kopfcharakter an, obwohl sein eigentlicher Kopf wie ausgeschaltet wirkt. An diese «Kopfigkeit» können wir später noch anknüpfen.

Dabei gehen alle Hinweise noch über das Ich-Bewußtsein hinaus und lassen den Grund der Störung in tieferen Schichten vermuten, die außerhalb der bewußten Seite liegen. Die Kinder wirken verloren und ausgesetzt in der Welt, sind offensichtlich ganz unsicher und hilflos in ihrer *Seins-Empfindung* und fühlen sich nicht als *Selbst* der Umwelt gegenüber, eher wie gegenständlich in sie eingegliedert. Wir kennen unter den vielen anderen Formen geistig-seelischer Unzulänglichkeiten kaum etwas ähnliches.

In geisteswissenschaftlicher Sicht ist unsere Seins-Empfindung keine Angelegenheit des Ich-Bewußseins und keine Aufgabe der Kopfkräfte. Rudolf Steiner hat den bekannten Satz von Descartes «Ich denke, also bin ich» überdacht und aus seiner Erkenntnis sagen können: das Sein ergibt sich nicht aus unserem denkerischen Vorstellen und nicht aus der Tätigkeit des wachen Bewußtseins, auch wenn alle Empfindungen und Gefühle darüber im Bewußtsein auftauchen. Es steigt vielmehr aus den Tiefen des unterbewußten Teiles unseres Organismus auf. Anthroposophisch gesehen ist der Satz von Descartes nicht haltbar. Damit ist aber nicht gesagt, daß unser Sein nichts mit dem Ich zu tun hat. Unser bewußtes Ich umfaßt nicht die gesamte Ich-Aktivität. Es ist nur der wichtige Ausschnitt, der uns für die bewußte Lebensführung zur Verfügung steht. Das eigentliche Ich, das als unvergänglicher geistiger Wesenskern viel größer und universeller ist, als wir uns das nach unserer Ich-Erfahrung vorstellen, gestaltet für die Erdeninkarnation die *Ich-Organisation,* die alle geistig-seelischen und leiblichen Funktionen übergreift und unter ihrer Führung integriert. Um das zu begründen, bedarf es der ganzen anthroposophischen Menschenkunde Rudolf Steiners von den Wesensgliedern und der Dreigliederung des menschlichen Organismus. Diese Grundtatsachen sind ein wichtiger Teil der Anthroposophie. Darüber ist auch von seinen Schülern viel erarbeitet, ausgebaut und veröffentlicht worden. Hier kann ich nur einige Seiten aus den umfangreichen Zusammenhängen hervorheben, muß die Kenntnis der Grundlagen voraussetzen und für Leser, denen sie nicht geläufig sind, hoffen, daß der Duktus in sich verständlich, wenn auch nicht genügend begründet ist.

Wichtig für die vorliegende Betrachtung sind die sogenannten Tiefen der Organisation, die mit dem *Sein* zusammenhängen. Das ist für die bisherigen Anschauungen in unserem Zeitalter ein ganz neuer Aspekt, der in seinen

Konsequenzen auch vielen mit der Anthroposophie sonst vertrauten Menschen nicht immer geläufig ist. Die Wochensprüche Rudolf Steiners enthalten viel über das Sein, und im Grundsteinspruch wird das Vater-Göttliche Sein-erzeugend genannt, in dem das Ich, gleichsam vor seinem Bewußtwerden, in den Gliedern erwest.

Für die Zusammenhänge mit der Leiblichkeit kann uns die Darstellung im Heilpädagogischen Kurs zum Schlüssel werden. Dort wird dem zentrierten Ich im Kopf ein umfassendes Ich in den Gliedern gegenübergestellt. In der Wirksamkeit von zwei Seiten ist die *Polarität* gekennzeichnet, nach der unser Organismus als Instrument für die Seelenkräfte aufgebaut ist. Wie das Ich sind auch die Wesensglieder entgegengesetzt angeordnet: während am Bewußtseinspol des Hauptes das Ich den Mittelpunkt bildet und vom Astralleib und Ätherleib umkleidet nach außen vom physischen Leib abgeschlossen wird, wirkt am unteren, unterbewußten Pol das Ich von der Peripherie her und umschließt Astralleib, Ätherleib und physischen Leib. Äußerlich kann man diese Gliederung an den Knochen ablesen, die man als Repräsentanz des physischen Leibes ansehen kann. Als Schädeldecke schließen sie das Haupt nach außen ab, als Röhrenknochen in den Gliedern bilden sie das Zentrum. Sind die Knochen ein fest gewordener physischer Endpunkt, so wirkt die Ich-Organisation von unten und oben in dynamischer Aktivität und hat als höchste Instanz alle Wesensglieder unter ihrer Direktion. Dabei ist der unterbewußte untere Ich-Pol die geheimnisvolle Seite unserer Existenz.

Die entgegengesetzten Pole stehen sich gegenüber wie Saite und Resonanzboden. Nichts kann an dem einen Pol geschehen, das nicht seinen Gegenprozeß am anderen hat. Der Vergleich mit einem Musikinstrument ist naheliegend, das aus musikfremdem Material in entsprechender Gestaltung unter der Hand des Künstlers die ganz andere Dimension der Musik in Erscheinung treten läßt.

Zwischen den Polen entsteht eine Mitte als Ergebnis und als Steigerung: das Rhythmische System mit seiner eigenen Qualität, die Verinnerlichung mit sich bringt. Durch das Haupt sind wir aufnehmend (rezeptiv), durch die Glieder handelnd (aktiv) mit der Welt verbunden, in der Mitte werden die Verbindungen zur Umwelt im Selbst erfaßt. Der Begriff von Polarität und Steigerung ist ein Grundelement anthroposophischer Betrachtungsweise, das zur Dreigliederung des Menschen führt, in der dem Haupt mit dem Nerven-Sinnes-System das *Denken,* der Mitte mit dem Rhythmischen System das *Fühlen* und dem unteren Pol mit dem Stoffwechsel-Gliedmaßen-System das *Wollen* zukommt. So ist unser Organismus ein Instrument der Seele und nach seelischen Gesichtspunkten aufgebaut, dem die leiblichen Belange untergeordnet sind.

In der Polarität steht der Kopf mit dem Zentralnervensystem dem Kreis aller übrigen Organe gegenüber. Er faßt alles zusammen, was in den anderen Organen als getrennte Funktionen auftritt. Rudolf Steiner bezeichnet den oberen Pol als «synthetisches System», die Gesamtheit der unteren Organe als «analytisches System». Der Kopf als Bewußtseinspol, der uns als zusammenfassendes System das Erleben einer geschlossenen Ganzheit vermittelt, liegt unserer Erfahrung näher, die Tätigkeit in den unteren Organen ist für uns leiblich wie auch seelisch weitgehend zugedeckt. Wir spüren nicht unsere Verdauungsprozesse und z.B. das Geschehen in Leber und Nieren, eher noch unseren Herzschlag und unsere Atmung, wenn wir darauf achten. Noch weniger empfinden wir den seelischen Anteil der Organe. Sie machen sich in der gesunden Situation kaum bemerkbar und stellen sich vergleichsweise «selbstlos» zur Verfügung. Wie sich ihre leiblichen Funktionen in der medizinischen Diagnostik untersuchen lassen, können wir auf intimeren Wegen auch ihrer Wirksamkeit für das Seelenleben nachspüren.

Einen Einblick in dieses Geschehen erschließen uns die *Temperamente.* Rudolf Steiner konnte zu ihrer Charakterisierung an die alten griechischen Zuordnungen zu den Elementen von Erde, Wasser, Luft und Feuer anknüpfen, mit denen das melancholische, phlegmatische, sanguinische und cholerische Temperament verbunden ist. Diesen Elementen entsprechen geisteswissenschaftlich beim Erwachsenen – beim Kind noch entwicklungsgemäß verschoben – die Wesensglieder physischer Leib, Ätherleib, Astralleib und Ich und die Organe Lunge, Leber, Niere und Herz, in denen jeweils ein Wesensglied vorherrscht. Temperamente sind somit das Übergewicht eines Wesensgliedes durch das entsprechende Organ vor den anderen. Die vier Organe sind Repräsentanten der unteren Organisation. Die Temperamentsfärbung steigt aus ihnen auf, bestimmt unsere charakterologische Art und entzieht sich weitgehend unserem Einfluß. Gegen unser Temperament können wir nur schwer angehen, allenfalls im Laufe eines Lebens läßt es sich durch lange Selbsterziehung, die über gepflegte Gewohnheiten auf das *unterbewußte* Leben Einfluß übt, etwas verwandeln. Gegen alle *bewußten* Bemühungen kommt es immer wieder durch. Der existentielle Charakter hat mit unserer *Seins-Empfindung* zu tun. Unsere Begründung im Sein liegt noch unterhalb der Temperamentsfärbung. Sie ist eine Wirkung des Ich, das von unten alle Wesensglieder und Organe umschließt.

Dank der Verankerung im Sein entsteht im Rhythmischen System das *Selbst-Gefühl,* das ein Gegengewicht zu unseren wechselnden Gefühlen bildet. Auch die Gefühle können wir nicht dirigieren und bestimmen, aber sie dürfen nicht mit uns spazierengehen und uns hin- und herwerfen. In Bezug auf unser Selbst werden sie mit unserer Eigenheit verbunden. Bei geistig sehr behinderten Kindern und Erwachsenen begegnen wir oft einem ausgezeichneten Selbstgefühl. Sie beziehen alles stark auf sich und wirken gefühlsmäßig stabil.

Zum Kopf mit dem Nerven-Sinnes-System gehört der *Schein* unserer beweglichen Vorstellungen. Die Gedanken sind nicht subjektiv wie die Gefühle, sie sind objektiv und universell für alle Menschen gleich. Wir können uns mit ihnen ganz sachlich verständigen. Den Halt bekommen die beweglichen, wechselnden Vorstellungen durch den Bezug auf das Ich im wachen *Ich-Bewußtsein,* mit dem wir sie richten und dirigieren können. Dieses sich bis zum Punkt verdichtende Ich-Bewußtsein, das uns unsere Persönlichkeit erleben läßt, braucht als Voraussetzung das untere, umfassende, unterbewußte Ich. Nur mit diesem Gegenpol kann es sich zentrieren.

Seins-Empfindung, Selbst-Gefühl und Ich-Bewußtsein sind richtunggebend für die menschliche Entwicklung. Beim Autismus sind alle drei schwer beeinträchtigt. Diese Beeinträchtigung hängt meines Erachtens mit der unteren Organisation zusammen.

Über krankhafte seelische Erscheinungen, die mit den unteren Organen zusammenhängen, hat uns Rudolf Steiner wesentliche Aufschlüsse gegeben.[2] Bekanntlich können die Organe in ihrer physischen Struktur erkranken. Das gehört in das Gebiet der inneren Krankheiten, die die seelische Lage nicht im Kern zu beeinträchtigen brauchen. Geisteswissenschaftlich gesehen können die Organe, ohne daß es zu faßbaren physischen Veränderungen kommt, zum Ursprungsort seelischer Krankheiten werden. Die seelische und organische Aufgabe liegt im unteren Menschen weiter auseinander als im Zentralnervensystem. Die psychopathologischen Erscheinungen, die so entstehen, finden sich vor allem bei den endogenen Psychosen, die man mangels organisch faßbarerer Veränderungen auch schon als das delphische Orakel der Psychiatrie bezeichnet hat. Sie sind naturwissenschaftlich und psychologisch wirklich rätselhaft. Das anthroposophische Menschenbild ermöglicht einen Zugang. Die Prozesse sind wie Übersteigerungen der Temperamente anzusehen, die in Zwangsvorstellungen, Halluzinationen, Depressionen, Tobsucht etc. ausarten können. Die Organe, die sonst so still ihre Aufgabe verrichten, werden in falscher Weise wach und senden krankhafte Verfärbungen in das Bewußtsein, die auf die Wahrnehmungen von außen projiziert werden. Dieses Geschehen beruht nach Rudolf Steiner darauf, daß die Organe ihr ätherisches *Eigenelement auspressen,* das vom Kosmos her an ihrer Gestaltung wirkt, in ihnen beschlossen und für das Bewußtsein zugedeckt bleiben sollte und nur leise die Temperamentsfärbung tingieren darf. Mit diesem Durchbruch aus den Organen wird die Existenz des Menschen in ihren Grundfesten erschüttert. Oft finden wir im psychotischen Ausnahmezustand die uns vertraute Persönlichkeit nicht wieder. Die Ich-Organisation im unteren Pol erfüllt ihre Aufgabe nicht mehr und entzieht dem bewußten Ich den Boden.

Der Blick auf die Psychosen, die gemäß der Dynamik aus den Organen einen prozessualen Charakter und einen sehr wechselnden Verlauf haben, soll uns die psychischen Erkrankungsmöglichkeiten aus der unteren Organisation nahebringen und uns, ohne zu rasche Analogien, helfen, Fragen des Autismus zu beleuchten. Wir haben hier kein fortschreitendes Geschehen vor uns und keine Anhaltspunkte, daß die Erlebnisse eine Verfärbung erfahren. Vielmehr begegnet uns bei dieser *frühkindlichen* Entwicklungsstörung eine innere Leere, die mangelnde Entwicklungsintensität und die Verlorenheit. Aber erinnern wir uns auch an den Kopfcharakter dieser Kinder, wie ihn W. Holtzapfel beschreibt. Die Kopfdominanz können wir nach vielen Richtungen feststellen. Im Sinne des polaren Wirkens deutet diese Dominanz auf eine Schwäche des unteren Pols. Im beeinträchtigten Willen, soweit er nicht auf etwas fixiert ist, und in der eher blassen, nicht gerade vitalen Konstitution dieser Kinder zeigt sich die mangelhafte Wirksamkeit des Stoffwechselsystems, die auch mit organischen Störungen verbunden sein kann. Coleman hat bei 10% der von ihr untersuchten autistischen Kindern eine Coeliacie festgestellt.[3]

Es wäre vorstellbar, daß die Kopfdominanz die Funktion des unteren Pols beeinträchtigt und verdrängt, aber die Frage ist, ob nicht eine verkümmerte untere Organisation diese Dominanz begünstigt und das Bild des Autismus wesentlich bestimmt. Als Zeiterscheinung, zu der der Autismus offensichtlich gehört, haben wir die Kopfzivilisation mit schwacher Beteiligung von Fühlen und Wollen. Aber die Ich-Zentrierung wird dabei überspitzt. Der moderne, intelligente Mensch ist im hellen Wach-Bewußtsein wie ein Reaktionsbündel zusammengezogen, Phantasie und Träume treten zurück. Daß der Autismus eine Ich-Störung ist, wird in allen Erscheinungen deutlich. Vielleicht beruht er, da er häufig in intelligenten bis intellektuellen Familienzusammenhängen auftritt, auf einem pathologischen Überschlag der Zeittendenz, *wodurch das periphere untere Ich ganz oder nahezu ganz herausfällt.* Dadurch ist der untere Pol seelisch wie abgehängt, kein Temperamentskolorit aus den Organen tritt auf, kein Selbstgefühl verdichtet sich und kein Ich-Bewußtsein gibt den Vorstellungen Halt. Innerlich ist das Kind ein Schiff ohne Steuer, von den Wogen der Seelenkräfte bewegt, da ihm das richtungsgebende Ich fehlt. Deshalb sucht es in der Gleicherhaltung der Situation einen Hafen, in dem es festmachen kann, denn es steht nicht mehr der Welt gegenüber, sondern empfindet sich wie ein Stück von ihr, aber ein Stück, das nicht ruhen kann, weil es von innen bewegt wird.

Interessant ist auch, daß die autistische Störung schon beim ganz jungen Säugling zu bemerken ist. Wenn der Autismus nur mit dem fehlenden Ich-Bewußtsein zusammenhinge, sollte er erst um das dritte Jahr auftreten. Die Zielrichtung der Seelenkräfte macht sich viel früher bemerkbar, wenn uns der Säugling voller Kontakt anschaut. Da wirkt das Ich, das hinter der ganzen Entwicklung steht, betont vom unteren Pol her. Beim Tier ist die Entwicklung eingebettet in den Instinkt. Beim Menschen veranlaßt das Ich die *Nachahmung*. Nur durch das Vor-Bild des Erwachsenen wird der kleine Mensch zum vollen Menschen. In der Nachahmung entfaltet sich eine Intensität, wie sie später nie mehr auftritt, und läßt das Kind in der Frühzeit mehr lernen als im übrigen Leben. Diese Kraft kommt als ein «Begehren» aus den unteren Organen, die vom umschließenden Ich zielstrebig gerichtet wird. Entwicklungsintensität und Nachahmung vermissen wir beim Autismus, wie es in den Beiträgen von K. König und H. Müller-Wiedemann beschrieben wird.

Meiner Beschreibung lagen sehr ausgeprägte Bilder zugrunde, die als rein autistisch bezeichnet werden können. Sie beziehen sich auf Kinder, bei denen man unabhängig von einzelnen Symptomen den Autismus als imponderablen Eindruck unmittelbar wahrnimmt. Es gibt aber viele, die nur teilweise die beschriebenen Erscheinungen zeigen und auch andere, oft psychotische Züge haben. Die Psychosen bei Erwachsenen wurden als Beispiel für krankhaftes Wirken aus den Organen herangezogen. Die frühkindlichen Psychosen sind Entwicklungsstörungen, die an Schwere dem Autismus gleichen und noch gravierender sein können. Vom Beginn der Autismusforschung an wurde die Nähe zu den Psychosen beschrieben und die Abgrenzung diskutiert. Der elementare Charakter der tiefsitzenden Störung und die Unerreichbarkeit des Wesens sind verwandt. Meinem Eindruck nach stehen sich Psychose und Autismus wie krankhafte Pendelausschläge nach zwei Seiten gegenüber. Während psychotische Kinder durch ausgepreßte Organwirkungen innerlich besetzt sind, wirken autistische innerlich leer. Wenn die vom Ich gerichtete Mittellage nicht gegeben ist, kann das labile Pendel leicht von der einen zur anderen Seite ausschlagen. Aus den Organen können Verfärbungen auftreten und wieder verstummen und so die Symptome wechseln und sich mischen.

Ein anderes Problem sind die cerebral geschädigten «Organiker» mit autistischen Zügen. In der Anfangsphase der Diskussion über den Autismus, die durch die Varianten von Kanner und Asperger belebt war, gehörten Organiker nicht zu diesem Bild. Mit der Ausbreitung des Begriffes und dem großzügigeren Umgang mit der Diagnose wurden sie hinzugenommen. Geisteswissenschaftlich scheint es verständlich, daß eine Schädigung am Kopfpol ihre Rückwirkung in den unteren Organen haben kann und diese wie abgehängt eine krankhafte Eigentendenz entwickeln. Mangels Gegenwirkung vom zusammenfassenden Haupt können sie in ihrem seelischen Anteil autistisch stummer werden oder sich psychotisch bemerkbar machen.

Die ganze Darstellung des Autismus ist hier unter einen bestimmten

Aspekt gestellt, der keinen Anspruch auf eine erschöpfende Erklärung erhebt. *Vom polaren Aufbau des Menschen her betrachtet deutet die Erfahrung bei diesen Kindern darauf hin, daß das Bild des Autismus wesentlich vom mangelhaften Eingreifen des Ich von der unteren Seite des Organismus und von der unzulänglichen Einschaltung der unteren Organe bestimmt wird. Dadurch fehlt dem Kopf der Gegenpol, auf dem sich ein zentriertes Ich-Bewußtsein entfalten kann.*

Therapeutische Erfahrung

Wenn der Autismus mit tiefgreifenden Änderungen im seelischen und leiblichen Gefüge des Organismus zusammenhängt, ist es naheliegend, nicht nur an pädagogische und psychologische Maßnahmen für seine Behandlung zu denken, so wichtig sie auch sind. Ärztlich werden schon seit langem mit einigem Erfolg *Medikamente* nach geisteswissenschaftlichen Vorstellungen angewandt. Die Therapie mit *Metallen* in entsprechender Zubereitung hat sich bewährt, auch wenn sie uns noch nicht in die Lage versetzt, durchgreifende Änderungen im Verlauf zu erzielen. Aber eine bessere Verinnerlichung und ein besserer Kontakt zeigt sich in vielen Fällen. Bei der mangelhaften Ich-Tätigkeit und der ungenügenden Beteiligung der Organe am Seelenleben ist der Hinweis auf die Metalle gegeben. Als mineralische Mittel wirken sie auf die Ich-Organisation und zu den einzelnen Organen gibt es eine Zuordnung der Metalle, die mit der Verbindung zu bestimmten Planetenprozessen zusammenhängt.

In den 50er Jahren wurde in der Camphill-Bewegung ein Mittel für die Behandlung von Kontaktstörungen im Kindesalter entwickelt, das auf Grundlage der Verbindung von Gold mit Myrrhe und Weihrauch komponiert ist und als Myrrha cps. von der Weleda hergestellt wird. Mit diesem Medikament sind gute Erfahrungen gemacht worden. Gold ist sicher ein Hauptmittel bei der Behandlung des Autismus.

Im Sonnenhof Arlesheim haben wir zur Erfassung aller Organe eine Therapie mit den sieben Metallen Blei – Zinn – Eisen – Gold – Kupfer – Quecksilber – Silber eingeführt. Die Darstellung Rudolf Steiners vom Menschen als ein «siebengliedriges Metall» schien uns ein Schlüssel zur Behandlung dieser Inkarnationsstörung. Wenn damit das Kind in seiner ganzen Organgestaltung erfaßt wird, läßt sich in der Entwicklung ein Weg für das Ich bahnen. Die Potenzen wählten wir vom Plumbum D 30 absteigend zum Stannum D 20, Ferrum D 15, Aurum D 15, Cuprum D 10, Mercur D 8 und Argentum D 6 und gaben sie an den entsprechenden Wochentagen, Sonntag: Gold, Montag: Silber, Dienstag: Eisen, Mittwoch: Mercur, Donnerstag: Zinn, Freitag: Kupfer, Samstag: Blei. Dosierung: die hohen Potenzen mit je 5 Tropfen am Morgen und mittags, die tiefen mit 10 Tropfen mittags und abends. Es wurden auch immer wieder kleine Änderungen versucht. Obwohl die Wirkung im Zusammenhang mit den anderen laufenden Maßnahmen nicht so leicht zu beurteilen ist, hatte ich bei den periodisch eingesetzten Mitteln einen guten Eindruck. Sehr bestätigend war das Echo von den Heilpädagogen, die diese Seite der Behandlung nicht so sehr im Auge hatten und in diesen Zeiten oft von guten Phasen bei den Kindern berichteten. Später haben wir nach verschiedenen anderen Versuchen nur morgens Blei (D 30), mittags Gold (D 15) und abends Silber (D 8) gegeben, um den großen Bogen, der den Menschen in seiner Entwicklung übergreift, jeden Tag zu schlagen. Die Wirkung schien mindestens ebensogut zu sein, so daß ich heute mehr zu dieser Anwendung tendiere. Darüberhinaus hat sich als pflanzliches Mittel Belladonna bewährt und bei stärkerer psychomotorischer Besetztheit auch der verwandte Hyoscyamus, wobei Belladonna in höherer (D 15-D 20) und Hyoscyamus in tiefer Potenz (D 3-1%) gegeben wird. Beide unterstützen die polare Durchstrukturierung von Nerven-Sinnes- und Stoffwechsel-Gliedmaßen-System. Da autistische Erscheinungen bei den verschiedenen Kindern individuell sehr unterschiedlich sind, ergeben sich meist noch Hinweise auf andere Heilmittel.

Ähnlich gezielt wie die medikamentöse Behandlung und sehr wirksam ist die *Heileurythmie.* Sie gehört sicher zum besten, was wir diesen Kindern bieten können. Über lange Zeit durchgeführt begleitet sie die seelische Entfaltung und kann sich Entwicklungsschwankungen anpassen. Analog den Metallen haben die *Vokale* ihren Bezug zu den Planeten, wirken in den Organen und durch alle Schichten von Kopf bis Fuß. Sie bringen die Verinnerlichung in das Seelenleben. Wenn autistische Kinder Vokale machen und ihre Ausführung schon etwas gelernt haben, sieht man deutlich, wie die Bewegungen in die leer wirkende Hülle hinein gestalten. Neben der grundlegenden IAO-Übung ist die symmetrische Reihe von AEI-IEA besonders angezeigt, die im Umschwung des I in der Mitte die Polarisierung fördert und mit dem E das Ich im Ätherleib festigt. Mit der Anwendung von steigenden und fallenden Rhythmen wird die Aufnahmefähigkeit für die Vokale vorbereitet. Eine Stärkung des Ich liegt in allem,was man die Kinder im Schreiten rückwärts machen läßt. Die Beseelung der undurchdrungenen, mageren Bewegungen ist ein wichtiger Heilfaktor, der an den inneren Schichten plastiziert und, wie die Zwiebel ihre Schalen, seelische Zwiebelschalen ansetzen läßt. Über die intimeren Erfahrungen müßte eine Heileurythmistin (oder ein Eurythmist, die Emanzipation ist hier umgekehrt) berichten.

Seit über 20 Jahren führen wir als äußere Anwendung *Überwärmungsbäder* durch. Eine Erfahrung hat uns darauf gebracht. Wenn diese Kinder fieberhaft erkranken und man vielleicht erwartet, daß sie in diesem Zustand noch mehr in sich abgekapselt werden, erlebt man im Gegenteil, daß sie kontaktmäßig näher sind und sich bei der Behandlung erstaunlich vernünftig benehmen. Nach geisteswissenschaftlicher Erkenntnis lebt und entfaltet sich das Ich in der Wärme. Die obige Beobachtung beim Fieber, das für das bewußte Ich sonst zwar Beeinträchtigung bringt, aber eine Ich-Aktivität im ganzen Organismus ist, hängt offenbar damit zusammen. Eine Wärmebehandlung für Kinder mit autistischen Erscheinungen liegt nahe, zumal auch ihr Gefühl für Wärme und Kälte mangelhaft ist. Zunächst haben wir in den üblichen Badewannen ansteigende, protrahierte Bäder durchgeführt und nach guten Ergebnissen eine Spezialwanne angeschafft, die gut isoliert eine gleichmäßige Temperatursteigerung des Wassers durch Düsen ermöglicht. Es hat sich ergeben, daß eine Badedauer von 30-45 Minuten mit einer Erhöhung der Wassertemperatur von 37-40/41 Grad, die eine Steigerung der Körpertemperatur um 1 bis 1 1/2 Grad bringt, eine günstige Anwendung ist. Ein solches Bad ist eine eingreifende Maßnahme, bei der Puls und Befinden gut beobachtet werden müssen. Die Kinder sollen sich im Wasser wohl und nicht durch Wärmestauung bedrängt fühlen. So intensiv wie bei Schlenz-Bädern darf man in diesem Falle nicht vorgehen. Wichtig ist, daß sich die Kinder gut entspannen. Im Laufe der Gewöhnung an die Bäder steigt die Körpertemperatur schneller an als bei den ersten. Wir konnten darüberhinaus an Hand der für jedes Bad angelegten Temperaturkurven feststellen, daß bei guter Entspannung die Steigerung rascher erfolgt, als wenn das nicht der Fall ist. Bei der Wirkung der Bäder kommt es nicht darauf an, daß das Kind nach dem Bad kontaktmäßig besser erscheint, sondern daß sich der Effekt anhaltend in der folgenden Zeit zeigt. Nach unseren Erfahrungen können wir nicht vorhersagen, bei welchem Kind sich die Bäder bewähren werden. Wir müssen es jeweils ausprobieren. Die erfreulichen Ergebnisse überwiegen bei weitem, in seltenen Fällen werden Kinder in der Folgezeit unruhiger, verspannter und unzugänglicher, so daß wir die Bäder absetzen müssen.

Über allen anderen therapeutischen Maßnahmen steht die heilpädagogische Förderung. Darüber ist in dem vorliegenden Buch schon viel ausgeführt worden (siehe u.a. den Artikel von Th. Weihs), so daß nur noch einiges hervorgehoben werden soll.

Bei der großen Empfindlichkeit gegenüber jedem frontalen Ansprechen und der Irritierbarkeit durch die Umwelt, die etwas von dem Kind will, ist es wichtig, daß man die Zahl der Bezugspersonen möglichst klein hält. Ein

Wechsel von einem «Fachtherapeuten» zum andern wird schwer verkraftet. In einem Heim muß, besonders in der ersten Zeit, ein Heilpädagoge die Hauptbetreuung übernehmen und das Klima schaffen, in dem das Kind sich geborgen und gehalten fühlt. Der Erzieher muß sein «Ich» in gelassener Art zur Verfügung stellen. Dann erst sind Forderungen möglich.

Die Schwierigkeit, auf unsere Wünsche und Forderungen einzugehen, liegt nicht im Begreifen, sondern im mangelnden Interesse. Die Interessensphäre bezieht sich auf alles mögliche, Formen, Farben, Klänge, Wasser, technische Dinge etc., aber nicht auf das, was uns so wertvoll und wichtig erscheint. Wenn die Kinder sich zu etwas bereit finden, was wir gerne möchten – im Alltag, im Gruppenleben oder in der Schule – hat es meist die Art von *Konzessionen.* Sie tun es mehr dem Erzieher zuliebe, finden es aber langweilig. Vieles wird wie nebenbei ohne Engagement ausgeführt. Es kommt alles darauf an, Anknüpfungspunkte an ihre Interessen zu finden und davon ausgehend aufzubauen. Aber Vorsicht, daß es nicht den Bedingungsbezug «wenn – dann» bekommt. Das käme einer Konditionierung gleich, die nicht zu einem echten Aufbau führt, obwohl man um solche Bedingungen nicht immer herumkommt.

Auf der Suche nach Interessengebieten, auf denen wir aufbauen können, hat sich bei uns das *Reiten* als sehr wirksam erwiesen. Die meisten Kinder sind schon gepackt, wenn sie es nur sehen! Vor dem großen Tier, das nichts von ihnen will, haben sie keine Angst. Sie lassen sich mit großer Freude tragen und genießen diesen Kontakt. Oft werden sie allerdings zu stark davon ergriffen und sind leidenschaftlich versessen darauf. Da aber das Reiten nur in einem angepaßten Umgang möglich ist und man nicht mit dem Roß umspringen kann, nur umgekehrt, sind sie bereit, sich darauf einzustellen. Kinder, die sonst kaum einer Aufforderung nachkommen, werden kooperativ wie in keiner anderen Situation. Sie lernen, das Tier zu leiten, machen Bewegungsübungen auf Wunsch, helfen beim Vorbereiten und sind mit großem Ernst bei der Sache. – Wir haben auch einen Erwachsenen, der seit frühester Kindheit bei uns und sehr schwierig ist, für den die Ausritte, die man ausgedehnt mit ihm machen kann, wie eine Befreiung von seiner seelischen Steifheit sind.

Damit sind einige therapeutische Erfahrungen skizziert, die nach vielen Richtungen zu ergänzen sind, denn gerade der Autismus erfordert einen beweglichen, vielseitigen Einsatz, bei dem das «wie» entscheidender ist als das «was». Die betroffenen Kinder sind nicht *nur* autistisch, was sich schon in den verschiedenen Schweregraden ausdrückt, man spürt, wie gesunde Tendenzen mit krankhaften Hindernissen ringen. Bei allen Deutungen und Einblicken in diese Teilaspekte, die für uns hilfreich sind, bleiben die Erscheinungen geheimnisvoll. Wir sind bei diesen Kindern mehr als bei anderen auf einer Entdeckungsexpedition nach dem Menschen.

Literatur

1 R. Steiner, Heilpädagogischer Kursus GA 317

2 R. Steiner, Menschenwerden, Weltenseele, Weltengeist, GA 205

3 Mary Coleman in Rutter/Schopler: Autism a Reappraisal of Concepts and Treatment. Plenum Press New York & London 1978.

THOMAS J. WEIHS

Der frühkindliche Autismus – Entstehung und therapeutische Haltungen

Ein kleiner Junge steht am Fenster. Er hat die Gardine in der Hand und bewegt sie raschelnd und hastig vor seinem Gesicht hin und her. Plötzlich hört er auf, sonst ist an seiner Haltung keine Änderung wahrzunehmen. Er scheint nicht bemerkt zu haben, daß ich in das Zimmer trat. Ich rufe seinen Namen. Es scheint, als höre er mich nicht. Ich gehe zu ihm; als ich ihm die Hand auf die Schulter legen will, entwischt er mir. Mit einem plötzlichen durchdringenden Schrei springt er aufs Bett und vergräbt sich unter den Kissen. Er wirft sich heftig auf und nieder,dann wird er still. Das Gesicht ist verborgen; er bewegt sich nicht, er gibt kein Lebenszeichen von sich. Wenig später gleitet er vom Bett und läuft im Zimmer auf und ab. Inzwischen habe ich mich an meinen Schreibtisch gesetzt, um zu arbeiten. Er tritt heran, nimmt allerlei in die Hand, beachtet mich aber überhaupt nicht. Er zieht unter meiner linken Hand ein Stück Papier hervor; es verfängt sich an meinem Ärmel, er hebt meine Hand, als wäre sie ein lebloser Gegenstand, und nimmt das Papier. Ich drehe mich zu ihm um, er aber schaut an mir vorbei. Sein Gesicht ist wohlgestaltet, er hat einen großen Kopf, seine Augen sind groß und schön. Sein Körper ist regelmäßig und gut gewachsen, Hände und Finger sind zart und schmal. Über dem Kind liegt etwas Zartes und Träumerisches. Es erinnert an ein präraffaelitisches Gemälde.

Der Junge geht zurück ans Fenster; dort steht er ohne Bewegung. Es scheint, als habe er alles um sich her vergessen, eine Zeitlang preßt er sein Gesicht wie erstarrt an die Scheibe. Dann wandert er wieder ziellos im Zimmer herum. Er entdeckt meinen Fotoapparat auf der Fensterbank. Er holt einen Schemel, klettert hinauf und nimmt die Kamera geschickt und vorsichtig herunter. Gewandt bedient er die verschiedenen Einstellungen, transportiert den Film, blickt durch den Sucher und dreht am Objektiv, um verschiedene Dinge im Raum ins Bild zu bekommen. Man meint, der Junge sei Fachmann für etwas so Kompliziertes wie eine moderne Kamera.

Er legt den Apparat zurück und geht von einem Lichtschalter zum anderen und knipst das Licht an und aus. Ich drehe mich auf meinem Stuhl zu ihm

Nachdruck der Erstveröffentlichung in: Th. J. Weihs; Das entwicklungsgestörte Kind. 2. Auflage, Stuttgart 1980 herum, aber jedesmal, wenn ich ihn anrede, bekomme ich keine Antwort. Doch dann kommt er zu mir, meidet aber immer noch meinen Blick. Er dreht sich um, klettert, den Rücken mir zugewandt, auf meinen Schoß und lehnt sich an mich. Ich lege meine Arme um ihn; er läßt es zu und schmiegt sich an mich.

Ich stehe auf und setze ihn auf einen Stuhl mir gegenüber. Ich sage ihm, daß ich gern seine Füße anschauen würde und daß er deshalb seine Schuhe und Strümpfe ausziehen solle. Er erfüllt diese Bitte erstaunlich geschickt und schnell. Es beeindruckt mich, wie rasch er verstanden hatte, was ich von ihm wollte. Als ich ihn – nachdem ich seine Füße gesehen habe – frage, ob er sich die Strümpfe und Schuhe wieder anziehen könne, sagt er plötzlich mit klarer Stimme: «Ich ziehe deine Strümpfe an.»

Ich bücke mich und ziehe ihm die Strümpfe an. Seine Schuhe hat er ordentlich nebeneinander vor sich hingestellt und schlüpft, als die Strümpfe angezogen sind, mit beiden Füßen gleichzeitig in sie hinein. Er zögert einen Augenblick, dann stößt er einen durchdringenden Schrei aus. Jetzt aber hört er nicht sogleich wieder auf, sondern schreit weiter. Ich merke, daß er sich vor einer Schwierigkeit sieht: Er hat eine völlig symmetrische Handlung angefangen, erkennt aber nun, daß er unmöglich zwei Schnürbänder gleichzeitig binden kann. Darauf sage ich: «Ich werde eines für dich binden.» Er hört mit Schreien auf, bückt sich, beobachtet, wie ich es mache, und bindet das andere Schnürband genau spiegelbildlich dazu.

Er geht zum Fenster zurück, nimmt die Gardine in die Hand und bewegt sie rhythmisch und schnell vor seinem Gesicht hin und her. Kein Anzeichen deutet darauf hin, daß er weiß, ich bin im Zimmer. Es ist, als habe unser kleines gemeinsames Erlebnis gar nicht stattgefunden. Es ist, als habe er immer am Fenster gestanden, hinausgeschaut und mit der Gardine geraschelt.

In Berichten über Kinder, die sich ähnlich wie dieser kleine Junge verhalten, wird folgendes immer wieder erwähnt: Sie vermeiden, einem anderen ins Gesicht zu blicken. Sie gehen jeglicher Art von Kommunikation aus dem Wege. Sie scheinen weder zu verstehen noch überhaupt zu hören, was ihnen gesagt wird. Im allgemeinen sprechen sie gar nicht; reden sie aber doch, so ist ihre Sprache eigenartig. Sie benutzen die Wörter, als seien sie Dinge. Sie spielen mit ihnen wie mit Murmeln, Perlen oder kostbaren Steinen. Sie wenden sie hin und her, kehren sie um und haben Spaß an verückten Wortkombinationen. Sie benutzen die Wörter aber nicht, um sich mitzuteilen.

Auffallend an ihrer Art, Sprache zu gebrauchen, ist das Verdrehen der Personalpronomen. Kinder wie der oben beschriebene kleine Junge vermeiden es häufig, sich selbst mit «ich», «mir» oder «mich» zu bezeichnen. Sie benutzen dafür lieber ihren Namen, sehr häufig aber bezeichnen sie sich als «du» und eine andere Person beispielsweise als «ich». «Ich ziehe deine Strümpfe an» sollte heißen: «Du sollst mir meine Strümpfe anziehen.»

Zeichen großer Angst zeigen sich bei diesen Kindern häufig aus Gründen, die dem oberflächlichen Betrachter unerklärlich sind. Geht man dem nach, so wird einem klar, daß solche Angstgefühle häufig aus fixen Ideen entstehen. Die Kinder sind z. B. davon besessen, daß Dinge exakt parallel stehen müssen oder daß alles in einem Zimmer seinen bestimmten Platz behalten muß, oder daß nicht von einer feststehenden Ordnung abgewichen wird. Die Abhängigkeit davon, daß alles in ihrer Umgebung «gleich» bleibt, ist bei diesen Kindern zeitweise stark ausgeprägt.

Andere auffallende Eigenschaften solcher Kinder sind ihr großes Interesse an mechanischen Dingen und ihre oft außergewöhnliche Geschicklichkeit, mit ihnen umzugehen. Das steht im Gegensatz zu ihrem offensichtlichen Desinteresse an Gesellschaft und dem fehlenden Bedürfnis, sich mit anderen Menschen oder mit ihrem eigenen Ich zu konfrontieren.

Die übertriebene Abneigung autistischer Kinder, mit einem anderen Menschen Kontakt aufzunehmen oder sich ihm mitzuteilen, wird jedoch dadurch eingeschränkt, daß sie häufig Freude haben, wenn man sich mit ihnen beschäftigt wie mit einem ganz kleinen Kind. Autistische Kinder lehnen liebkosende Berührungen nicht ab, solange man nicht darauf besteht, daß sie einen anschauen oder mit einem sprechen.

Kinder, die das Sprechen vollkommen meiden, die nie ein Wort sagen oder mit irgendeinem Zeichen zu erkennen geben, daß sie das gesprochene Wort verstehen, können sich erstaunlicherweise als vollendete Sänger entpuppen, die über ein ganzes Repertoire von Melodien verfügen. Wenn sie in einer musikalischen Umgebung aufgewachsen sind, können sie ganze Arien und Sinfonien singen; man muß ihnen nur die ersten Takte geben.

Die Bewegungsschemata autistischer Kinder sind erstaunlich vielseitig. Einerseits erscheinen ihre Gebärden besonders graziös, koordiniert und gewandt, und doch sind sie befremdend und ungewöhnlich, weil sie nicht nur mit Händen und Fingern, sondern auch mit den Beinen, ja mit dem ganzen Körper ausgeführt werden. Plötzlich und unvermutet, doch offensichtlich nicht ohne einen gewissen inneren Zwang, kommt es zu drehenden, rollenden und springenden Bewegungen. Es gibt Kinder, die sich beim Gehen erst ein paarmal um sich selber drehen müssen, bevor sie ihren Weg fortsetzen. Andere müssen anscheinend den Boden oder Dinge, an denen sie vorbeigehen, ein- oder mehrmals berühren, auch wenn dadurch das, was sie gerade tun wollen, sehr schwierig oder fast unmöglich wird. Man braucht wohl nicht zu betonen, daß solche zwanghaften Bewegungsschemata einem Kind etwas Wunderliches verleihen.

Viele dieser Kinder leiden unter schweren Schlafstörungen. Besonders das Einschlafen ist für sie immer schwierig, manchmal unmöglich. Der Zeitraum des Schlafens kann bis auf ein absolutes Minimum reduziert sein, auch gibt es keine Regelmäßigkeiten. Manche Kinder können nicht einschlafen, wenn sie allein sind, Vater oder Mutter müssen bei ihnen bleiben. Andere können nicht in ihrem eigenen Bett, sondern nur auf einem bestimmten Stuhl im Wohnraum Schlaf finden und erst dann, wenn sie eingeschlafen sind, in ihr Bett getragen werden. Wieder andere brauchen zum Einschlafen den körperlichen Kontakt mit ihren Eltern.

Auch die Nahrungsaufnahme kann bei diesen Kindern schwer gestört sein. Zeitweise wollen sie gar nicht essen. Man muß dann nach Mitteln und Wegen suchen, damit die Kinder zu gesunden Eßgewohnheiten zurückkehren oder sie sich aneignen. Ich kenne einen kleinen Jungen, der ganz plötzlich ein paar Tage lang jegliche Nahrung verweigerte und sich stattdessen Haare ausriß und sie aß. Er magerte sichtlich ab; kurz bevor man dazu übergehen wollte, ihn künstlich zu ernähren, merkte man: Wenn eine bestimmte Person einen Teller mit Essen gebracht und ihn, ohne den Buben anzublicken, unter sein Bett gestellt und sofort das Zimmer verlassen hatte, aß er in wenigen Minuten alles auf. Danach kam dieselbe Person wieder und holte den Teller unter dem Bett hervor. So kehrte das Kind allmählich zu normalen Eßgewohnheiten zurück.

Die Eltern eines kleinen vierjährigen Mädchens hatten alles Mögliche versucht, es zum Essen zu bewegen. Es lehnte alles ab, legte sich auf den Fußboden zu dem Hund der Familie, nahm genau dessen Haltung an und aß wie dieser aus dem Napf des Hundes mit dem Mund, ohne die Hände zu gebrauchen.

Jedoch dieses sind extreme Fälle. Öfters findet man zwanghafte Vorlieben für bestimmte Arten von Nahrungsmitteln. Daß diese Kinder Saures oder Pikantes bevorzugen, ist charakteristisch. Häufig geht das so weit, daß alle andere Nahrung abgelehnt wird.

Es ist deutlich, daß Kinder dieser Gruppe in mancher Hinsicht außerordentlich verschieden von anderen behinderten Kindern sind. Man kann sich kaum vorstellen, daß eine generelle Unfähigkeit vorliegt, sind sie doch in so vielen Dingen wahre Meister. Sie sind einfach anders, anders «in die Welt gestellt». Das wird durch die Ergebnisse von Intelligenz-Tests bestätigt, die man mit ihnen versucht hat. Ein normales, gesundes, aber dummes Kind wird in jedem Intelligenz-Test bis zu einem bestimmten Wert kommen, der einer gewissen Altersstufe entspricht. Dann setzt der Ausfall ein, weitere Fragen kann es nicht mehr beantworten. Bei autistischen oder psychotischen Kindern ergibt sich ein völlig anderes Bild. Ein behindertes Kind, dessen intellektuelles Zurückbleiben nicht primär ist, sondern in der Entwicklung pathologisch verursacht wurde, hat gewöhnlich eine breitere Ergebnisstreuung bei Intelligenz-Tests; sie reicht aber meist nur über ein paar Jahre. Ein zehnjähriges Kind beantwortet vielleicht nur die Fragen für Sieben- oder Achtjährige. Im Gegensatz dazu wird ein psychotisches oder autistisches Kind häufig Fragen beantworten, die weit über sein tatsächliches Alter hinausgehen, gleichzeitig kann es aber bei den Fragen der Kleinkinderstufe versagen. Es ist typisch, daß diese Kinder in ihren Intelligenz-Tests Ergebnisse von einer Streuung erzielen, die nahezu über die ganze Skala reicht. Intelligenz-Tests können also bei ihnen eigentlich gar nicht angewendet werden. Jedenfalls sind sie für das behinderte Kind weniger verläßlich als für das Gesunde.

Bei manchen psychotischen Kindern kann man, wenn man sorgfältig testet, Ergebnisse erreichen, die weit über ihre Altersnorm hinausgehen; mit anderen dagegen lassen sich Tests offensichtlich gar nicht durchführen. So kann es zu Intelligenz-Quotienten zwischen unter dreißig und einhundertvierzig kommen. Bevor wir versuchen, für diese merkwürdigen Erscheinungen eine Erklärung zu finden oder sie zu deuten, müssen wir die Entwicklungs- und Umweltfaktoren autistischer oder psychotischer Kinder näher betrachten.

Hier die sehr typische Geschichte eines autistischen Kindes:

«Henry war ein erstes Kind. Sein Vater, ein ausgezeichneter und hochintelligenter Archäologe und Universitätsprofessor, ging ganz in seiner Arbeit auf. Auf seinem Gebiet war er eine Kapazität, seine meiste Zeit verbrachte er mit Forschungen. Er wirkte elegant, stattlich und vornehm.

Die Mutter war lebhafter – feinfühlig, gebildet, ausgeglichen. Sie sah gut aus, war gesellschaftlich und kulturell sehr rege und stammte aus angesehener und wohlhabender Familie.

Henry wurde in Vorderasien geboren, wo sein Vater damals mit Forschungen beschäftigt war. Seine Geburt war normal und natürlich. Die Schwangerschaft war eine schöne und unbelastete Zeit für die Mutter gewesen, sie war glücklich und ausgefüllt von gesellschaftlichen Verpflichtungen, die sich aus der Arbeit ihres Mannes ergaben.

Das Kind war bei der Geburt wohlgestaltet; es schien gut zu gedeihen, besondere Probleme gab es nicht. Die Entwicklungsstufen soll es ganz normal erreicht haben. Mit elf Monaten konnte Henry recht gut laufen, gab alle bekannten Baby-Laute von sich und fing zwischen dem vierzehnten und achtzehnten Monat an, die ersten Worte zu sprechen.

Nach den Impfungen der Säuglingszeit hatte man ihn ein wenig blaß gefunden, und um den fünfzehnten Monat herum hatte er Fieber, das vielleicht von einer in der Gegend grassierenden Darmgrippe verursacht wurde.»

Diese Krankheitserscheinungen nehmen aber in Henrys Geschichte einen nebensächlichen Platz ein.

Auch wenn im allgemeinen die Entwicklung eines solchen Kindes allem Anschein nach völlig normal verlaufen ist, können im Alter von zwei bis zweieinhalb Jahren erste Symptome einer Störung beobachtet werden, beispielsweise im Zusammenhang mit der Geburt einer kleinen Schwester oder eines kleinen Bruders. Im Falle Henrys ging gerade zu dieser Zeit die Familie nach England zurück; damals bemerkte seine Mutter, daß das Kind immer weniger sprach. Hatte es bisher richtige Sätze gebildet, so sagte es jetzt immer weniger und wurde auffallend still.

Man merkte erst jetzt, daß er kaum Kontakt zu anderen Menschen suchte und daß er sogar die Eltern zu meiden schien. Er entwickelte Einzelgängerallüren, zog sich in einen Winkel zurück und äußerte häufig ohne erkennbaren Grund Zeichen großer Angst.

Kinder wie Henry machen oft auch hinsichtlich der Sauberkeitsgewöhnung Rückschritte. Daß sie normale Eß- und Schlafgewohnheiten oftmals verlieren, haben wir bereits erwähnt. Das alles deutet darauf hin, daß das Kind offensichtlich eine Streßsituation erreicht hat, die zu einer teilweisen oder vollständigen Regression führt. Wie wir schon sagten, ist die Geburt eines Geschwisterchens manchmal das auslösende Moment. Was auch immer das Sich-Zurückziehen und die Regression ausgelöst haben mag – es scheint, daß das dritte Lebensjahr die kritische Phase ist, in der sich erste Symptome zeigen.

Eine andere seltsame und ungewöhnliche Familiengeschichte soll hier folgen:

«Der Vater ist Ingenieur in einer sehr verantwortungsvollen Position, die Mutter reizbar, eine nervöse, empfindsame und labile Frau. Das Kind ist ein Einzelkind. Die Mutter berichtet, daß sie, als das Kind sich im Mutterleib das erstemal rührte, schon wußte, daß irgend etwas Schreckliches bevorstand. Obgleich ihr nichts Widriges während der Schwangerschaft zustieß, hatte sie ein unheilvolles Ahnen, daß das Kind, das in ihr wuchs, irgendwie geschädigt, krank oder nicht normal sei.

Das Kind kam zur rechten Zeit auf normale und natürliche Weise und ohne besondere Umstände zur Welt. Es schien völlig in Ordnung zu sein und wies keinerlei Fehler oder Mißbildung auf. Es tat seinen ersten Schrei gleich nach der Geburt und machte überhaupt keine Schwierigkeiten.

Trotzdem hatte die Mutter das Gefühl, daß mit dem Kind etwas nicht stimme. Sie meinte, daß es sie mit fremdem und feindseligem Blick anschaue. Sie selbst empfand große Abneigung dagegen, es an der Brust zu stillen, und deshalb wurde das Kind mit der Flasche ernährt.

Die Mutter sprach nicht nur zu ihrem Mann von ihren Befürchtungen, sondern redete auch mit Ärzten darüber. Und immer wieder wurde ihr versichert, daß das Kind völlig normal sei, daß es sich normal entwickle und daß es keinen Grund zur Sorge gebe.

Die Entwicklung des Kindes während des ersten Lebensjahres zeigte tatsächlich nichts Ungewöhnliches. Mit etwa sieben Monaten hatte es sich aufgesetzt, mit etwa zwölf Monaten stand es, und mit ungefähr vierzehn Monaten lief es ziemlich sicher; zur gleichen Zeit gab es einige Baby-Laute von sich.

Dennoch konnte die Mutter ihre Angstgefühle nicht loswerden; sie war innerlich davon überzeugt, daß mit dem Kind etwas Grundlegendes nicht stimme. Sie suchte mit ihm verschiedene Spezialisten und Kinderkliniken auf – immer bekam sie zur Antwort, daß ihre Ängste unbegründet seien.

Im Alter zwischen zweieinhalb und drei Jahren begann das Kind deutliche Zeichen von Autismus zu zeigen. Sein Sprechen beschränkte sich aufs reine Wiederholen, es redete von sich als «er» oder «du». Von anderen Menschen zog es sich zurück und antwortete nicht, wenn man zu ihm kam oder mit ihm sprach. Die charakteristischen Anzeichen des frühkindlichen Autismus entwickelten sich rasch und unverkennbar.»

Henry, von dem wir zuerst berichteten, entwickelte sich trotz seines Autismus in einer verständnisvollen und toleranten Umgebung verhältnismäßig befriedigend. Er lernte, sich auf andere Menschen harmonisch und positiv einzustellen, und entwickelte später auf verschiedenen Gebieten Initiative. Das Kind aber, das wir jetzt beschrieben haben, machte nie einen Fortschritt. Es blieb als Persönlichkeit in seiner Entwicklung völlig stehen, entwickelte keinerlei Kontakte zu anderen Menschen, lernte nie einen sinnvollen Gebrauch der Sprache oder andere Mitteilungsmöglichkeiten, es blieb bizarreigentümlich und einsam.

Die folgende dritte Geschichte ist ebenso ungewöhnlich:

«Johnny wurde als zweites Kind eines jungen Ehepaares geboren. Der Vater arbeitet bei der Eisenbahn, die Mutter war, als sie heiratete, noch sehr jung und unerfahren. Ihr erstes Kind war noch sehr klein, als sie Johnny erwartete. Eines Tages fiel es beim Wickeln von ihrem Schoß und starb. Die junge Mutter erlitt einen schweren Schock. Johnny kam durch eine normale Entbindung, die wegen seines großen Kopfes verhältnismäßig schwierig war, zur Welt. Die Mutter beschloß, ihn niemals aufzunehmen, damit er nicht das gleiche Schicksal wie ihr erstes Kind erleide.

Sie stillte Johnny deshalb nicht an der Brust, sondern fütterte ihn in seiner Wiege; sie nahm ihn niemals hoch, um ihn frisch anzuziehen oder ihn zu waschen. Sie sorgte für sein körperliches Wohlbefinden, während er geschützt und sicher in seinem Bettchen lag.

Obwohl die Mutter sich größte Mühe gab, Johnny sorgfältig und vorsichtig auf diese Weise zu versorgen, konnte sie nicht vermeiden, daß der Schock durch den Tod des ersten Kindes sie in zunehmendem Maße belastete, so daß sie schließlich zur Behandlung in ein Krankenhaus gebracht werden mußte. Johnny wuchs zu einem gesunden, schönen, großköpfigen Kind heran, zeigte aber keinerlei Sprachentwicklung oder Kontakfähigkeit zu anderen Menschen. Er konnte stundenlang ruhig dasitzen, vor- und zurückwiegen und träumerisch immer wieder die gleiche Melodie vor sich hinsummen. Er war derartig in sich versponnen, daß man eine Zeitlang annahm, er sei blind und taub. Auf Geräusche reagierte er gar nicht, und doch summte er seine undefinierbaren Melodien vor sich hin.»

Johnny ist eines der ganz wenigen mir bekannten autistischen Kinder, das von seiner autistischen Zurückgezogenheit ganz geheilt wurde. Er ist heute ein völlig offener, glücklicher, mitteilsamer kleiner Junge; sein Sprachschatz wächst immer mehr. Er ist wegen einer leichten hydrozephalischen Hirnschädigung ein wenig in seiner Entwicklung zurück, macht aber sonst einen völlig normalen Eindruck.

Wenn wir das Syndrom und die Phänomene des Autismus verstehen und deuten wollen, dürfen wir nicht nach den ursächlichen Grundlagen fragen. Es ist wahrscheinlich, daß die Symptome des Autismus sowohl organisch wie psychisch bedingt sein können. Bei den drei Fällen, von denen ich berichtet habe, kann man beispielsweise in dem letzten eine rein psychogene Form des Autismus erkennen, in dem zweiten ein psychotisches Syndrom auf der Grundlage genetischer, metabolischer oder konstitutioneller Störungen, und im ersten Fall kann es sein, daß Autismus sich aus einer leichten enzephalitischen Erkrankung oder aus anderen organischen Faktoren entwickelt hat.

Es besteht natürlich kein Zweifel darüber, daß die frühkindliche Entwicklung durch schwere emotionale oder physische Vernachlässigung stark beeinträchtigt und geschädigt werden kann. Im Gegenteil, man kann nur erstaunt sein, daß dadurch bei einem sich entwickelnden Kind nicht öfter schwere Schäden auftreten. Die Frage bleibt jedoch offen, weshalb eine falsche Einstellung der Mutter, sei es nun der Mangel an mütterlicher Wärme oder andere Gefühlsschwankungen, eher die Ursache für Autismus bei einem Kind sein soll als für andere emotionale oder «nervöse» Störungen.

Ehe wir uns dem Kern des Problems zuwenden können, muß noch ein anderer Aspekt erwähnt werden. Seit langem neigt man dazu, Autismus auf eine besondere Form von Wahrnehmungs-Störung zurückzuführen, die das Kind daran hindert, Situationen so aufzunehmen und zu erfassen, wie es für die normale Kommunikation unter Menschen notwendig ist. Solche Störungen höherer Wahrnehmungsfunktionen gibt es auf Grund von Entwicklungsstörungen; sie können beträchtliche und ernste Probleme darstellen.

Hierzu gehören besonders alle Aphasien, Wahrnehmungsstörungen im Bereich der Sprache. Es gibt jedoch auch andere Formen von Auffassungsstörungen im Bereich der motorischen und visuellen Koordination und wieder andere, die mit dem Wahrnehmen von Begriffen über das Hören und das Erleben der Sprache in Verbindung stehen.

Man kennt Kinder, bei denen sich Autismus aus einer ursprünglich aphasischen Veranlagung oder aus anderweitig gestörten oder unterentwickelten perzeptiven Fähigkeiten entwickelt. Gestörte, behinderte oder eingeschränkte Wahrnehmungsfähigkeit selbst kann kaum als Autismus bezeichnet werden. Sie spielt eine ähnliche kausale Rolle wie Blindsein oder Taubheit oder wie emotionale oder organische Schädigungen.

Was auch immer seine Ursache im ätiologischen Sinne sein mag, hier möchte ich versuchen, das Syndrom des Autismus selbst als eine pathologische Entwicklungsstörung aufzuzeigen und verstehbar zu machen.

Dazu ist es notwendig, die Erlebnisweisen eines autistischen Kindes zu kennen und zu wissen, in welcher Beziehung sie zu seiner Entwicklung stehen. Dafür könnte folgendes aufschlußreich sein: Man hat immer wieder geschrieben, daß es für autistische Kinder einen typischen Familienhintergrund gibt. Der frühkindliche Autismus tritt häufig in intellektuellen Kreisen und den sogenannten oberen sozialen Schichten auf, man weiß aber, daß er keineswegs auf die Gruppe beschränkt ist. Autistische Kinder gibt es in allen sozialen Schichten und heute praktisch in der ganzen Welt. Man hat sich die Frage gestellt, ob Geisteskrankheit bei den Eltern oder in der Familie eine gewisse Rolle spielen. Doch selbst wenn das der Fall wäre, so würde das eher aufschlußreich für die Ursache des Autismus sein, als daß es uns dem Verständnis der Symptome und Erscheinungen näher brächte. Man darf jedoch nicht ganz übersehen, daß relativ häufig gebildete Menschen Eltern autistischer Kinder sind. Wir werden später sehen, daß möglicherweise das intellektuell und wissenschaftlich orientierte heutige Leben zu der Erscheinung des Autismus in spezifischer Beziehung steht.

Weiterhin ist auffallend, daß unter den an Autismus leidenden Kindern Erstgeborene und Einzelkinder besonders häufig zu finden sind. Keineswegs werden jedoch nur Erstgeborene davon betroffen, aber diese Erfahrung ist doch bedeutsam. Wir wollen später untersuchen, welchen Platz ein autistisches Kind in seiner Familie einnimmt.

Wenn wir den Autismus als pathologische Erscheinung innerhalb der Entwicklung ansehen, dann müssen wir uns wohl ganz besonders mit dem Zeitpunkt befassen, an dem tatsächlich die ersten autistischen Anzeichen bei einem Kind auftreten. Die Meinungen hierüber sind sehr unterschiedlich.

Einerseits wird die Auffassung energisch vertreten, daß es Autismus vom Augenblick der Geburt an gebe oder doch wenigstens schon in frühester Kindheit. Eine andere Richtung unterscheidet primären und sekundären Autismus, wobei der primäre Autismus als angeborene Veranlagung, der sekundäre eher als Form von Verhaltensreaktion gesehen wird. In Hunderten von Berichten über autistische Kinder fand ich nur eine verschwindend kleine Zahl von Fällen beschrieben, in denen es bereits in frühester Kindheit Anzeichen für Autismus gab. Viel häufiger scheinen Eltern nichts Auffälliges an ihren Kindern bemerkt zu haben. In anderen, seltenen Fällen zeigen sich Symptome für Autismus erst im Vorschulalter oder während der Schulzeit. Außer diesen beiden Extremen treten fast alle typischen Anzeichen des Kindheitsautismus, wie ich bereits sagte, zwischen dem zweiten und dritten Lebensjahr zum ersten Mal auf. Zu dieser Zeit zeigen sich die auffälligen und geradezu erschreckenden Symptome; wir wollen sie zu verstehen versuchen, indem wir uns über den normalen Verlauf dieser Phase der Kindheitsentwicklung klar werden.

Treffen wir auf ein autistisches Kind, so ist wohl am auffälligsten, daß es einen meidet. Es schaut einen nicht an, es schließt sich von jeder Kommunikation durch Worte oder Laute aus, und es vermeidet, sich in irgendeiner Situation zu engagieren. Und doch scheint es sehr empfindlich, geradezu preisgegeben und verletzlich zu sein. Außerdem ist es sehr gewandt und geschickt im Umgang mit mechanischen Dingen und in der Beherrschung seiner Bewegungen.

Wie kann man sich das erklären?

Es beeindruckt uns weniger, daß ein autistisches Kind verschiedene Dinge nicht tun kann, als daß es sie mit Vorbedacht zu umgehen sucht. Und doch scheint es innerlich zu manchem gezwungen, was aus den üblichen Motivationen herausfällt.

Ein autistisches Kind scheint nicht in ein soziales Gefüge integriert zu sein, und, was noch deutlicher ist, es scheint sich selbst nicht als Person zu fühlen. Daß das Kind sein Selbst nicht in angemessener Form erlebt, ist immer wieder als typisch für die Symptomatik des Autismus beschrieben worden. Gerade dieses Phänomen halte ich für das spezifische Merkmal des sich in diesem Zeitpunkt zeigenden Autismus, dem Zeitpunkt um das zweite und dritte Lebensjahr, in dem ein Kind normalerweise zu seinem ersten «Ich»-Erlebnis kommt.

Es ist vielleicht an dieser Stelle sinnvoll, einige Aspekte der normalen kindlichen Entwicklung in unser Gedächtnis zurückzurufen, wie wir sie im ersten Kapitel behandelt haben, als wir über die Entwicklung des Bewußtseins sprachen. Wir vertraten die Ansicht, daß zunächst das Bewußtsein diffus und ausgedehnt ist, daß es sich erst sammeln, zentrieren müsse und daß die frühkindliche Entwicklung ein schrittweises Zurückziehen des Bewußtseins von seinem peripheren Zustand, in dem es den Mitmenschen einschließt, zu einem zentrierten Bewußtseinszustand darstellt, der alles ausschließt außer dem eigenen Selbst. Dieser Prozeß findet seinen Höhepunkt in dem Augenblick, da ein Kind das erste Mal von sich sagt: «Ich».

Ganz offensichtlich lernt ein Kind dieses Wort «Ich» nicht durch Nachahmung, wie es alle anderen Wörter und Bezeichnungen lernt. Es hört Wörter, mit denen Menschen, Dinge und Handlungen bezeichnet werden, und so wird allmählich aus seiner «internationalen» Baby-Sprache seine eigene Muttersprache. Wir sahen, daß die Fähigkeit zur Imitation sozusagen der Ausgangspunkt für die nächste Entwicklungsstufe ist. Im völligen Gegensatz dazu hört ein Kind niemals das Pronomen «ich» in bezug auf sich selbst, noch wird irgend jemand sonst von anderen mit «ich» angeredet. Aber wenn das Erleben des eigenen Ich heraufdämmert, gebraucht das Kind das Pronomen «ich» für sich selbst, und zwar zu einem Zeitpunkt, in dem sein Verstand noch keineswegs so weit entwickelt ist, daß es durch Ableitung zu dem logischen Schluß kommen könnte, sich selbst mit «ich» zu bezeichnen, weil andere das mit sich auch so tun.

Es ist erstaunlich, daß die Einmaligkeit dieses Sich-selbst-Erlebens in der frühen Kindheit nicht immer sogleich erkannt wird. Es ist die einzige Erfahrung, die nicht direkt durch Sinneswahrnehmungen angeregt wird. Sie entsteht rein und unmittelbar aus der individuellen Entwicklung des Kindes. Jedoch ist dieser Entwicklungsschritt nur erkennbar, wenn man versucht, ihn in Beziehung zur weiteren oder der gesamten Entwicklung zu sehen.

Bisher haben wir uns nur mit der frühen Kindheit befaßt. Wir sollten festhalten, daß das Kind sein eigenes Selbst zum ersten Mal erlebt, bevor es das Kindergartenalter erreicht. Zu diesem Zeitpunkt hat ein Kind noch keinen Sinn für irgendwelche logischen Zusammenhänge. Wie wir gesehen haben, wird es in diesem Alter mehr vom Guten als vom Wahren geleitet. Jahre werden vergehen, bevor es soweit herangereift ist – auch im Hinblick auf seinen Körper –, daß es seine Intelligenz gebrauchen und seinen Verstand einsetzen kann, um etwas auszuführen. Wenn auf ein Kind nicht ein großer Druck ausgeübt wird, seinen Intellekt auszubilden, so besitzt es bis zum fünften, sechsten, ja sogar bis zum siebten Lebensjahr eine Art des Erlebens, in der die Phantasie die dominierende Rolle spielt. Beobachtet man es beim Spiel, so erkennt man, daß der Sinngehalt noch die Frage nach «Ursache und Wirkung» überwiegt und daß es dem Kind noch freisteht, den Dingen wechselnde und ambivalente Werte kraft seiner Vorstellungsgabe zu verleihen. Denn das ist der tiefe Sinn des Spiels in der frühen Kindheit.

Auch ein Vorschulkind wird oft noch leblose Objekte beseelen; sein Selbst-Erleben hat sich noch nicht vollständig von seiner Umgebung gelöst.

Obgleich ein vier- oder fünfjähriges Kind nicht mehr den Tisch prügeln wird, weil es sich den Kopf gestoßen hat, wie es das vielleicht als zweijähriges tat, so wird es doch gern der Versuchung nachgeben, etwas, was es wünscht zu sein, eher als wirklich und wahr zu nehmen als das, was es tatsächlich beobachtet hat. Das ist nicht nur so, wenn das Kind sich schämt oder Strafe fürchtet, sondern auch in Situationen, die davon frei sind; man kann das häufig beobachten, wenn sich Kinder ohne jeden Zwang ausdrücken dürfen.

Erst mit dem Schulalter tritt hier ein fundamentaler Wandel ein. Zu diesem Zeitpunkt beginnt die Wirklichkeit, wie wir sie durch unsere Sinne wahrnehmen, sich dem Kind einzuprägen und sein Erleben zu beherrschen. Der Wechsel in der Art, wie ein Kind erlebt, drückt sich auch in einer Veränderung der kindlichen Gestalt aus oder fällt zeitlich jedenfalls damit zusammen. Der Körperproportionen eines Kindes im Vorschulalter sind deutlich verschieden von denen eines Schulkindes. Während beim ersteren Brust und Bauch bis hinunter zu den Hüften blockförmig ineinander übergehen, bildet sich bei Schulkindern die Taille; sie zeigen damit immer mehr die archetypische menschliche Gestalt, wie sie uns von den griechischen Plastiken her bekannt ist.

In dieser Phase, in der sich die menschliche Gestalt herausbildet – später wird sie sich noch in weibliche oder männliche Formen differenzieren –, setzt auch das Freiwerden des Geistes für intellektuelle Betätigungen ein. Ganz allgemein scheint das Kind zu dieser Zeit eine neue Stufe seiner Existenz zu beginnen. Doch in den ersten Schuljahren ist es noch ganz und gar Kind. Seine Beziehungen zu den anderen sind noch nicht die *eines* Menschen zu anderen Menschen. Es ist noch ins «allgemein Menschliche» eingehüllt.

Ohne genauere Prüfung nimmt es Informationen sowohl aus der Welt der Erwachsenen wie von älteren, erfahrenen Kameraden auf, akzeptiert sie und läßt sich von ihnen leiten. In diesem Alter hat ein Kind noch Eigenschaften, die es als Erwachsener vollständig verlieren wird. Die Eigenheiten der beiden Geschlechter haben sich noch nicht voneinander differenziert, sie sind noch nicht im Widerstreit miteinander. Diesem Alter ist ein Gefühl von Ehrfurcht eigen, es hat keinerlei Vorurteile und kann sich noch ganz einer Welt hingeben, von der es sich dereinst als ein einzelner von den anderen absetzen soll. Die Welt und andere Menschen erscheinen dem Kind in diesem Alter nicht als Wirklichkeit, sondern in der Form ästhetischer Werte. Die Frage – auch wenn sie nicht unbedingt so ausgesprochen wird – würde lauten: «Was kann ich bewundern? Welches ist das ersehnte und heroische Vorbild, dem ich nacheifern kann?» Die innere Landschaft – um es in einem Bilde auszudrücken –, durch die ein Kind im ersten Schulalter wandert, bezieht ihre Werte aus dem Gefühl des Kindes für das Schöne, das Wünschenswerte und das Ästhetische.

Erst etwa in der Mitte der Schulzeit, mit dem zwölften oder dreizehnten Lebensjahr, fängt das Kind langsam an, in die Welt der Erwachsenen hineinzuwachsen. Jetzt manifestiert sich die Trennung der Geschlechter, und zwar nicht nur physisch und biologisch, sondern auch im Seelischen. Zwar ist ein Kind von Geburt an männlich oder weiblich; für das Kind aber hat das bei weitem nicht die Bedeutung, die es für einen Erwachsenen hat. Die eigentümlichen Wechselbeziehungen zwischen Männlichem und Weiblichem entfalten sich erst im Lauf der Pubertät. (Die Phase frühkindlicher Sexualität gehört dem Unbewußten an und liegt in der Sphäre von Phantasie und Mythos.)

Die grundlegende und charakteristische Veränderung in dieser Phase vollzieht sich aber im Verhältnis des Kindes zu sich selbst und zu anderen. Es wird einsam und isoliert. Es verliert weithin die Fähigkeit, sich mit dem zu identifizieren, was es nachahmt. Es beschäftigt sich immer mehr mit sich selbst, mit seiner eigenen Identität.

Ein Kind lebt zwischen seinem fünften und dreizehnten Lebensjahr sozusagen auf Grund seiner Anlagen, wie dem Erinnerungsvermögen, der Nachahmungskraft, der Fähigkeit zu lernen und zu erfassen. Nach dieser Zeit erkennt ein junger Mensch, wie stark er von seinen Gefühlen bestimmt wird. Für ihn wird nun am wichtigsten, wie er gefühlsmäßig reagiert. In dieser neuen Form des Erlebens muß er noch das finden, was der Erwachsene als Kern seiner Existenz kennt: sein inneres Selbst. Sympathie und Antipathie eines Kindes sind in der Pubertät und in der darauffolgenden Zeit die zentralen und bestimmenden Triebkräfte. In dieser Zeit verliert sich auch – begleitet von der geschlechtlichen Entwicklung – die Harmonie im Körperbau. Die Gliedmaßen wachsen in verschiedenen Schüben viel zu rasch; das gleiche vollzieht sich mit den Gesichtszügen, und dabei entstehen charakteristische Disharmonien in den Proportionen des Körpers. Eine neue Harmonie in seinem Körperbau findet der junge Mensch erst wieder, wenn er achtzehn oder zwanzig Jahre alt geworden ist.

In dieser Zeit vollzieht sich nun auch die Selbst-Verwirklichung und das Selbst-Erleben im Sinne des Ich-Bewußtseins. Obgleich sich die Persönlichkeit noch weiter entwickelt und ihre eigentliche Entfaltung erst beginnt, ist in vieler Hinsicht hiermit der Zeitpunkt erreicht, da der junge Mensch seine Jugendzeit abgeschlossen hat.

Wie sehr das Erleben des eigenen und zentralen Ichs zu dieser Reifezeit zwischen dem achtzehnten und einundzwanzigsten Lebensjahr gehört – es ist in der Tat ihr Charakteristikum –, können wir mitempfinden. Unglaublich verfrüht aber steht da der einzigartige Augenblick zwischen dem zweiten und dritten Lebensjahr eines Kindes, wenn es plötzlich zum Erleben seines Selbst erwacht und «Ich» sagt.

Für einen Erwachsenen ist es zunächst nicht leicht, sich in die Lage eines kleinen Kindes zu versetzen, dessen Ich plötzlich erwacht, denn diesen Augenblick hat man in seinem eigenen Leben im allgemeinen vergessen. Durch Imagination kann man aber etwa das Erleben eines Kindes in diesem Augenblick nachempfinden, wenn man sich immer wieder der allgemeinen Situation eines Kindes zwischen zwei und drei Jahren entsinnt.

Das Kind hat stehen und gehen gelernt. Es kann sich in seiner kleinen Welt bewegen und die Dinge mit Namen nennen. Es hat sich zwar aus der frühen Phase des umfassenden, omnipotenten Bewußtseins gelöst, die ihm trotz seiner Hilflosigkeit eigen war, aber die Welt um ihn herum ist immer noch «es». Immer noch kann es die Dinge beseelen und sie in alles, was es nur will, verwandeln; es kann Puppen, Holzstücken, Tischen oder Stühlen jedwede höhere Bedeutung geben. Es lebt immer noch in einer Zauberwelt. Darin ist das zweijährige Kind Herr und Gott. Sie ist sein Paradies. Seine vollkommene Abhängigkeit bedeutet gleichzeitig seine Oberherrschaft über seine Welt.

In dieses harmonische und absolute Sein bricht plötzlich dieses jähe Selbsterlebnis herein: «Ich», «Ich bin». Die Augen des Kindes werden, um mit der Schöpfungsgeschichte zu reden, geöffnet, und das Kind erlebt sein in sich zentriertes Selbst; es empfindet, daß es getrennt und abgelöst ist von der Welt, die es umgibt, und es merkt, daß diese Welt nicht länger es selbst, sondern das «andere» ist.

Außerordentlich wichtig aber ist, uns darüber im klaren zu sein, daß ein Kind in diesem einschneidenden archetypischen Augenblick in seiner Entwicklung noch weit davon entfernt ist, in seinem Erleben oder seinem übrigen Bewußtsein irgendeine Art von Zentrierung erreicht zu haben. Dazu kann es erst im Lauf vieler Entwicklungs- und Reifejahre kommen.

In der Tat bedeutet das Erleben des eigenen Ich zwischen dem zweiten und dem dritten Lebensjahr einen solchen Anprall und eine beinahe groteske Schwierigkeit, daß das Kind sie noch gar nicht bewältigen kann. Man sollte nicht fragen, weshalb hier manchmal etwas falsch läuft und zu Autismus führt; vielmehr sollte man sich fragen, wie es möglich ist, daß es überhaupt gut geht? Wie kann ein Zwei- oder Dreijähriger jemals mit dem überwältigenden Einbruch seines eigenen Ich fertig werden, für den es doch so wenig vorbereitet und gewappnet ist?

Hier möchte ich mit einer wahrscheinlich ungewöhnlichen Interpretation des Sündenfalls ein kurzes Wort zur Erklärung einflechten. Der große

Mythos am Anfang der Schöpfungsgeschichte wird, abweichend vom tatsächlichen Wortlaut des Bibeltextes, gemeinhin mißverstanden, wenn man die Schuld des Menschen als ein sexuelles «Fallen» interpretiert und behauptet, daß die Vertreibung aus dem Paradies die Folge davon war. Der Mythos besagt aber, daß Adam aus dem Paradies gestoßen wurde, weil er vom Baum der Erkenntnis aß. Seine Augen wurden geöffnet, und er sah, daß er nackt war. Es wurde ihm in einem frühen, unreifen Zustand seine potentielle Göttlichkeit bewußt, und deshalb sagte Gott: «Siehe, der Mensch ist geworden wie unsereiner und weiß, was gut und böse ist.»

Wenn man den Sündenfall sexuell interpretiert, kann man das eigentlich nur tun, wenn man die Entdeckung der kindlichen Sexualität durch Freud dazu in Beziehung setzt; diese geht nicht von sexueller Betätigung aus, sondern meint mehr ein Wissen um die schöpferische Macht, die Macht, die das Kind als eigenes Ich erfährt, während es sich noch als Schöpfer, aber nicht als Geschöpf fühlt.

Die Geschichte des Sündenfalles weist vielleicht darauf hin, daß, in bezug auf die Evolution der Menschheit, zu früh dem Menschen die schöpferische Kraft verliehen wurde, eine Ansicht, die durch die Prometheus-Sage bekräftigt wird. Im Hinblick auf das Individuum entspricht dies dem existentiellen Problem, das sich jedem Kind in der Entwicklungsphase zwischen seinem zweiten und dritten Lebensjahr entgegenstellt: Es geschieht mit ihm in einem so zarten Alter etwas, mit dem es eigentlich erst achtzehn oder zwanzig Jahre später fertigwerden kann.

Wird ein Kind autistisch, so kann man das vielleicht als eine Panik-Reaktion auf das übermächtige, urplötzlich hereinbrechende Erwachen des eigenen Ich erklären.

Normalerweise hilft einem Kind während dieses einschneidenden Erlebens die Beziehung zwischen ihm und seiner Mutter sowie das Verhältnis seiner Familie zu ihm. Instinktiv haben Mütter oft – mehr oder weniger bewußt – ein Ahnen von der Individualität oder von dem Ich ihres Kindes, häufig sogar, bevor es geboren ist. Dieses Ahnen haben manche Mütter sogar vor der Empfängnis,bei anderen fällt es mit der Empfängnis zusammen, oder es entfaltet sich, was öfter der Fall ist, während der Schwangerschaft.

Das instinktive mütterliche Wissen um die Art der Individualität des Kindes, das sie erwartet, ist selten deutlich und erklärbar, und es kann nicht so einfach in Worte gekleidet werden; es ist aber ausschlaggebend für die Hilfe, die eine Mutter ihrem Kind in dem entscheidenden Moment geben kann, da es zum ersten Mal sein «Ich» erlebt. Einerseits ist das Verhältnis einer Mutter zu ihrem Kind so, wie ich es gerade beschrieben habe: sie hat ein instinktives Wissen um die Individualität ihres Kindes. Andererseits aber wird das Verhältnis der Mutter zum Kind ebenso bestimmt von seiner Hilflosigkeit, seinen körperlichen Bedürfnissen und seiner vollkommenen Abhängigkeit. Diese Ambivalenz gibt dem Kind in dem entscheidenden Augenblick Halt, wenn es seine Abhängigkeit spürt, wenn es merkt, was es zum Leben braucht und was es überhaupt bedeutet, ein Geschöpf dieser Erde zu sein; das hilft ihm auch, sein Ich zu erleben und an seine körperliche und biologische Entwicklung zu binden.

(Die zweitausendjährige Geschichte der Christenheit zeugt von dem unermüdlichen Versuch der Menschen, durch tiefe Demut und Andacht dem überwältigenden Ereignis der Menschwerdung des Göttlichen in Jesus Christus gerecht zu werden, auf daß die Menschheit empfänglich würde für die Erkenntnis, daß Gott nicht länger nur im Himmel, sondern auch in jedem Menschen ist.)

Mit anderen Worten: Im Verhältnis Mutter-Kind liegt für das Kind die Möglichkeit der Harmonisierung zwischen dem Erleben seines existentiellen Selbst – man könnte sagen, es sei göttlicher Natur – und der Tatsache, daß es eine arme abhängige Kreatur dieser Erde ist.

Sieht man es so, dann wird es deutlicher, weshalb Kindheitsautismus in solchen Familien häufiger vorkommt, in denen – und das besonders im Hinblick auf die Mutter – ein gewisser intellektueller, den Wissenschaften zugeneigter Geist herrscht. Der Zwang einer modernen wissenschaftlich orientierten Lebensanschauung kann so stark sein, daß eine Mutter aus intellektueller Ehrlichkeit sich nicht zu ihren instinktiven oder intuitiven Gefühlen über eine frühe Individualität ihres Kindes bekennen kann. Dadurch werden entweder die instinktiven, intuitiven mütterlichen Gefühle geschwächt oder mit erheblicher intellektueller und bewußter Anstrengung unterdrückt. Das Ergebnis ist, daß der Teil der Mutterliebe, der durch Hilflosigkeit und Abhängigkeit des Kindes entsteht, versachlicht wird. Die Mutter betrachtet die Bedürfnisse des Kindes und seine Abhängigkeit von ihr als etwas, das pflichtgemäß und sachlich zu erledigen ist, ohne daß es dabei eines größeren Gefühlsaufwandes bedarf.

Diese Haltung, die zeitweilig sogar von der Wissenschaft unterstützt wurde, kann zu einem Schwinden oder sogar zu einem völligen Verlust der umhüllenden Liebe führen, die ein Kind so notwendig braucht, um die Phase seiner Ich-Erkenntnis erfolgreich zu bestehen.

In Lebensbeschreibungen von Einzelkindern und von Erstgeborenen kann man feststellen, daß bei ihnen die außerordentlich schwere Verantwortung bei dieser Ich-Erkenntnis noch größer und intensiver ist, weil der Erstgeborene im Lauf der Zeit den Platz des Vaters einnehmen muß. Das heißt nicht nur, daß er die Nachfolge des physischen, biologischen Vaters antreten soll, sondern es impliziert das Vatersein überhaupt. So erklärt sich, daß Erstgeborene oder Einzelkinder anfälliger für Autismus sind als zweite oder später geborene Kinder.

Eine entsprechende Erklärung gibt es dafür, daß so viele autistische Kinder ganz besonders schön sind; sie haben schöne große Köpfe und sind klug und begabt. Die Wahrscheinlichkeit, daß der Blitz in den höchsten Kirchturm einschlägt, ist groß; ebenso wahrscheinlich trifft begabtere und empfindsamere Kinder die Macht des erwachenden Ichs mit größerer Gewalt. Die Gefahr, daß sich Autismus bei ihnen entwickelt, ist darum größer.

Ich habe nun sehr viel über den frühkindlichen Autismus geschrieben. Wahrscheinlich fühlt man, daß Autismus eine besondere Bedrohung ist, und meint, diesem Leiden mehr als anderen gegenüber verpflichtet zu sein. Vielleicht ist es aber auch ein Zeichen dafür, daß wir über den Autismus beim Kind wenig wissen.

Fassen wir zusammen: Wir haben versucht, Kindheitsautismus als eine Panik-Reaktion auf den Augenblick zu interpretieren, in dem zwischen dem zweiten und dritten Lebensjahr das Ich dem Kind zum erstenmal bewußt wird. Sind die Bedingungen ungünstig, weil spezifische Familienverhältnisse vorhanden sind, weil das Kind konstitutionell verletzbar ist oder weil es krank war, so kann das Ich-Erleben nicht nur stark und erregend sein, sondern auch überwältigend und erschreckend.

Als Folge dieser Panik-Reaktion kann ein Kind völlig vermeiden, sich selbst zu realisieren. Selbstverleugnung und wachsender Widerstand gegen die Ich-Integration können so stark sein, daß das Kind beispielsweise das Pronomen «ich» völlig falsch benützt, als sei es eine Beziehung für irgend etwas anderes oder einen anderen Menschen, oder daß es sich selbst mit «du» bezeichnet oder sich mit seinem Namen nennt, als sei es jemand anderes. Diese Transposition des Personalpronomens ist vielleicht das treffendste und beste Zeichen für die Panik-Reaktion gegen das Aufkommen des eigenen Ich-Erlebens. Daß es dem Kind nicht gelingt, dieses Ich-Erleben im Mittelpunkt seines Wesens zu verankern, ist wahrscheinlich der Kern des frühkindlichen Autismus.

Wenn wir uns dies klar gemacht haben, wird uns verständlich, warum das Kind zwischenmenschliche Kontakte vermeidet; man kann ja nur bis zu dem Grad mit anderen Menschen in Beziehung treten, bis zu dem man sich selbst als Mensch erkennt und erlebt. Ferner kann man die große Vorliebe, mit der autistische Kinder sich mit der Welt der Dinge und der Technik beschäftigen, als eine Art Flucht ansehen; denn die Dinge erinnern das Kind in keiner Weise an seine eigene Ich-Natur. Tatsächlich kann es sich in der unbeseelten Welt entfalten, seine Gaben, Fertigkeiten, seine manuelle Geschicklichkeit und seine Intelligenz frei spielen lassen, ohne daß in seiner Entwicklung das Problem droht, sich selbst erkennen zu müssen.

Wir können, was uns in Sprache und Bewegung dieser Kinder so sehr befremdet, auch so deuten: Die intellektuelle und die Bewegungs-Entwicklung beginnen sich, ohne die bewußte Führung, die aus dem Ich oder dem Selbst entspringt, zu integrieren. Das Kind tut etwas einesteils, weil es Genugtuung verschafft, wenn etwas funktioniert und es seine Kräfte gebraucht, andernteils einfach deshalb, weil es getan werden *kann,* auch wenn die Entwicklung der Motivierung so stark behindert ist.

Ein autistisches Kind ist aber nicht wirklich glücklich in der Freude, der Zufriedenheit am bloßen Tun; es überwiegen Angst, Verzweiflung und tiefe Niedergeschlagenheit aus unerfindlichen Gründen. Man kann dies besser verstehen, wenn man sich die Panik vor Augen führt, die aus der Konfrontation mit dem Selbst entsteht, und das ist – metaphorisch gesprochen – Anlaß für die Vertreibung aus dem Paradies.

Häufig kündigt eine Regressions-Phase den manifesten Autismus an. Dies ist offensichtlich eine Reaktion, eine Flucht zurück in eine frühere Phase der Geborgenheit, in der die Ich-Werdung noch nicht drohte und schreckte. Autistische Kinder sind auffallend davon abhängig, daß ihre physische Umgebung sich nicht ändert, sie haben eine Sehnsucht nach stetiger Gleichmäßigkeit; sie scheinen ein Ritual aus dem Versuch zu machen, dem menschlichen Sein nur eine mechanische oder geometrische Ordnung zu geben, das lebendige Menschliche in eine Welt der Dinge zu verwandeln. Ablehnung und Negation können das Wesen eines autistischen Kindes derart bestimmen, daß sie zu vorherrschenden Eigenschaften werden.

Noch etwas muß man bei einem Kind, das an Autismus leidet, berücksichtigen, nämlich seine Ambivalenz. Es liegt ja im Wesen des Menschen, daß er sich unter fast allen Umständen gegensätzlich zu verhalten sucht. Ein autistisches Kind ist wegen seiner zwar meist unterdrückten, aber doch vorhandenen Sehnsucht nach normalen Verhältnissen gezwungen, Zuflucht in einer Unzahl von Tabus und Ritualen zu suchen. Wenn man sich diese Ambivalenz klar macht, wird manches im Benehmen des autistischen Kindes verständlich. Die auffallende Art, in der es sich benimmt oder spricht, ist ein Versuch, eine Art Kommunikation aufzunehmen, die es nicht bindet oder in etwas hineinzieht. Das ist eine janusköpfige Situation: Der dem Kind innewohnende Wunsch nach Normalisierung steht im Widerstreit zu der panischen Angst angesichts der Forderungen, die die Ich-Integration stellt und deren «Vermeidung um jeden Preis». Dieser Konflikt und die qualvolle Situation des autistischen Kindes werden erschütternd deutlich.

Aus dem Vorhergehenden ergibt sich eine klare, spezifische und einfache

Methode des Umgangs mit dem autistischen Kind. Eltern und Lehrer bedienen sich dieser Methode oft ganz intuitiv, sie kann aber gezielter und wirksamer werden, wenn unsere Interpretation des frühkindlichen Autismus verstanden wird. Die therapeutische Behandlung besteht darin, ein autistisches Kind niemals direkt mit etwas zu konfrontieren. Wir sollten nie versuchen, ihm in die Augen zu schauen oder es anzusprechen, wie wir andere Menschen anreden. Wir müssen uns mit der Erkenntnis vertraut machen, daß das autistische Kind nicht wirklich «in sich» ist und daß wir es nur erreichen können, wenn wir uns an sein peripheres Selbst wenden, an das, was nicht zu seinem Mittelpunkt geworden ist. Wenn wir also das Kind anreden, so sollten wir in eine andere Richtung sprechen. Wenn wir möchten, daß es zu uns kommt, so sprechen wir in der Richtung, die es einschlagen soll. Unser Sprechen mit ihm sollte sanft, unverbindlich und unbestimmt sein und nicht kraftvoll und sachlich.

Behandelt man ein autistisches Kind auf diese Art, so spürt man seine Erleichterung; es wird eher bereit sein, mitzuarbeiten und das Notwendige zu tun. Ich habe bei leicht autistischen Kindern beobachten können, wie sie sich vollkommen in sich zurückzogen, wenn man mit ihnen zwar herzlich, aber doch kraftvoll und direkt umging; z.B. wenn jemand ein solches Kind bei den Händen nahm, ihm gerade in die Augen blickte und es ermahnte, «schön» mitzumachen und sich ein bißchen Mühe zu geben. Dies mag unter gewissen Voraussetzungen sinnvoll sein, wenn ein Kind in seiner Entwicklung wieder auf den rechten Weg gebracht werden muß – bei einem autistischen Kind aber ist so etwas vollkommen falsch und kann katastrophale Folgen haben. Ich betone mit Nachdruck, daß eine solche Behandlung bei autistischen Kindern unter allen Umständen vermieden werden muß.

(Besonders schwierig wird es, wenn Autismus bei einem Kind in Kombination mit Taubheit auftritt; wenn dem tauben Kind beim Sprechen und bei der Sprache geholfen werden soll, so braucht es die Behandlung von Angesicht zu Angesicht. Wenn aber Autismus im Spiele ist, wirkt diese Methode geradezu gegensätzlich; bei einem tauben psychotischen oder autistischen Kind kann es kaum zu einer erfolgreichen Sprachtherapie kommen. Und das erschwert die Kommunikationsmöglichkeiten mit einem solchen Kind noch mehr.)

Wenn alle, die mit dem Kind zu tun haben, sich ihm auf die oben beschriebene Art und Weise nähern, so wird es ermuntert, auch das geringste in ihm schlummernde Bedürfnis nach Kontakt zu wecken, und schon das kann zur Verbesserung seiner Entwicklungssituation führen.

Es gibt andere Verhaltensweisen gegenüber dem autistischen Kind, die aber nicht so spezifisch und weniger leicht anzuwenden sind. Ich meine hiermit etwas, das ich schon früher einmal erwähnt habe, nämlich daß die Menschen in der Umgebung eines autistischen Kindes ihre eigenen Lebensformen und -regeln beibehalten sollen, auch wenn das Kind negativ darauf reagiert. Ganz klar und ehrlich muß man unterscheiden zwischen dem, was man glaubt für sich selbst tun zu müssen, und dem, was um des Kindes willen getan werden muß. Das heißt deutlich zu trennen: dies dient dem Wohl des Kindes – dort aber sind die Grenzen meiner Toleranz und Geduld.

Es hat keinen Sinn, einem Kind die fixen Ideen und Zwänge, die ja symptomatisch für frühkindlichen Autismus oder Kindheitspsychose sind und sich unterschiedlich äußern, abgewöhnen zu wollen. Solange sich diese nicht als gefährlich oder schädlich für das Kind erweisen oder für seine Umgebung unerträglich werden, besteht keine Notwendigkeit, sie zu unterbinden. Hat man einem Kind wirklich einmal eine Zwangshandlung abgewöhnt, so ist wahrscheinlich, daß man damit eine neue hervorruft, die möglicherweise schlimmer und gefährlicher ist als die erste.

Wenn eine für das Kind unschädliche fixe Idee seine Mitmenschen aber stark belastet und ihre Geduld auf immer härtere Proben stellt, so kann das ein Grund sein, Mittel und Wege zu suchen, ihm das abzugewöhnen; Voraussetzung aber ist, daß wir uns über die Einzelheiten voll und ganz im klaren sind.

Haben wir jedoch das Wesen des frühkindlichen Autismus verstanden, so werden wir mit sehr viel mehr Geduld und Gleichmut das negative und problematische Benehmen des Kindes ertragen können und uns auf die besondere Situation des Kindes einstellen.

Die wichtigste Aufgabe für Eltern und Lehrer ist, mit dem autistischen Kind positiv und harmonisch zu leben, ohne die normale Umgebung zu ändern, wie sie für ein sich entwickelndes Kind in Familie und Schulalltag üblich ist. Es ist keine Hilfe für das autistische Kind, wenn seine Familie jeder seiner Launen nachgibt und sich ihm anpaßt. Geschieht das, so wird die Umwelt selbst «verrückt», und der wohltuende Einfluß einer normalen Umgebung ist vertan. Weil das Kind Gleichmäßigkeit braucht, wird es auf jeden Wechsel in seiner Umgebung negativ reagieren und fortwährend unerwünschte Situationen heraufbeschwören.

Wenn Eltern aber überzeugt sind, sie müßten eine Veränderung oder eine Wechsel in ihrem Leben vornehmen, so wird ihr autistisches Kind sich um so leichter anpassen, je mehr es die Überzeugung der Eltern spürt.

Familie und Lehrer werden in jedem einzelnen Fall herausfinden müssen, wo man den Bedürfnissen des Kindes nachgeben und wo man die überlieferten Gebräuche der Umgebung aufrechterhalten muß. Die endgültige Entscheidung sollte von Wärme und Verständnis geprägt sein und von Einfühlungsvermögen in das einzelne Kind.

Ob man zu einem annehmbaren Zusammenleben kommen kann, hängt davon ab, ob es den Beteiligten gelingt, daß das Kind sich sicher in ihrer Liebe geborgen fühlt trotz seiner Anpassungsschwierigkeiten, trotz seines seltsamen Benehmens, auch wenn dieses um seinetwillen oder aus Rücksicht auf seine Umgebung oft eingedämmt werden muß.

Dieses Miteinander auf der Basis von Liebe und Mitgefühl können wir weiter ausbauen, wenn wir erkannt haben, daß die Situation eines autistischen Kindes ein fundamentales Problem der kindlichen Entwicklung überhaupt ist, analog dazu aber auch ein Problem der Menschheitsentwicklung, an der wir ja alle teilhaben.

Diese Erkenntnis wird in uns jenes intensive Mitleid hervorrufen, das wir brauchen, wenn wir mit einem autistischen Kind leben sollen. Hat man um ein solches Kind eine Atmosphäre von Sicherheit geschaffen, so kann man gezieltere therapeutische Maßnahmen ergreifen.

Zweifellos gehört zu den schwersten und quälendsten Symptomen des Kindsheitsautismus, daß den Kindern jeglicher Sinn für zwischenmenschliche Beziehungen fehlt und daß sie jeden Kontakt mit anderen meiden. Wir tun gut daran, hierauf unser besonderes Bemühen zu richten. Zum Beispiel können wir – immer in der Erinnerung an das, was wir über das Vermeiden direkter Konfrontation gesagt haben – durch einfaches Spielen wechselseitiges Handeln zwischen dem Kind und dem Therapeuten einüben.

Viele Spiele sind je nach Alter des Kindes geeignet, eine solche gegenseitige Beziehung zu erreichen. Das können Ball- und Ringspiele oder einfache Tänze zu Liedern und Reimen sein. Ist ein Kind noch nicht bereit zu spielen, können Lehrer und Kind gleichzeitig oder wechselweise in die Hände klatschen, oder man kann es noch einfacher mit Finger- oder Zehenspielen versuchen.

Bei diesen ersten und einfachen Spielen ist es günstig, wenn man das Kind auf den Schoß nimmt, seinen Rücken gegen die Brust des Lehrers. Eine solche Berührung wird selbst ein sehr schwer autistisches Kind akzeptieren oder sogar von sich aus suchen.

Aus Spielen zu zweit, mit dem Ball, mit Ringen und anderem können später Mannschaftsspiele und allgemeine sportliche Betätigungen erwachsen, und schließlich werden sogar solche Spiele wie Tennis und Fechten möglich. Gerade letzteres kann sich für etwas ältere autistische Kinder als sehr hilfreich erweisen. Es gibt hier viele Möglichkeiten, und die Erfolgschancen werden um so größer sein, je mehr individuelle Initiative und Erfindungsgabe der Therapeut entwickelt.

Musik-Therapie ist bei der Behandlung autistischer Kinder von besonderem Wert. Schwer autistische Kinder bringt man manchmal zu einer Art von Zwiegesprächen durch ein Duett. Der Therapeut summt die ersten Takte einer Melodie, und das Kind summt sie dann weiter; ohne einander anzusehen, kann auf diese Weise manchmal ein Hin und Her im rein Musikalischen entstehen. Mit manchen sehr schwer gestörten Kindern kann man zu einem ersten Kontakt kommen, indem man mit den Fingern einen Rhythmus auf die Tischplatte, an den Schrank oder die Wand klopft. Vielleicht wird solch ein Klopfen schließlich doch irgendwie beantwortet, als Ausgangspunkt für eine Kommunikation.

Mit Musik-Therapie kann man gezielt noch mehr erreichen. Führt man das Kind in seinem musikalischen Erfassen von der Septime abwärts über die Intervalle bis zur Quart und Terz, so kann dies, mit Sachverstand ausgeführt, viel zur Heilung beitragen.

Man hat auch noch andere therapeutische Methoden ausgearbeitet, die aber nur unter entsprechenden Bedingungen und von kundiger Hand angewendet werden sollten; hierzu gehören Farblichtbehandlungen und Heileurythmie.

Auch ist es sehr wichtig, dem Kind Bereiche für seine Selbstverwirklichung und seine Selbstdarstellung einzuräumen, die seine Möglichkeiten, mit anderen Menschen in direkte Beziehung zu treten, erweitern; das ist besonders notwendig, wenn Kinder künstlerische Begabung zeigen, sei es im Schauspielerischen, Malen, Zeichnen oder anderem. Ihnen sollte jede Hilfe zuteil werden, sich auf dem Gebiet, auf dem ihre besondere Begabung liegt, zu beschäftigen. Haben sie nämlich erst einmal eine gewisse Sicherheit und Geschicklichkeit des Ausdrucks gefunden, so eröffnen sich weitere Möglichkeiten für therapeutische Hilfe.

Sehr viele autistische Kinder sind in Teilbereichen intellektuell besonders begabt, und es ist eine große Hilfe für sie, ihre Fähigkeiten verwirklichen zu können. Wir dürfen aber nicht annehmen, daß ein erfolgreicher Gebrauch der Intelligenz für Heilung und Genesung bei Kindheitsautismus ausreichend sei. Entscheidend sind nicht die Fortschritte, die das Kind auf intellektuellem oder schulischem Gebiet macht, sondern die in der Entwicklung seiner Emotionen und seiner Kontaktfähigkeit. Dafür braucht das Kind ständig entsprechende Hilfen von der Umwelt; auf jede nur mögliche Weise muß seine Persönlichkeit gefördert und gestärkt werden.

Bevor ich nun fortfahre, möchte ich noch auf eine einzigartige Möglichkeit hinweisen, ein autistisches Kind aus seiner Isolation herauszuholen. Es ist das Puppentheater. Auch wenn es sich um ein noch so verschlossenes Kind handelt: in seiner Reaktion auf die Vorführung eines Puppentheaters unterscheidet es sich in nichts von einem normalen Kind, hier kann es an der Dramatik menschlicher Situationen teilnehmen und sie genießen, ohne sich selbst irgendwie zu engagieren. Es ist nicht übertrieben, wenn man sagt, daß eine solche Aufführung geradezu Balsam für die Qual eines autistischen Kindes ist. Wenn sich auch die Erlösung durch das Puppentheater vielleicht nur an der Oberfläche vollzieht, so ist doch der Augenblick völliger Hingabe an das Geschehen auf der Bühne außerordentlich wertvoll.

Besonders gut für ein autistisches Kind ist es, wenn es Umgang hat mit Kindern, die an anderen Behinderungen leiden. Es gibt eine Richtung, die spezielle Zentren und Schulen für autistische und psychotische Kinder bilden will. Aber das autistische Kind erlebt dort die Vervielfältigung und Potenzierung seiner eigenen Probleme. Kann es aber mit Kindern leben, die auf ganz andere Weise behindert sind, so hat das unter Umständen für seine Entwicklung spezifische und oft erstaunlich wohltuende Wirkungen, besonders dann, wenn autistische und mongoloide Kinder beieinander sind. Das mongoloide Kind neigt dazu, liebevoll, offen, voller Schalk und sehr kontaktfreudig zu sein, und besonders günstig ist, daß es sich nicht zurückgestoßen fühlt, wenn es keine Erwiderung findet. Deshalb ist ein mongoloides Kind ein idealer Gefährte für ein autistisches; sein Enthusiasmus kann nicht gedämpft werden, wenn es bei dem autistischen Kind kein Echo findet. Andererseits wird ein autistisches Kind lieber beiseite stehen und nicht willig mitmachen, wenn es beispielsweise an Ringspielen teilnehmen soll. Sieht es aber, wie begeistert sein mongoloider Kamerad bei der Sache ist, sich aber wegen seiner Ungeschicklichkeit nicht an die vorgeschriebenen Regeln hält, so kann es einfach aus seiner Ordnungs- und Formbesessenheit heraus zum Mitspielen gezwungen werden, weil es das mongoloide Kind in die Regeln einweisen möchte.

Wir haben erlebt, wie zahlreiche autistische Kinder gelernt haben, sich in solchen Situationen zum Wohle beider Seiten zu beteiligen. Das ist ein erster, aber unendlich wichtiger Schritt für ihre gesellschaftliche Integration. Das Prinzip, Kinder verschiedener Behinderungen nicht voneinander abzusondern, kann auf alle erdenkliche Weise ausgeführt werden; alle haben die gleiche helfende Wirkung. So gibt es Kinder, die als Folge einer Hyperkalzämie in frühester Kindheit eine hochdifferenzierte und gewandte defensive Sprechweise entwickeln. In Situationen, wenn ihre Ängstlichkeit geweckt wird, fangen sie sehr artikuliert und fließend zu sprechen an. In der Konfrontation mit einem autistischen Kind beginnen sie ein pausenloses einseitiges Gespräch; das gibt dem autistischen Kind Gelegenheit, Sprechen zu erleben, was es ja im allgemeinen nicht will, weil es nicht ertragen kann, daß man es anspricht. Menschen, die mit autistischen Kindern leben, die sich in ihr Schweigen versponnen haben, werden häufig selbst ganz schweigsam, weil sie nie ein Echo bekommen; der Typ des hyperkalzämischen Kindes, von dem wir oben sprachen, läßt sich dadurch nicht abschrecken.

Treffen autistische Kinder mit völlig hilflosen und abhängigen, zum Beispiel gelähmten Kindern zusammen, so wird das autistische Kind häufig aus seiner Isolation gerissen, weil das hilfsbedürftige gelähmte Kind sein Mitleidsgefühl aktiviert. Autistische Kinder haben schon Hilfe und Fürsorge für gelähmte Kinder entwickelt, wie sie das für andere nie tun würden.

Man braucht wohl nicht besonders hervorzuheben, daß eine positive und harmonische Umgebung notwendig ist, wenn das Zusammenleben verschiedenartig behinderter Kinder für alle heilsam sein soll. Darauf sollte man achten, wenn ein Kind in eine Internatsschule gegeben wird. Leichter autistische Kinder können vielleicht in gewöhnliche Schulen mit normalen, gesunden Kindern gehen; es ist aber außerordentlich wichtig, daß sie mit Toleranz behandelt werden und daß die Lehrer mangelhafte Fortschritte im Lernen nicht durch Nachhilfe und Pauken aufholen wollen. Man muß sich darüber im klaren sein, daß das Problem für ein autistisches Kind nicht darin liegt, in der Schule mitzukommen. Seine fundamentale Schwierigkeit liegt darin, zu einem Erwachsenen heranzureifen, der mit anderen Menschen zusammenleben und -arbeiten kann.

Wie weit das gelingt, hängt nicht von der Intelligenz und den Fähigkeiten eines autistischen Kindes ab und auch nicht unbedingt von seinen Kommunikationsmöglichkeiten. Auch schwerst gestörten, zurückgebliebenen Kindern, die zu keinerlei Kommunikation bereit waren, hat man trotz ihrer Eigenart dazu verhelfen können, in einer geschützten und toleranten Gemeinschaft zum Wohl aller Beteiligten zu leben und zu arbeiten.

Wenn das Kind im vierzehnten bis sechzehnten Lebensjahr steht, müssen wir deshalb eine neue therapeutische Haltung einnehmen. Man braucht in diesem Zeitraum die Erlebnisbreite eines Kindes nicht weiter in der Richtung auszudehnen, in der es besonders behindert ist. Man sollte ihm nun lieber helfen, seine fixen Ideen und Komplexe in schöpferischer Weise zu nutzen. Häufig befassen sich schwer gestörte und autistische Kinder, die in einer ihnen angemessenen und heilsamen Umgebung aufgewachsen sind, im Alter zwischen vierzehn und sechzehn mit einem Kunsthandwerk und entwickeln dabei ungewöhnliche Gaben und Geschicklichkeiten. Weben, Töpfern, Holzarbeiten, Sticken, Nähen, ja Glas-Gravieren und andere Handfertigkeiten, die höchste Geschicklichkeit erfordern, können von diesen Kindern und Jugendlichen erstaunlich gut ausgeführt werden. Oft können sie komplizierte handwerkliche Arbeiten verrichten, nachdem sie eine halbe Stunde zugeschaut haben, ohne daß ihnen jemand etwas erklärt oder gezeigt hätte.

Auf Grund solcher Fähigkeiten können diese jungen Leute ihren Platz in einer toleranten Gesellschaft finden und durch ihre geschickte Arbeit einen produktiven Beitrag leisten.

So können sie auch ihren eigenen sozialen Standort finden und vollwertige

Mitglieder einer Gemeinschaft werden, auch wenn sie nicht frei oder auch gar nicht an ihr teilzunehmen scheinen. Aber sie werden gut und bescheiden die Ordnung der Dinge aufrechterhalten. Und so können sie durch ihre Arbeit ihre Grenzen und Einschränkungen im Verhältnis zu anderen Menschen ausgleichen.

Literatur

Anthony, J.: «An Experimental Approach to the Psychopathology of Childhood Autism». British Journal Med. Psych., 31, 1958.

Benda, C.E.: «Childhood Schizophrenia, Autism and Heller's Disease». In: Bowman and Mounters: Mental Retardation. New York: Grune and Stratton 1960.

Bender, L.: «Autism in Children with Mental Deficiency». American Journal Mental Deficiency, 63, 1960.

Bettelheim, B.: The Empty Fortress. Canada: Collier-MacMillan 1967.

Bosch, G.: Der frühkindliche Autismus. Berlin 1962.

Cameron, K.: «Psychosis in Infancy and Early Childhood». Medical Press 234,3. 1955.

Creak, M.: «Schizophrenic Syndrome in Childhood». Developmental Medicine and Child Neurology 4, 530, 1964.

Creak, M. et al.: «Schizophrenic Syndrome in Children». British Medical Journal, 2, 889, 1961.

Goldfarb, W.: Childhood Schizophrenia. Harvard University Press 1961.

Harms, E.: Essentials of Abnormal Child Psychology. New York: Julian Press 1953.

Kanner, L.: Child Psychiatry. Third Edition. Springfield: Thomas 1957.

Reed, G.F.: «Elective Mutism in Children». Journal Child Psychol. Psychiatry, 4, 99, 1963.

Rimland: Infantile Autism. Methuen 1965.

Rutter, M.: «The Influence of Organic and Emotional Factors on the Origins, Nature and Outcome of Child Psychosis», Developmental Medicine and Child Neurology, 7, 518, 1965.

Sahlmann, L.: «Autism or Aphasia». Developmental Medicine and Child Neurology, 11, 443-448, 1969.

Stroh, G.: Psychosis in Childhood. Public Health 77, 21, 1962.

Taft, L.T., and Goldfarb, W.: «Pre-natal and Perinatal Factors in Childhood Schizophrenia». Developmental Medicine and Child Neurology, 6, 32, 1964.

Tramer, M.: «Elektiver Mutismus bei Kindern». Z. Kinderpsychiatrie I, 30, 1934.

Weihs, T.J.: Psychotische Kinder. In: Aspekte der Heilpädagogik. Stuttgart 1969.

Wing, J.K. (Ed.): Early Childhood Autism. Pergamon Press, 1969.

HANS MÜLLER-WIEDEMANN

Die heilpädagogische Schule – Beobachtungen und Ziele

I

Es ist meine Aufgabe, über die Praxis der Arbeit mit autistischen Kindern zu berichten. Auf diagnostische Fragen soll hier nicht eingegangen werden. Ich bin mir bewußt, daß die Gespräche, die hier stattfinden, vor einem – ich möchte sagen, glücklicherweise, – sehr gemischten Publikum stattfinden, d.h. daß außer einer ganzen Reihe von sogenannten Fachleuten und Therapeuten auch viele Eltern unter Ihnen sind. Es soll deshalb dieses Referat so gestaltet werden, daß auch die Eltern eine Möglichkeit haben, Einblick in unsere Arbeit zu bekommen.

Als wir zu Beginn der fünfziger Jahre unter der Anleitung von Dr. Karl König in den Camphill-Schulen in Schottland begonnen haben, uns mit autistischen Kinder zu beschäftigen, da nannten wir sie noch, einem damals allgemein gebräuchlichen angelsächsischen Begriff folgend, präpsychotische Kinder. Diese präpsychotischen Kinder, eine große Gruppe, die wir versuchten, in der Behandlung und in der Betreuung sowie auch in der Beschulung von den sogenannten Psychosen, d. h. der frühkindlichen Schizophrenie, abzugrenzen, haben wir seit dieser Zeit beobachten und heilpädagogisch zu fördern gelernt. Eine größere Zahl von speziellen Therapien und Unterrichtsmethoden wurde entwickelt, jedoch kann man nicht sagen, daß es eine Modell-Therapie oder einen Modell-Lehrplan gäbe, der für alle Kinder gleichermaßen anwendbar wäre. Seit dieser Zeit haben wir aber in unseren Schulen versucht, Kinder mit «frühkindlichem Autismus» aufzunehmen und in jeder uns möglichen Weise zu fördern.

Zunächst möchte ich versuchen, die Ziele dieser Arbeit zu schildern. Wir haben uns von Anfang an auf den Standpunkt gestellt, daß es nicht notwendigerweise die Aufgabe der Gesellschaft und der Schulen ist, diese Kinder nach einem festgelegten Programm zu erziehen, wie wir als Erzieher sie haben wollen. Vielmehr haben wir gelernt, zu respektieren, daß, obwohl es zweifellos ein sogenanntes autistisches Syndrom gibt, doch jedes einzelne Kind sein

1. Bericht bei der 1. Bundestagung des Vorstandes «Hilfe für das autistische Kind» im Dezember 1972 in Lüdenscheid. Überarbeiteter Nachdruck aus den Tagungsberichten, Hrsg. Bundesvorstand «Hilfe für das autistische Kind», Lüdenscheid 1973

eigenes, besonderes Schicksal in dieser Welt hat, zu dem auch die Eltern gehören. Wir haben die Gelegenheit gehabt, eine Reihe von diesen Kindern im Älterwerden weiter zu verfolgen, Kinder, die jetzt also 18, 19 oder 20 Jahre und älter sind, und von denen jedes in einer besonderen Lebenssituation steht und gelernt hat, als Erwachsener in einer ihm eigentümlichen Weise mit anderen Mensch zusammen zu leben, ohne vielleicht die Mannigfaltigkeit menschlichen Lebens ganz verstehen und leben zu können.

Die Ziele, die wir uns heilpädagogisch gesetzt haben, beziehen sich vor allem auf drei Bereiche:

1. Es dem autistischen Kind zu ermöglichen, *sich selbst* gegenüber der Welt erleben zu lernen.
2. Dem Kind zu helfen, unter dem festgelegten und stereotypen, manchmal auch zwanghaften Verhaltenformen einige Initiativen zu entfalten, die in einem sinnvollen allgemeinen menschlichen Handlungsraum verstehbar und akzeptierbar werden.
3. Das autistische Kind zu einem Verständnis dessen zu führen, was man im allgemeinen das symbolische Verständnis nennt. Damit meinen wir nicht nur jenes Bild-Verstehen, welches sich auf das Verstehen von Gedanken und der Sprache richtet, sondern jenes viel allgemeinere Verstehen der Bedeutung von Handlungen, von menschlichem Ausdruck und Physiognomischem, welches das gesunde Kind schon in der allerfrühesten Kindheit und im wesentlichen vorsprachlich entwickelt.

Wir sind allerdings der Auffassung, daß das Regelverhältnis menschlichen Handelns, auch in seinen Generalisationen, sich schon vor dem spezifischen Sprach- und Gedankenverständnis entwickelt und sich auf Wahrnehmungsbegriffen aufbaut. Es ist jenes zwischenmenschliche Gebiet, in dem Verstehen, auch einer Handlung, einfach bedeutet: «Ich verstehe, was du meinst, du verstehst, was ich meine». Selbstverständlich ist es notwendig, diese drei Bereich im einzelnen und genaueren verstehen zu lernen. Es handelt sich beim frühkindlichen Autismus um ein Syndrom, also um Störungen in den allerverschiedensten Dimensionen des Denkens, Fühlens, Sprechens und Handelns.

Die sogenannten «kognitiven» Ausfälle autistischer Kinder haben ja nun für das Leben die Bedeutung, daß ein solches Kind eine Handlung oder ein Wort nicht versteht, die zeitlichen Zusammenhänge in den Veränderungen der Umwelt, der Objekte, der Dinge, nicht begreifen kann, ein wichtiges Ereignis des Lebens nicht auf sich bezieht oder nur Teilstücke dieses Ereignisses wahrnimmt. Alle diese Ausfälle kommen nun gerade für das Verhältnis dieser Kinder zu ihrer menschlichen Umwelt in Betracht.

Der zweite Bereich, den ich von dem ersten, kognitiven abgrenzen möchte, bezieht sich auf die menschlichen Beziehungen im eigentlichen Sinne. Wir glauben, daß diese Dimension mit der Beschreibung «kognitiv» zu kurz gefaßt ist, denn vor allem in der frühkindlichen Entwicklung ist der Sinnes- oder kognitive Bereich vom Gefühlsleben des Kindes, das man auch oft mit den Begriffen «Emotionalität» oder «Affektivität» benennt, nicht zu trennen. Es ist deshalb für die Praxis eine müßige Frage, ob man eine kognitive Therapie oder eine auf das Gefühlsleben des Kindes gerichtete Therapie betreibt. In der therapeutischen Begegnung mit dem Kind kann man das, was die therapeutische Haltung und heilpädagogisches Handeln anbelangt, nicht trennen.

Der dritte Bereich in der Behandlung dieser Kinder ist unseres Erachtens der wichtigste. Er bezieht sich auf die Willensbildungen, d. h. Intentionen, Vorstellungsbildung und Motive des Kindes, die sich auch auf den mitmenschlichen Wahrnehmungsbereich erstrecken. Es ist uns aufgefallen, daß viele autistische Kinder, wenn sie etwas tun, dies besonders schnell tun. Dies gilt vor allen Dingen auch für die Schule. Alles, was man von ihnen verlangt, führen sie so aus, als wollten sie es möglichst schnell hinter sich bringen, *als hätten sie keine Zeit.* Weiter scheint es uns bedeutend, daß das autistische Kind ein Handlungsverhalten zeigt, welches sich so äußert, daß diese Kinder in ihren Handlungsumkreis den anderen Menschen nicht mit hineinnehmen. Dieser Umkreis ist im wahrsten Sinne des Wortes autistisch und es ist schwer, ihn aufzuschließen. Schließlich ist jenes Handlungsverhalten des autistischen Kindes bedeutsam, welches man mit dem Begriff «Sameness» in den klassischen Beschreibungen bezeichnet hat. Der Begriff bedeutet, daß das autistische Kind darauf aus ist, räumliche Arrangements in seiner Umgebung beizubehalten und daß es sich gegen jede räumliche Veränderung wehrt. Es ist uns aber aufgefallen, daß diese Veränderungsangst sich vor allem auch auf das Handeln des Kindes selbst bezieht. Soll das Kind etwa von einem Raum in den anderen gehen, so bleibt es etwa an der Türschwelle stehen, schaukelt hin und her, oder beginnt mit stereotypen Bewegungen und kommt nicht über die Schwelle. Wir erleben das in den allerverschiedensten Situationen, wo das Kind etwas tun soll, es aber nicht kann, und statt dessen in eine Reihe merkwürdiger Bewegungen, die einen rituellen Charakter haben, hineinkommt. Bringt man als Therapeut die notwendige Beweglichkeit auf, dieses Verhalten nicht nur zu beobachten, sondern etwas zu tun, so kann man oft ein solches Kind einfach bei der Hand nehmen und über diese Schwelle hinüberführen. Man hat dabei meist Erfolg, wenn man seine eigene Intentionalität ruhig und sicher dem Kind zur Verfügung stellt, ohne störende Reflexivität. Handeln und Sich-Bewegen sind ja nicht einfach motorische Phänomene, die man von der Neurologie her etwa nur verstehen kann, sondern die menschlichen Handlungen und Bewegungen geschehen in einem gemeinsamen intentionalen Bedeutungsraum, der dem autistischen Kind zunächst verschlossen ist. Zu diesem Bedeutungsraum gehört aber nun wesentlich die dauernde Erfahrung des *eigenen Leibes als Wirklichkeit.* Wir sind der Auffassung, daß das autistische Kind, wenn es etwas tun soll, es aber nicht kann, also z. B. von einem Raum in den anderen über die Schwelle zu gehen, Angst hat, *sich* dabei zu verlieren. Normalerweise überwindet jedes Kind diese Angst, indem es alles, was es tut, auch seine eigenen Bewegungen im Raum, auf eine bestimmte Wahrnehmung zu beziehen lernt, die ihm immer erhalten bleibt und mit der es sich als identisch erlebt: *Primär die Erfahrung der eigenen Leiblichkeit.* Diese scheint uns bei dem autistischen Kinde gestört, so daß es immer Angst haben muß, daß, wenn es sich handelnd, aber auch sprechend bewegt, es *sich* verlieren muß. Dies scheint uns auch der Grund dafür zu sein, daß das autistische Kind sich im Leben mit seinen Eltern auf bestimmte, immer wiederkehrende Handlungsgewohnheiten einstellt und dieselben Reaktionen auf dieselben Handlungen erwartet. Darin liegt eigentlich die Schwierigkeit des Umgangs mit dem autistischen Kind. Nicht nur fordert das Kind die «falsche Selbigkeit» von Verhaltensformen von den Eltern, sondern auch die Eltern erwarten gewöhnlich ihnen schon bekannte Reaktionen des Kindes. Es kann sich so ein Zirkel entwickeln, der das Zusammenleben der Familie mit dem Kind außerordentlich stört, der schließlich zwanghaft wird und keine Möglichkeit freier Entscheidungen mehr gibt. Diese Situation kann man allgemein als die «autistische Situation» beschreiben. Sie tritt ganz besonders vor allem zwischen dem 3. und 7. Lebensjahr in Erscheinung, und es ist gerade dabei notwendig, die Eltern in der richtigen Weise aufzuklären und zu beraten. Dasselbe gilt für das Ausschlußverhalten von autistischen Kindern, wobei es den Eltern nicht möglich ist, in den Handlungsumkreis hineinzukommen und mitzuwirken.

Es gibt eine ganze Reihe von «Schulen», die in der frühesten Kindheit bei autistischen Kindern so vorgehen, daß sie versuchen, den intimen Körperkontakt des Kindes mit den Eltern zu fördern, also jenen Rhythmus, der in der allerfrühesten Begegnung des Kindes mit der Mutter eine entscheidende Bedeutung hat. Das wichtigste bei diesen Versuchen scheint mir zu sein, daß man davon ausgeht, daß die frühe Kontaktfindung des Kindes noch vor dem sprachlich-symbolischen Verhalten liegt. Sie wissen ja, daß bei vielen Kindern schon früh nach der Geburt diese rhythmische Störung des seelischen Mitschwingens zwischen Mutter und Kind auftritt, daß das Kind etwa nicht die Arme hebt, wenn man ihm helfen will, das Jäcklein anzuziehen, daß das Kind nicht zurücklächelt oder auf Ansprache reagiert. Schließlich zeigen die Stereotypien, die ja meist rhythmisch verlaufen, die Grundstörungen an, wenn man sie als pathologische Rhythmen versteht, die der zwischenmenschlichen Beziehung entbehren. Ich kann im Rahmen dieses Beitrages auf das Rhythmusproblem beim autistischen Kind nicht eingehen, jedoch scheint es nach unseren Erfahrungen in allen Bereichen eine bedeutende Rolle zu spielen.

Es muß aber auch gesagt werden, daß in aller Arbeit mit den Eltern geprüft werden muß, inwieweit Eltern in der Lage sind, einen therapeutischen Prozeß mitzumachen und durchzuführen. Unsere Erfahrungen beziehen sich auf Kinder, die über das 6. Lebensjahr hinausgewachsen sind und es ist leider in Deutschland noch immer so, daß diese Kinder viel zu spät kommen. In vielen Fällen sind die Eltern zunächst nicht fähig, in fruchtbarer Weise in den Erziehungsprozeß des autistischen Kindes mit eingeschaltet zu werden. Sie befinden sich mit ihrem Kind in einem zwanghaften Zirkel von Verhaltensformen, und es ist deshalb angezeigt, ein Kind für eine gewisse Zeit aus dem Elternhaus herauszunehmen, um diesen Zirkel, die «autistische Situation», zunächst einmal zu lösen.

Man kann in der Zeit, in dem man ein Kind innerhalb einer Heimsonderschule fördert, mit den Eltern regelmäßige Gespräche führen und ihnen auch die Gelegenheit geben, ihre Kinder innerhalb des Heimzusammenhanges aus Berichten und Gesprächen mit den Mitarbeitern «neu» kennenzulernen. Dem kann sich nach einem halbjährigen oder einjährigen Heimaufenthalt die Beratung der Eltern anschließen. Jedenfalls sollte in jedem einzelnen Falle eingehend, unter Berücksichtigung der Situation der Eltern und des Eltern-Kind-Verhältnisses, erwogen werden, welchen therapeutischen Weg man gehen soll.

Wir haben von Anfang an Wert darauf gelegt, daß das autistische Kind sonderschulisch betreut wird. Es scheint mir wichtig zu sein, daß es sich um eine sonderschulische Betreuung handelt, obwohl immer wieder der Einwand gemacht wird, daß auf Grund der relativ hohen Intelligenz-Quotienten, die manche dieser Kinder aufweisen, eine sonderschulische Betreuung nicht angebracht sei. Unsere Erfahrung hat aber gezeigt, daß gerade bei diesen Fragen die Einsicht wichtig ist, daß es sich um ein Syndrom handelt und gerade die gefühlshaften und als intentional verstandene Störungen des Willenlebens des Kindes eine entscheidende Rolle spielen. Wenn man bedenkt, welchen Anteil das Gefühls- und Willensleben des Menschen auf die aktive Verarbeitung der Welt, d. h. auf sein Denken, seine Diskriminierung und vor allen Dingen seine Erinnerungsfähigkeit hat, dann wird man verstehen lernen, daß auch die kognitiven Störungen autistischer Kinder gerade mit diesen beiden Bereichen des Menschenwesens eng in Zusammenhang stehen. Das Problem, das sich dabei natürlich erhebt, bezieht sich auf die Art der Schulen bzw. Sonderschulen, die für autistische Kinder förderlich sind. Ich möchte von einigen unserer Erfahrungen berichten:

Von Anfang an haben wir uns entschlossen, keine Schule einzurichten, die nur autistische Kinder aufnimmt. Wir haben uns von der Tatsache leiten lassen, daß das menschliche Leben, besonders in seinem unbewußten Anteil, darauf angelegt ist, eine Vielzahl von Begegnungen und Erfahrungen im sozialen Felde zu machen. Für den bewußten Anteil des Menschen mag die Sache etwas anders aussehen und ein spezialisiertes Trainings-Programm für autistische Kinder mag von Bedeutung sein. Aber man darf dabei den Faktor der dauernden unbewußten Anteilnahme des Kindes an seiner Umwelt nicht unterschätzen. Auf ihn kommt es gerade beim autistischen Kinde an. Nachdem wir davon ausgegangen sind, hat sich gezeigt, daß sowohl im Gruppen-, als auch im Klassenzusammenhang Kinder Kindern auch Helfer sein können. Und zwar helfen gerade die Kinder den autistischen, die nicht dieselben Verhaltensformen zeigen, sondern die sich dadurch auszeichnen, daß ihre Offenheit des Umgangs mit der Welt, wie etwa bei einem mongoloiden Kind, den geschlossenen Zirkel des autistischen Kindes zu durchbrechen vermag. Ein solches Kind nimmt seinen autistischen Freund einfach an den Arm, geht mit ihm spazieren oder schaut sich gemeinsam mit ihm etwas an oder tut gar etwas mit ihm zusammen, was ein Gruppenleiter oder Lehrer vielleicht nicht erreicht hätte. Die Gemeinschaft behinderter Kinder scheint uns ein wichtiger Aspekt der Schulklasse und der Gruppe zu sein. Nach unserer Erfahrung zeigt sich der Segen einer solchen therapeutischen Gemeinschaft bei dem autistischen Kind vor allem nach dem 7. Lebensjahr, d. h. in der Zeit, wo auch das normale Kind sich mehr oder weniger intensiv von seinem Elternhaus abwendet und Kontakt mit gleichaltrigen Kindern sucht. Gelingt dies, so hat man vielleicht auch einen ersten Anhaltspunkt dafür, zu verstehen, warum viele autistische Kinder zwischen dem 8. und 9. Lebensjahr sich doch relativ normalisieren und sich durchaus in einen geordneten menschlichen Umkreis hineinstellen lernen, nachdem sie vorher erhebliche zwischenmenschliche Störungen zeigten. Die Welt der frühen Kindheit und das Verhältnis zu sich selbst beginnt sich zu objektivieren und das Kind wird fähig, neue, bisher unbekannte Erfahrungen zu machen und Begegnungen mit neuen Menschen, sei es der Therapeut oder Lehrer, zu vollziehen. Gerade diese Chance müßten wir dem autistischen Kind geben, d. h. die Erfahrung von *sozialen Neu-Gruppierungen.* Dies gilt nach unserer Erfahrung besonders spätestens nach dem 7. Lebensjahr, d. h. um die Zeit des Einschulungsalters normaler Kinder.

Weiter betrachten wir die Sonderschule nicht als eine nur schulische Einrichtung, sondern als eine Einrichtung im Rahmen einer therapeutischen

Gemeinschaft, wo wir mit den Kindern nicht nur in der Schule, sondern auch in heilpädagogisch orientierten Gruppen und den Kindergruppen von 5 bis 6 Kindern arbeiten. Es werden dadurch auch spezielle therapeutische und heilpädagogische Möglichkeiten in das Sonderschul-Programm mit hineingenommen. Wir können diese Tatsache im Begriff einer *Heilpädagogischen Schule* kennzeichnen.

Kommt ein autistisches Kind im Alter von sechs oder sieben Jahren in einen Klassenzusammenhang, so läßt es sich erfahrungsgemäß bald eingliedern, vorausgesetzt, daß man einige wesentliche Dinge des Lernprozesses dieser Kinder berücksichtigt. Das autistische Kind nimmt vom Unterricht sehr viel mehr auf, als es äußerlich «hergeben» kann und es ist möglich, in der Wiederholung gut strukturierter Aufgaben dem autistischen Kind doch die Möglichkeit einer echten Verarbeitung zu geben, wenn man ihm genügend Zeit läßt. Dazu ist es wichtig, daß man den Unterricht in Perioden durchführt, und man erlebt dann auch nach drei oder vier Wochen, daß das Kind sich einen Teil dessen, was man ihm angeboten hat, doch angeeignet hat. Dadurch vermeidet man auch jede Form von Zwang, zu dem das autistische Kind neigt. Aus den Untersuchungen über Langzeit- und Kurzzeitgedächtnis wird ja auch sehr deutlich, daß es sicherlich zu den großen Gefahren für das autistische Kind gehört, wenn man ihm schulisch bestimmte Leistungen andressiert, die es dann stereotyp wiedergibt und sein Langzeitgedächtnis, welches zugleich ein biographisches ist, nur ungenügend oder gar nicht entwickelt. Es gehört in diesem Zusammenhang zu den wesentlichen Aufgaben des Lehrers, diesen Dressurprozeß zu vermeiden, weil sonst erfahrungsgemäß das Kind unter Umständen für immer daran gehindert wird, Neues aufzunehmen. Das autistische Kind stellt höchste Anforderungen an die therapeutische Phantasie und Geduld des Lehrers.

Hinzu kommt, daß wir in der Erziehung dieser Kinder eine Reihe von Übungen mitverwenden, die dem Kind helfen sollen, durch die Übung der in der Geisteswissenschaft sogenannten «Leibessinne» seine Leibeswahrnehmung zu verbessern, den Gleichgewichtssinn, den Bewegungssinn, den Lebenssinn und den Tastsinn.[1] So kann ein Kind lernen, mit dem Finger auf Sand Figuren zu malen oder Buchstaben, ohne die Augen zu benutzen, tastend zu erkennen. Dadurch wird z. B. ein gelesener Buchstabe oder ein Wort durch das Tasten real. Bewegungsübungen und Bewegungsspiele sind besonders wertvoll. In unseren Schulen ist durch die Eurythmie eine besondere Form der Bewegung gegeben, die wir bei dem autistischen Kind anwenden. So kann man einem Kind das Wort «Baum» in seinem Gestaltwerden etwa so nahe bringen, daß man es ihm eurythmisch vormacht und es dann selbst jeden einzelnen Buchstaben eurythmisieren läßt. Es geschieht dadurch der erste Schritt, ein Wort aus der nur phonetischen Wahrnehmung in eine «Gestalt» zu wenden. Erst wenn dies erreicht ist, kann man zu den sogenannten symbolischen Bedeutungen der Worte übergehen. Vom Musikalischen her haben wir einige Übungen eingeführt, darunter auch jene, daß man dem Kind auf einem Instrument einen Ton spielt und das Kind auffordert, diesen Ton oder einen anderen zurückzuspielen, so daß kleine Tonreihen oder Melodien entstehen. Dadurch kann, vor allen Dingen im Anfangsstadium, die Kontaktnahme dieser Kinder gefördert werden.

Weiterhin, in einem späteren Stadium der Therapie, versuchen wir eine Spieltherapie, die so aussieht, daß man überhaupt erst einmal versucht, mit den jüngeren Kindern einen Spielkontakt zu bekommen. Man spielt mit Puppen oder ganz einfach mit irgendwelchen Gegenständen. Wir wissen ja, daß das autistische Kind, wenn es z. B. ein Puzzle-Spiel vor sich hat, sehr schnell mit großer Geschwindigkeit die Löcher ausfüllt, ohne überhaupt das Bild wahrzunehmen und daß ein autistisches Kind solche Spiele sehr geschickt beherrscht. Aber auch dabei fällt auf, daß der andere Mensch aus dem Handlungsraum des Kindes völlig ausgeschlossen ist. Bei dieser Therapie sitzt also der Therapeut neben oder hinter, später gegenüber dem Kind und versucht zunächst einmal, überhaupt eine reziproke Beziehung zu gewinnen, indem das Kind ihm einen Bauklotz gibt, der Therapeut ihn zurückgibt, und man langsam anfängt, etwas *gemeinsam zu bauen.*

Das therapeutische Ziel ist darauf gerichtet, dem Kind deutlich werden zu lassen: Was ich mache, kannst du anschauen, was ich mache, kannst du tun, was du tust, kann ich tun, was du tust, kann ich anschauen. Solche einfachen Einstellungen und therapeutischen Versuche vermögen oft in sehr kurzer Zeit den «geschlossenen Spielraum» des Kindes zu einem *gemeinsamen Handlungsraum* aufzuschließen, vor allem, wenn das autistische Kind noch jung ist, d. h. vor dem 7. Lebensjahr.

Schließlich wenden wir regelmäßig eine sogenannte Erwärmungstherapie an. Sie geht von der Beobachtung aus, daß autistische Kinder, wenn sie eine fieberhafte Erkrankung durchmachen, während der Zeit des Fiebers einen fast normalen Eindruck machen. Die Stereotypien gehen zurück, der Blickkontakt wird deutlicher und es gelingt in solchen Situationen leicht, mit den Kindern zu spielen. Manchmal löst sich auch die Sprachstörung. Wir führen vorsichtige Überwärmungsbäder[2] durch und es ist erstaunlich zu sehen, mit welcher Entspannung das Kind darauf reagiert. Gleichzeitig entsteht, wenn auch zunächst nur vorübergehend, eine merkliche Kontaktoffenheit.

Nach dieser Überwärmung spielt und spricht der Therapeut mit dem Kind. All diese therapeutischen Maßnahmen versuchen wir, integriert mit den schulischen Maßnahmen und der Sozialisierung in der Gruppe, innerhalb der Heimsonderschule durchzuführen.

Schließlich soll über den Sozialisierungsprozeß im allgemeinen etwas gesagt sein. Durch ihn wollen wir dem autistischen Kind die Möglichkeit geben, in einem menschlichen Universum leben zu lernen. Es besteht gar kein Zweifel darüber, daß auch das autistische Kind ganz bestimmte Phasen in seiner Entwicklung durchmacht, die gegenüber dem normalen Kind allerdings verschoben sind. Darauf kann ich im Rahmen dieses Vortrages nicht eingehen. So bekommt, wie schon angedeutet, im allgemeinen das autistische Kind zwischen dem neunten und zwölften Lebensjahr jene Distanz von der Welt, die auch das normale Kind in dieser Lebenszeit bekommt. Diese Distanzierung, die in der frühesten Kindheit ein pathologisches Phänomen darstellte, wird jetzt sozusagen vom Kind akzeptiert und integriert. Dabei fällt auf, daß sich autistische Kinder leichter irgendeines Mediums im Umgang mit der Welt bedienen,also nicht gerne direkt konfrontiert werden. Sie lernen manchmal schneller mit dem Bleistift zu schreiben oder manche Kinder gar mit der Schreibmaschine (obwohl man das nicht zu therapeutischen Ausgangspunkten machen sollte) als zu sprechen, und es gibt Kinder, die beim Buchstabenlesen und beim Lesen überhaupt einen Zugang zum Sprechen bekommen haben. Man muß damit rechnen, daß sich die normalen Lernschritte beim autistischen Kind oft umkehren und z. B. das Sprechen mit dem Lesen kommen kann. Man sollte sich vor allen Dingen bei den älteren Kindern darüber im klaren sein, daß der Umgang mit ihnen in der früheren Kindheit sehr stark auf eine erkennende Objektivierung gerichtet sein muß. Damit meinen wir den auf die Person und nicht die Symptome gerichteten Umgang mit diesen Kindern, die Respektierung einer bestimmten Distanz und eine erhöhte pädagogische Bewußtheit.

Das Schicksal der älter werdenden, d. h. zum Jugendlichen heranreifenden autistischen Kinder ist individuell sehr verschieden. Es gibt Kinder, die nach der dramatischen Entwicklung der frühen Kindheit doch langsam in eine gesicherte Lebenssituation hineinwachsen und sich selbst einen Umkreis schaffen, in dem sie existieren können. Diese Kinder zeigen dann deutlich, was sie wollen, und wenn man darauf eingeht, können sie diesen Umkreis auch bewahren. Er bleibt allerdings begrenzt. Wenn man ihn aber akzeptiert, tritt eine bedeutende Befriedigung des Kindes ein. Auf der anderen Seite gibt es auch Kinder, die trotz vieler Bemühungen immer auf der Suche nach ihrem eigenen Ich bleiben, in einer Art Zwischenland, und die nie zu Hause sind in der Welt. Diese Kinder sind die schwierigsten und entwickeln dann zum dreizehnten, vierzehnten, fünfzehnten Lebensjahr hin oft Bilder, die an eine Psychose erinnern.

Die sozial integrierten autistischen Kinder haben uns immer wieder zwei Eigenschaften vor Augen gestellt, die sie besitzen: Eine gewisse Objektivität ihrer Beurteilung gegenüber der Welt und dem anderen Menschen, die zwar nicht sehr variationsfähig ist, die aber diesen Jugendlichen eine Art von unbestechlichem Charakter verleiht, und zweitens ein ungewöhnliches Maß an Selbsterkenntnis und auch an Selbstbeschränkung, wenn sie einmal achtzehn/neunzehn Jahre alt geworden sind. Dies bedeutet gleichzeitig ein erhöhtes Bewußtsein gegenüber den eigenen Handlungen und die eingesehene Begrenzung im Verhältnis zu der Vielseitigkeit menschlicher Bedürfnisse und Erfahrungen. Solche Kinder begeben sich dann aus Einsicht nicht in Situationen, mit denen sie nicht fertig werden.

Abschließend möchte ich sagen, daß wir bei dem gegenwärtigen Stand unserer Erfahrung sowohl in der Praxis als auch in der Theorie davon ausgehen müssen, daß jedes autistische Kind, das zu uns kommt, sein individuelles Lebensschicksal sucht. Es hat wenig Sinn, voreilig Lernmodelle oder Therapiepläne aufzustellen, von denen man sich eine generelle Bedeutung verspricht. Die Früherfassung des autistischen Kindes scheint mir besonders wichtig zu sein, wodurch wir in die Lage kommen, mit den Eltern die Situation zu besprechen, ehe sich der zwanghafte Zirkel der «autistischen Situation» einstellt. Dieses Thema ist an anderer Stelle in diesem Band aufgegriffen. Es müssen mehr Einrichtungen geschaffen werden, die es möglich machen, daß man das autistische Kind aus seinem gewohnten Umkreis einmal herausnimmt. Schließlich halten wir es für dringend notwendig, daß jedes autistische Kind sonderschulisch und therapeutisch betreut wird. Dabei sollte die Schule so eingerichtet werden, daß sie als eine *heilpädagogische Schule* arbeiten kann, d. h. daß die Möglichkeit einer Vielzahl therapeutischer und sozialer Möglichkeiten für die Kinder gegeben ist.

Ich glaube, daß das autistische Kind seinen Platz in der Gesellschaft finden wird, wenn wir bereit sind zu akzeptieren, daß es sich immer um ein besonderes Kind mit einem eigenen Schicksal handelt, ob es sich nun um den Franz, die Katharina, den Fritz oder die Elisabeth handelt, d.h. nicht nur um ein «autistisches Syndrom». Eine solche Einsicht ist nicht ein Epiphänomen des therapeutischen Vorgangs, sondern eine unmittelbar *wirksame* therapeutische Voraussetzung alles heilpädagogischen Handelns.

II

Einige der Einsichten, die wir in unseren Schulen, in denen wir uns mit sogenannten autistischen Kindern befassen, innerhalb der letzten Jahre gewonnen haben, möchte ich im Folgenden vorstellen, wobei betont werden soll, daß wir auch nach dieser relativ langen Erfahrungszeit uns noch immer bemühen müssen, neue heilpädagogische Möglichkeiten für diese Kinder zu finden.

Wir haben jedoch die Gelegenheit gehabt, eine große Zahl von autistischen Kindern auch längere Zeit in ihrem Lebensschicksal zu begleiten und den Weg dieser Kinder durch die Schule hindurch zu verfolgen.

Es sollen einige Dimensionen aufgezeigt werden, deren Störungen bei dem autistischen Kind wichtig sind, wenn man es heilpädagogisch fördern will.

Ich setze voraus, daß Sie alle die Symptomatik des frühkindlichen, autistischen Syndroms kennen und auch darüber hinaus die außerordentlichen Probleme, welche uns autistische Kinder nicht nur für sich selbst, sondern auch für ihre Familien und dann auch für den Lehrer stellen.

Man ist eigentlich heute übereinstimmend der Auffassung, daß die Störungen, welche autistische Kinder zeigen, im Zusammenhang stehen mit Wahrnehmungsstörungen, oder genauer gesagt, mit der Koordination oder der Beziehung von verschiedenen Wahrnehmungsfeldern zueinander. Es gehört ja zu den den Menschen auszeichnenden Phänomenen, daß er eben im Laufe seiner Kindheit lernen muß, die Fähigkeit also nicht mitbringt, bestimmte Wahrnehmungserlebnisse, oder wir können auch sagen dasjenige, was ihn mit der Welt durch seine Sinneswahrnehmungen verbindet, aufeinander zu beziehen, zu koordinieren. Man hat diese Tatsache, und die damit verbundenen Störungen auch unter dem Begriff der Störungen der Beziehungen von «Wahrnehmungsmodalitäten» und deren Verarbeitung verstanden. Man denkt da daran, daß der Mensch alle möglichen Wahrnehmungen macht, und daß dann durch irgendeinen noch im wesentlichen verborgenen Mechanismus, der meist im Gehirn lokalisiert wird, diese Wahrnehmungen zusammengefaßt werden. In Wirklichkeit, und dies kommt für das pädagogische Handeln in Betracht, ist der Begriff der Verarbeitungsstörung von Wahrnehmungen jedoch noch wenig durchleuchtet. Es handelt sich nämlich dabei um ein sehr subtiles Zusammenwirken von Willenstätigkeiten, Erfahrungen des Fühlens und gedanklicher Strukturierung, Tätigkeiten, die in jeder Sinneswahrnehmung, sofern sie zu einer *Sinngebung* der Welt führen, in Betracht

Vortrag vor Sonderschullehrern am Pädagogischen Institut in Düsseldorf unter dem Titel: Heilpädagogische Aspekte zur therapeutischen und sonderschulischen Förderung autistischer Kinder. Erstveröffentlichung in: Schriftenreihe des Pädagogischen Instituts, Düsseldorf, Heft 35, November 1977.

kommen. So darf nicht übersehen werden, und dies ist für den Lehrer von großer Bedeutung, daß die Wahrnehmungen der Sinne *aktive Leistungen sind.* Wir können nicht davon ausgehen, daß wir durch Sinneserfahrungen nur passiv geprägt werden, sondern daß wir selbst – das Kind selbst – die gemachten Sinneswahrnehmungen als Erfahrungen tätig miteinander in Beziehung setzen müssen. Und eben dieses aktive Aufeinanderbeziehen von Sinnes-, bzw. Wahrnehmungsfeldern durch das Ich und dessen Organisation scheint uns bei diesen Kindern gestört oder begrenzt zu sein. Wiederum ist die Herstellung dieser Beziehungen abhängig von Wahrnehmungsurteilen, deren Grundlagen gedanklich-begrifflicher Natur sind, schon ehe das Kind nach dem 3. Lebensjahr ein freies, explizit vorstellendes Denken entwickelt. Um welche Sinnesfelder handelt es sich? Ich stelle diese Frage zunächst einmal, damit wir einen gemeinsamen Ansatzpunkt haben, um prüfen zu können, und will dann einige Beispiele geben von den Störungen, wie sie sich bei autistischen Kindern finden.

Da ist ja zuerst einmal dasjenige Sinnesfeld, was ja die meisten von uns als außerordentlich zentral betrachten und innerhalb dessen die meisten Experimente und andere Untersuchungen in der Autismus-Forschung bisher gemacht worden sind. Es ist dies das Feld des Sehens. Zu diesem Felde gehören auch andere Sinneswahrnehmungen wie z.B. das Riechen, auch das Schmekken und in gewisser Weise, aber nur andeutungsweise, das Hören. Dann haben wir einen zweiten Sinnesbereich, den ich Ihnen jetzt einführend zur Kenntnis geben möchte. Das ist derjenige Sinnesbereich, von dem Sie vielleicht weniger gehört haben, der aber eine besonders wichtige Rolle spielt bei der Behandlung und Beschulung autistischer Kinder. Er hängt zusammen mit all demjenigen, was wir erfahren oder erleben aus unseren Gleichgewichtsverhältnissen, aus unserem Bewegungsbereich, also aus all demjenigen, wo wir bewegend oder im Gleichgewicht uns befindend uns mit den Schwerekräften der Erde auseinandersetzen müssen. Ich muß eigens betonen, daß es sich hier um ein Sinnesfeld handelt. Sie haben vielleicht schon den Ausdruck «Kinästhesie» gehört, welcher die Wahrnehmungsfähigkeit der Bewegung beinhaltet. Aber es handelt sich bei dem, was ich hier meine, nicht um einfache physiologisch bedingte Bewegungswahrnehmungen, sondern darum, daß der Mensch mit dem Bewegungssinn eben dasjenige wahrnimmt, was er durch seine Tätigkeit und mit seinem Handeln tut, zwar auf eine dumpfe, aber doch auch sehr wesentliche seelisch-innerliche Weise. Das im 1. Lebensjahrsiebt entstehende Körperschema, die Möglichkeit also, die Handlungen, die ich verrichte, rückzubeziehen auf das Erlebnis eines individuellen Leibes, diese Fähigkeit gehört als Sinneswahrnehmung ganz entschieden zu dem Bereich der Sinne, eben zu den Sinnen, die man auch als die Nahsinne bezeichnet, zu denen z. B. auch der Tastsinn gehört. Wir haben bei autistischen Kindern ein ganz vordergründiges Phänomen, was jeder beobachten kann, eben eine schwere Störung dieses gesamten Feldes, der mit dem Leibeserleben verbundenen sogenannten «Leibessinne». In Beziehung damit sehen wir dann auch beim autistischen Kind schwere Störungen dessen, was man das *Erlebnis eigener Identität mit dem Leibessein* nennen kann. Dieses letztere Erlebnis hat das normale kleine Kind schon früh, wenn es aus seinen Bewegungs- und Gleichgewichtserfahrungen heraus sein Körperschema ausbildet.

Nun haben wir aber noch ein drittes Wahrnehmungsfeld, was jedoch – und dies ist außerordentlich bedauerlich, weil hinderlich für den Fortschritt im Verstehen autistischer Kinder – von der heutigen Wissenschaft nicht als ein primäres Sinnesfeld wahrgenommen wird. Ich möchte Ihnen gerade diesen Bereich menschlicher Wahrnehmung besonders ans Herz legen, damit Sie sich fragen, ob es sich nicht auch da tatsächlich um ganz primäre Wahrnehmungen handelt. Es ist dies das Feld, wo sich der Sinn des Menschen auf das Seelisch-Geistige des anderen Menschen richtet, auf dessen Sprache, auf dessen Gedanken und dessen Verhalten oder richtiger gesagt, auf dessen in seinem äußeren Verhalten waltende Intentionen, d. h. auf das Ich des anderen Menschen. Wenn Sie die Sprachwahrnehmungsstörungen dieser Kinder beobachten, dann werden Sie, wenn Sie einmal unbeeinflußt von Theorien das Phänomenale wirklich beobachten, bemerken, daß die Sprachverständigungsstörungen, die Nachahmungsstörungen überhaupt, und die Schwierigkeiten dieser Kinder, ihre soziale Umwelt wahrzunehmen oder gestört wahrzunehmen, eben in der Schwierigkeit beruhen, diesen gewissermaßen «oberen Sinnesbereich» in der Wahrnehmung des gesprochenen Wortes, des Gedankens und des anderen Menschen als Träger von Intentionen auszubilden.

Dieses Problem, mit dem sie dabei in der Schule konfrontiert werden, ist nicht nur ein praktisches, mit dem man beliebig umgehen kann, sondern zunächst ein Erkenntnisproblem. Wenn man nämlich davon ausgeht, daß die Wahrnehmung der Sprache oder der Intention den anderen Menschen auf einer gewissermaßen sekundären oder symbolischen Wahrnehmungsverarbeitung beruht, dann kommt man mit der Förderung autistischer Kinder nicht weiter, ja man kann u. U. gerade das Gegenteil von demjenigen hervorrufen, was man eigentlich ausbilden will. Wenn man die Sprache so untersucht, wie dies heute meist geschieht, ohne daß man den Sprechenden und dessen Intentionen mit in die Untersuchungen der Sprache einschließt, so kommt man ebenso wenig weiter.

Ich möchte Sie hier auf etwas aufmerksam machen, was in Einzelheiten hier nicht ausgeführt werden kann, was aber ein wichtiges Feld ist in der

Betreuung autistischer Kinder, wo man vielleicht die Fragestellung so umreißen könnte:

Wie kann ich es dem autistischen Kind möglich machen, daß es seinen Wahrnehmungsbereich eben auch auf diese Felder hin ausdehnt? Daß es lernen kann, dasjenige, was ein anderer Mensch spricht, oder was ein anderer Mensch in der Sprache denkt, beziehen zu lernen auf diesen anderen Menschen und dessen Intentionen? Wir haben autistische Kinder, die fassen die Sprache auf wie einen Gegenstand, sie hören und sprechen nach, aber sie beziehen das gesprochene Wort nicht auf denjenigen, der spricht. Das heißt, sie haben eine schwere Störung des Verständnisses in Bezug auf die Offenbarungen des anderen Menschenwesens.

Schon das kleine Kind, und das gehört zu den wesentlichen Ausbildungen der Sinne, bildet schon unmittelbare Wahrnehmungsfähigkeiten für das Wesen, die Sprache, den Gedanken des anderen Menschen aus. Und nur dadurch, daß wir das können als Kinder, können wir lernen uns als eigenes Ich gegenüber dem anderen Ich zu erfahren. Wenn aber diese zwischenmenschlichen Wahrnehmungsfelder nicht genügend frei zur Verfügung stehen, wie das beim autistischen Kind der Fall ist, da erleidet das Kind eben einen dauernden Zusammenbruch oder einen Bildungsmangel in Bezug auf seine eigene Identitätserfahrung, d. h. das Erleben der eigenen Person, die wesentlich nur durch das Wahrnehmen des anderen Ich entsteht. Das Ergebnis davon finden Sie dann ja in vielen Beschreibungen, daß das so seiner eigenen Identitätserfahrungen beraubte Kind alle möglichen Dinge erfinden muß – Gleichhaltung der räumlichen Umgebung etc. – um wenigstens ein Stück Sicherheit, eine Scheinsicherheit – in der Welt zu gewinnen.

Diese drei Sinnesfelder, die ich Ihnen jetzt kursorisch vorgeführt habe, müssen wir zu verstehen versuchen.[1]

Das Wesentliche aber ist, und dies ist für die Pädagogik von Bedeutung, daß wir nun alle drei Sinnesfelder erziehen müssen. Das sogenannte sensomotorische Training mag eine Hilfe sein, ist aber in seiner Ausführung noch weit davon entfernt, die wirkliche Problematik des Zusammenspiels verschiedener Sinnesfelder voll erfassen zu können, ein Zusammenspiel in dem die gesamte Persönlichkeit mitwirkt und eben nicht nur *eine* Variable, die Gehirnfunktion.

Nun einige Beispiele:

Sie tun etwas, sagen wir, Sie basteln etwas, oder ein autistisches Kind legt ein Jigsaw-Puzzle, und jetzt sprechen Sie dieses Kind an. Da haben Sie vielleicht den Eindruck, daß es taub ist. Eine ähnliche Situation könnten Sie auch erleben, wenn Sie intensiv mit einer Sache beschäftigt sind und es spricht Sie jemand an. Das ist ja gar nicht so weit weg von unserem normalen Erleben, was da extrem im autistischen Kind vorliegt.

Wir müssen, um die Welt durch unsere Sinne normal wahrnehmen zu können, also in der Lage sein, eine aktive Transformation vorzunehmen, d. h. wir müssen aus dem Handlungsraum heraus mit einer ganz bestimmten inneren Aktivität uns weg- und gleichzeitig zuwenden auf den Hör- und Sprach-Wahrnehmungsraum, d. h. dasjenige, was von dem anderen Menschen kommt. Sonst verstehen wir nicht.

Wir haben die Transformationsfähigkeit der verschiedenen Sinnesfelder, um es noch einmal zu sagen, nicht von Geburt an entwickelt. Nichts in der Entwicklungsgeschichte des Kindes weist darauf hin, daß diese lebendige Koordination schon von Anfang an da wäre. Aber das Kind gewinnt diese Transformationsfähigkeiten durch die drei Sinnesfelder hindurch, etwa um das dritte Lebensjahr, und diese Transformationsmöglichkeiten zu üben, d. h. die Koordination der Sinnesfelder möglich zu machen, das ist die Aufgabe, die wir am autistischen Kind zunächst haben. Dies ist ein schwerer und langer Weg. Eine Koordination dieser drei qualitativ sehr unterschiedlich funktionierenden Sinneswahrnehmungsfelder, also der Wahrnehmung der sogenannten unteren Bewegungs- oder Nahsinne, einschließlich des Tastsinnes, der Wahrnehmung einer mittleren Sinneswelt, ausgezeichnet durch den Sehsinn und der Wahrnehmung einer zwischenmenschlichen Sinneswelt, diese drei Sinnesfelder koordiniert das Kind im Laufe der ersten drei Lebensjahre. Das Ergebnis dieser Koordination ist im wesentlichen im Leben des Kindes dadurch gekennzeichnet, daß es lernt, «Ich» zu sich zu sagen. Diese Fähigkeit ergibt sich aus der Entwicklung der Sinnesfelder und beim autistischen Kind können wir mit aller Sicherheit sagen, daß, wenn es uns gelingt, aber auch nur annähernd, diese Koordination in dem Kinde zu erwecken, wir dann auch gewöhnlich in dem Kind die Fähigkeit des Sich-auf-sich-selbst-beziehen-Könnens, des Ich-Sagens langsam hervorrufen. Bei dem «Ich» zu sich sagenden autistischen Kind haben Sie einen ganz wichtigen Beginn, wodurch sich sehr vieles ausdrückt an geleisteter Koordination.

Einige Beispiele sollen jetzt gegeben werden, die besonders wichtig für den Lehrer sind, wenn er in der Schule mit diesen Kindern arbeitet. So können Sie z. B. beobachten, und man hat natürlich auch darüber Untersuchungen gemacht, daß autistische Kinder, wenn man ihnen eine vorgeschriebene Linie gibt, irgendwelche Linien oder noch besser, Linien, die in ein Holz eingeprägt sind, daß dann diese Kinder beim Nachfahren dieser Linien gegenüber dem normalen Kind – solange eine «Augenkontrolle» erfolgt – etwas schlechter abschneiden. In dem Augenblick aber, wo ich dem autistischen Kind den Stift zum Nachfahren in die Hand gebe, und die Augenkontrolle ausschalte, bekommt das autistische Kind eine ganz außerordentliche Geschwindigkeit und Geschicklichkeit zustande, im Nachfahren dieser

Linien, die sehr weit überlegen ist dem normalen Kind, welches gewohnt ist, seine Tätigkeit zu begleiten mit demjenigen, was wir durch das Sehen als Information gewinnen. Durch die mangelnde Information zeit-räumlicher Veränderungen im Sehraum hat aber das autistische Kind eben einen sehr viel geringeren «Spielraum» oder Freiheitsraum, seine Bewegungen zu modifizieren und sich als ein Selbst im Tun zu erleben. Daran können Sie z. B. schon sehen, wie eine Koordination, eine Beziehungnahme aus dem unteren Sinnesfelde der Bewegung nicht in genügender Weise transformierbar ist auf die begleitende, bewegliche Information im Sehraum und mit dieser einen *Wahrnehmungsrhythmus* zwischen zwei verschiedenen Wahrnehmungsfeldern bildet, der dem gesunden Kind zur Verfügung steht und sein Selbstbewußtsein im Handeln begründet.

Das können Sie ja auch beobachten, wenn Sie einem autistischen Kind zuschauen, wie es ein Jigsaw-Puzzle zusammenlegt. Das geschieht mit einer außerordentlichen Geschwindigkeit,die im allgemeinen von einem normalen Kind überhaupt nicht erreichbar ist, wobei das Figurale des Bildes, welches da entsteht, für die Aufmerksamkeit des autistischen Kindes gar keine Rolle spielt. Warum ist das so? Weil das autistische Kind diejenige Form von Sehaktivität, die ein normales Kind gewissermaßen rhythmisch dieser Bewegung zuwendet, wobei es auch einmal wegschaut, weil das autistische Kind die Koordination zwischen Bewegung und Sehen nicht leistet. Es ist in einer ganz spezifischen Weise angebunden, wie angeheftet, an die nur räumlichen Vorgaben seines Tuns. Es handelt sich also hier nicht um ein Defizit in einem einzelnen Sinnesfeld, sondern um eine Koordinationsstörung, und es ist für das autistische Kind ganz irrelevant, was auf den Bildern des Jigsaw-Puzzles etwa entsteht. Relevant ist eben nur die vorgegebene Form, in welche die andere Form hineinpaßt. Aber die Beziehung der Wahrnehmung der Bewegung zum Sehfeld fällt aus. Und dasjenige also, was uns im Hinblick auf eine Tätigkeit auch die Möglichkeit der Modifikation unseres Handelns gibt und uns erlaubt, durch das Sehen rhythmisch von unserem Tun Abstand zu nehmen und uns wieder zu verbinden. Die innere Beweglichkeit zwischen zwei Sinnesbereichen, was wir oben Transformation genannt haben, die Beweglichkeit zwischen dem Bewegungsbereich und dessen Wahrnehmung und dem Sinnesbereich des Auges ist in einer besonderen, spezifischen Weise gestört. Das hat selbstverständlich für die sonderschulische Behandlung dieser Kinder große Konsequenzen, die ich Ihnen jetzt nicht im einzelnen ausführen kann. Sie können natürlich mit einem Kind trainieren, alle möglichen Sachen zu machen, mit der Hand nachzufahren, zu schreiben etc.; das können Sie alles ganz effektiv trainieren. Aber wenn Sie nicht die Beziehung der Bewegung zu den Augen gewissermaßen neu gestalten, dann haben Sie eigentlich diesem Kind nicht geholfen. Alles was Sie tun bleibt eine bloße Äußerlichkeit für die Persönlichkeitsentwicklung des Kindes.

Wir wissen, daß der Mensch schwindelig wird, wenn er sich sehr schnell im Kreise dreht und er bekommt dann, wenn die Drehbewegung aufhört, einen sogenannten postrotatorischen Nystagmus; dabei bewegen sich die Augen noch rhythmisch nach, wenn die Drehbewegung des Körpers aufgehört hat. Dies sagt aus, daß allgemein gesprochen meine Augenbewegungen zusammenhängen mit den Bewegungen meines gesamten Organismus. Wenn man nun mit einem autistischen Kind so etwas macht – es ist natürlich sehr fraglich, ob solche Versuche bei einem autistischen Kind wirklich angemessen sind – wenn man also ein autistisches Kind auf einen Drehschemel setzt und eben diese schnellen Drehbewegungen macht, dann haben die autistischen Kinder einen solchen Nach-Nystagmus nicht, oder er ist in Bezug auf die Zeitdauer gegenüber dem normalen Kind sehr verkürzt. Es scheint, als würden die Kinder nur von außen gedreht und es würde dabei die eigene Leibeserfahrung, die Gleichgewichtserfahrung keine Rolle spielen. Das Zeichen, daß diese Erfahrung keine Rolle spielt, ist eben das Ausbleiben des postrotatorischen Nystagmus, wenn der Leib wie ein Objekt drehbar wird. Wir sehen ja auch solche Drehbewegungen mitunter spontan bei autistischen Kindern auftreten und wundern uns, daß die Kinder dabei keinerlei Anzeichen von Schwindel zeigen, und wir sehen Ähnliches auch bei blinden Kindern. Wenn wir lernen, solche Phänomene zu verstehen, dann können wir sagen, daß die Anteilnahme an den räumlichen Bewegungen, die von außen veranlaßt sind, d. h. die leibliche Anteilnahme und damit auch die Korrektur, das optische Verbundensein mit diesen Bewegungen, bei dem autistischen Kind gestört ist. Das autistische Kind ist eminent von außenräumlichen Gesetzmäßigkeiten kontrollierbar in Bezug auf seinen Bewegungsorganismus, ohne diese Erfahrungen mit anderen Sinnesfeldern koordinieren zu können. Ja, es besteht die Gefahr, daß auch die anderen Sinnesbereiche sich nur noch auf eine äußere Raumeswelt symbiotisch beziehen. Dies hängt damit zusammen, daß das autistische Kind seine eigenen Bewegungen im Raume nicht genügend durch die Sinnestätigkeit des Bewegungssinnes und des Gleichgewichtssinnes wahrnehmen kann und deshalb auch auf Bewegungen außerhalb des eigenen Leibes fixierbar ist. Wir sehen dies ja vor allem in der Faszination durch alle mechanisch-technischen Bewegungen, Abläufe,die sich an Apparaten abspielen. Das autistische Kind hat die Tendenz, in diesen Bewegungen geradezu fasziniert aufzugehen, immer wieder diese Bewegungen außen hervorzurufen. Das sind aber alles Bewegungen, die eben nicht zusammenhängen mit Bewegungserfahrungen des eigenen Leibes, durch welche sich die Leiblichkeitserfahrung der bewegten Welt als Wahrnehmungsurteil konstituiert sondern mit außerleiblichen, physikalischen Gesetzmäßigkeiten. Mitunter können sie geradezu sagen, je mehr ein Kind an Außenbewegungen gebunden ist, desto weniger ist die eigene Bewegung erlebbar. In der Folge davon wird das Kind passiv und enthält sich schließlich jeder eigenen Bewegungsinitiative.

Etwas anderes, was Sie wiederum in diesem Zusammehang sehen können, ist das Absinken motorischer Leistungen, wenn ein Kind z. B. etwas tun soll. Das Absinken, die Desintegration von Handlungen in Stereotypien kann man beobachten und man bemerkt dann, daß anfangs alles ganz gut geht, jedoch bald die Bewegungen in nur noch mechanisch-stereotype Handlungsverläufe übergehen, die dann auch der Wandlung durch das optische Feld und durch die Wahrnehmung des anderen Menschen entbehren. Wir haben hier also zunächst ganz einfache, beobachtbare Zusammenhänge geschildert, d. h. Störungen zwischen der Wahrnehmung der eigenen Bewegung und der Beziehung zum Sehen, schließlich aber auch mit der Wahrnehmung des anderen Menschen,welcher die Nachahmung zugrunde liegt.

Etwas anderes, was wiederum mit der Koordination der Sinnesfelder zusammenhängt, ist ja dasjenige, was Sie im Sprachverständnis autistischer Kinder beobachten können und worauf schon hingewiesen wurde. Da handelt es sich nun wieder um das dritte Feld der Sinneswahrnehmungen: Sie haben vielleicht schon bemerkt, daß das autistische Kind leicht Gefahr läuft, einen bestimmten Handlungsraum um sich herum aufzubauen, den ein anderer Mensch nicht leicht durchbrechen oder erreichen kann. Das kann ja in der Schule als Problem der Kommunikation auftauchen. Um es einmal extrem zu sagen: ein autistisches Kind hat seinen eigenen begrenzten Nahraum, einen Handlungsraum, und dann ist da ein anderer Mensch, der tut auch etwas, die Mutter vielleicht, oder der Lehrer. Und das Problem des autistischen Kindes ist es nun, diese beiden Handlungsräume, den Handlungsraum des anderen Menschen und den eigenen Handlungsraum miteinander in Beziehung zu setzen. Sie werden sehen, daß dies eines der großen Probleme der Schule ist, das Initial-Problem der Kontaktaufnahme. Das autistische Kind macht alles, was es macht, abgeschlossen in seinem eigenen Handlungsraum, und wenn der Lehrer etwas macht, dann ist es etwas ganz Fremdes für das Kind. Was entnehmen wir daraus? Daraus müssen wir entnehmen, daß das autistische Kind offenbar nicht in der Lage ist, einen mit einem anderen Menschen *gemeinsamen Handlungsraum* aufzubauen. Wie macht das aber das normale Kind? Wie machen wir das denn als Kinder, daß wir uns in einem gemeinsamen Bezugs- und Aufforderungs- und Handlungsraum befinden, den wir von Anfang an gemeinsam mit anderen Menschen konstituieren? Was machen wir da eigentlich, daß wir die Welt nicht nur anschauen mit den Augen und

«Objekte» erkennen, die da nebeneinander stehen und die man manipulieren kann, sondern daß wir lernen, daß alle Objekte in der Welt, alles was in der Welt existiert, zugleich etwas sein kann, was im *Handlungsfeld* des anderen Menschen liegt. Daß wir dann schließlich auch trotz der Verschiedenheit der Perspektiven etwas in der Welt gemeinsam mit einem anderen Menschen anschauen können; das heißt doch, daß solche gemeinsamen Handlungsräume sich bilden, nicht nur durch die Objekt-Beziehung, sondern durch unsere *zwischenmenschlichen Beziehungen.* Das kleine Kind lernt den Raum kennen dadurch, daß es diesen Raum mit anderen Menschen zusammen erlebt und daß er auch Teil ist der Handlung, der Intentionen, der Sprache und der Gedanken der anderen Menschen. Wenn wir aber in einem solchen primären Wahrnehmungsfeld Störungen haben, wie diese beim autistischen Kind offenbar schon in der allerersten Lebenszeit auftauchen, dann müssen wir eben auch Sorge dafür tragen, daß wir therapeutisch zunächst einmal mit diesem Kind, wenn auch einen kleinen, aber doch gemeinsamen Handlungsraum aufbauen. Ich glaube, daß man dies in allen möglichen Weisen machen kann, aber das kann man nicht gleich so machen, daß man dem Kind gegenübersitzt und irgendwelche Aufgaben von ihm fordert. Man muß vielmehr sehr vorsichtig vorgehen, so daß das Kind zum Beispiel zuerst einmal akzeptiert, daß es einen Gegenstand anschaut oder ihn bewegt, ihn irgendwo hinstellt und es dann dem therapeutischen Partner erlaubt, auch diesen Gegenstand zu nehmen und etwas mit ihm zu tun. In einem solchen gemeinsamen Rhythmus der Begegnung, das Sie auch Spiel nennen können, bildet sich an den Dingen ein Begegnungsraum rhythmischer Natur zwischen Menschen.

Jedes Lernen muß sich zunächst auf eine gemeinsame Welt als eine Art Grundverhältnis beziehen können. Wenn dies nicht der Fall ist, sind Lernen, Nachahmung, Übernahme von und Teilnahme an etwas nicht möglich und das Leben besteht in lauter unverbundenen Äußerlichkeiten. Ich würde dies zunächst einmal als das therapeutische Grundphänomen bezeichnen. Ob man diesen Begegnungsraum mit einer gezielten und gestalteten Spieltherapie herstellt, über deren Einzelheiten man sprechen müßte, oder wie man das macht, darüber gibt es wohl keine Anweisungen und es ist dies der Genialität des Therapeuten oder des Lehrers überlassen. Es zeigt sich aber auch hier schon deutlich, daß Einzeltherapie notwendig ist.

Dieses letzte Beispiel bezog sich also darauf, daß in jedem Falle zunächst die Beziehung etwa eines gesehenen Gegenstandes zu dem Wahrnehmungsfeld und den Intentionen des anderen Menschen hergestellt werden muß. Wir haben ja die erschütternde Tatsache vor uns, daß – obgleich das autistische Kind offenbar keine Schwierigkeiten hat, Objekte im Raum wahrzunehmen, sogar zu erkennen – u.U. sogar zu benennen –, wenn man ihm eine Hilfe gibt und ihm sagt, dies sei ein Baum oder ein Krug und dann schreibt der Lehrer «Krug», ein autistisches Kind das schon lernen kann.

Dabei hat es aber noch nicht gelernt, daß dieser Gegenstand gleichzeitig für mich da ist, aber auch für den anderen, daß er ein Gegenstand im Kommunikationsfelde ist. Das ist eine sehr wichtige, zentrale Frage in der Beschulung und Therapie und es hängt vieles davon ab, wie wir darüber denken. Was ich Ihnen hier zeigen wollte, war der Zusammenhang qualitativ sehr verschiedener Sinnesfelder,wobei im vollen Wahrnehmungsbewußtsein eigentlich nur diese mittlere Region des Sehens steht, während die Wahrnehmung der eigenen Bewegung und der Gleichgewichtsverhältnisse, d. h. all dessen, was ein Körperschema aufbaut, unterhalb dieser Schwelle des Tagesbewußtseins, aber dennoch dumpf wahrnehmbar ist. Und genauso habe ich ja auch in der Wahrnehmung der Sprache des anderen Menschen, in der Wahrnehmung der Intentionen des anderen Menschen eine so unmittelbare Wahrnehmung, die ich aber bewußtseinsmäßig eigentlich dauernd verschlafe. Diese Wahrnehmung ist ja nicht so ziseliert wie eine Objekt-Wahrnehmung durch das Auge, sondern es handelt sich dann um einen schon sehr früh sich bildenden Vorgang, dessen Verlauf wir eigentlich viel zu wenig reflektieren.

Ich möchte noch einmal darauf hinweisen, daß es, um diese Aktivität des autistischen Kindes zu erwecken, d. h. sich den zwischenmenschlichen Sinneswahrnehmungen zuzuwenden, einer besonderen Haltung des Heilpädagogen bedarf: Wenn ein Kind die Intentionen des anderen Menschen nicht vesteht, und sie sprechen mit diesem Kinde, wenn Sie dann mit diesem Kinde sehr laut sprechen, dann werden sie u. U. erreichen, daß sich dieses Kind noch weiter zurückzieht. Nicht, weil es nur die Sprache nicht versteht, sondern weil ihm die in der Sprache waltenden Intentionen oder auch die in den Handlungen des anderen Menschen waltenden Intentionen fremd, u. U. verstümmelt und bedrohlich erscheinen. Jede Sprachstruktur ist situationsgebunden, jede Sprachstruktur, die ich verstehen will, kann ich nur verstehen, wenn ich gleichzeitig die in der Sprache enthaltenen Intentionen des anderen Menschen mit-wahrnehme. Ich «bilde» Sprachverständnis in dem Augenblick, wo ich mich der Sprache des anderen zuwende, d. h. höre. Diese Tatsache hat wiederum außerordentliche Konsequenzen für den Unterricht. Da werden Sie also nicht laut und eindeutig und gut strukturiert nur mit dem autistischen Kind sprechen, sondern da werden Sie sehen, daß Sie in einer sprachlichen Äußerung, die einfach ist, das Kind dazu führen, daß es innerlich aktiv wird, um in Ihre Sprachintentionen hineinzulauschen. Da müssen Sie u. U. flüstern. Es handelt sich da um eine therapeutische Haltung. Diese fängt schon mit der Schulung des Hörens an. Es handelt sich in diesem Felde eben darum, daß sich der Lehrer und der Therapeut eben selbst einer Schulung unterziehen müssen, daß sie die richtige Haltung und die richtigen Einsichten in Bezug auf diese oberen Sinnesfelder entwickeln. Viele Menschen, die sich jetzt schon jahrelang beschäftigt haben mit dem frühkindlichen Autismus, vor allem z. B. die englische Schule, Hermelin, O'Conner u. Frith, sind ja alle auf der Suche danach und fragen sich, wie denn das Sprachverständnis des autistischen Kindes verbessert werden kann.

Was ich Ihnen jetzt hier beschrieben habe, ist vielleicht nur ein kleiner Hinweis, daß wir eben umdenken müssen in Bezug auf diese Fragen. Daß wir dem Menschen, dem kleinen Kind eine unmittelbare Wahrnehmung der Sprache, des Gedankens und des Ich des anderen Menschen zubilligen müssen und daß wir dies durch unsere therapeutische Haltung beim autistischen Kinde gewissermaßen heranlocken müssen, d. h. die Sinnesaktivität des autistischen Kindes gerade auf dem andern Sinnesfelde, wo man die Bewegung vor sich hat. Da handelt es sich darum, daß man dem Kind durch bestimmte Übungen Erlebnisse seines eigenen Leibes verschafft. Ich darf Sie in diesem Zusammenhang darauf aufmerksam machen, daß jede Handlung, die wir tun, jede Handlung meine ich, nicht nur draußen in der Welt etwas bewirkt, sondern daß jede Handlung auch eine Geste ist – eine, wenn Sie so wollen – symbolische Darstellung, die wir durch unseren Leib hindurch gestalten. Jede Arbeit, jeder Schriftzug, den ein Kind in der Schule tut, ist auch eine Bewegungsgestalt, eine Geste. Und Gesten entstehen eben nur dadurch, daß ich mich meiner Leiblichkeit frei bedienen kann als Mensch. Daß ich mich, mein Ich, ausdrücken kann durch meinen Leib. Die schweren Störungen autistischer Kinder in diesem Bereich kennen Sie ja wohl alle, die Unfähigkeit, den Leib als Mittel für den seelisch-geistigen Ausdruck zu gebrauchen. Wir sehen die erschütternde Tatsache, daß – wenn das autistische Kind dann schreiben «lernt» – wir sehen, ja das schreibt zwar seinen Namen, vielleicht korrekt, es stimmt alles, aber wir haben nicht den Eindruck, daß das eine Geste ist, bei der das Kind «dabei ist». Wir machen in solchen Fällen mit den Kindern dann Übungen so, daß wir sie schreiben lassen, aber dann möglichst versuchen, die Starrheit der Schrift, die sich dann nur noch im äußeren Raume orientiert, aber vom Kind gar nicht als eigener Ausdruck erlebt wird, daß wir die Starrheit der Schrift dadurch auflösen, daß wir denselben Namen oder dasselbe Schriftbild, welches das Kind lernt zu schreiben, in verschiedenen Formen gestalten lassen. So lassen wir einmal von rechts nach links schreiben, einmal auch von oben nach unten in einer anderen Schrift schreiben, mit verschiedenen Farben und Materialien, so daß die Ausdrucksfähigkeit des Kindes, die Freude am Ausdruck langsam zu erscheinen beginnt. Dasjenige, was wir «Motivierung» für das Handeln nennen, entsteht eben nicht nur dadurch, daß wir etwas erreichen, d. h. daß wir eine Leistung vollbringen, etwa ein Wort schreiben, oder etwas sprechen können, sondern die Motivierung unseres Handelns hängt wesentlich davon ab, in wieweit wir das, was wir tun, innerlich, wenn auch nur dumpf, durch unsere Leibessinne miterleben können. Dann verstehen wir aber auch den *ganzen* Sinn der sogenannten Kinästhesie, wenn wir sie nicht nur als eine Art physiologischer oder kybernetischer Rückkoppelung verstehen. Es hat gar keinen Sinn, von Kinästhesie zu reden, wenn wir nicht wahrnehmen, daß in diesem Begriff eigentlich enthalten ist, daß der Mensch seine Bewegungen, wenn auch dumpf, seelisch wahrnimmt und daß diese Wahrnehmung ganz bedeutend ist für die Handlungsimpulse, d. h. die Spontaneität des Kindes. Denken Sie an das Kind, welches spielt. Da handelt es sich ja nicht um die Beherrschung der Welt, nicht um eine Leistung. Es handelt sich aber um Äußerungen, Gesten. Und was hält denn dieses Spiel in Gang, von allen Dingen in der frühen Kindheit? Das Spiel wird in Gang gehalten durch die eigene Erfahrung, durch die eigene Bewegungserfahrung, die das Kind in einer unendlichen Fülle hat und durch die es immer wieder erneut «motiviert» wird. Diese Erfahrung und die damit verbundene Motivation fehlt dem autistischen Kind. Und deshalb sind wir eben in der Situation, daß manche Therapeuten darauf kommen, zu denken, wir müßten von außen motivieren. Damit kommen wir aber nicht weiter. Wir müssen dafür sorgen, daß das Kind lernt, durch die Erfahrung der eigenen Bewegung, z. B. einer Sinnesleistung der unteren Sinne, der Gleichgewichts- und Bewegungserfahrung, *das Erlebnis der Freude* an der Bewegung zu gewinnen, womit die Fähigkeit des Spielens zusammenhängt: Das «Erlebnisfeld» des Bewegungssinnes und damit zusammenhängend die Freude als leib-seelische Qualität. Ich habe autistische Kinder beobachtet, wie sie zum ersten Mal frei durch die Gegend gesprungen sind, nachdem sie vorher gebannt zu einem Gegenstand hingeschossen sind, oder wie an einer Schnur gezogen über den Hof gegangen sind mit den merkwürdigsten Bewegungsstereotypien oder immer an der Wand entlang sich in einem Raum bewegen. Und dann haben wir ein solches Kind mit bestimmten Übungen, einfachen Bewegungen, Gleichgewichtsübungen, mit der Eurythmie, mit dem Ziel behandelt, daß das Kind solche Bewegungen ausführt, die es auch langsam innerlich wahrzunehmen lernt.

Als das Kind nach einem halben Jahr erste Schritte in dieser Richtung gemacht hatte, sahen wir es zum ersten Male freudig, eben wie ein kleines Kind, wie ein normales Kind, über den Weg springen, der zwischen zwei Häusern liegt. Lächelnd und zum ersten Male sich frei bewegend. Ich erzähle Ihnen diese Geschichte, weil das Phänomen der Freude und das Lächeln nicht mit irgendwelchen komplizierten psychologischen Mechanismen nur zusammenhängt, sondern, vor allem beim Kleinkind, ganz einfach mit der Entfaltung des Bewegungssinnes zusammenhängt und mit der damit verbundenen Fähigkeit, sich frei und «spielend» zu bewegen. Daran können Sie vielleicht an einem Beispiel sehen, welch großes Reservoir an Sinneserfahrungen, die bis in das Seelische hineinreichen, aus diesem Sinnesbereich der Leibessinne dem Menschen vermittelt wird.[2]

Das ist eben die Dimension, deren Pflege für die Schule in ganz besonderem Sinne in Frage kommt, ebenso wie die andere, über die wir schon gesprochen haben, welche sich auf die Bildung der Wahrnehmungsfähigkeit der oberen Sinne bezieht.

Abschließend soll auf ein generelles schulisches Problem des autistischen Kindes noch hingewiesen werden. Sie werden bemerken, daß im Laufe der schulischen Entwicklung das autistische Kind nicht nur seine Symptome verändert, sondern eben auch seine Entwicklung durchmacht wie jedes andere Kind. Die Symptome, die wir bei den autistischen Kindern vorfinden, haben wir gelernt zu verstehen als Störungen, die derart sind, daß sich die Persönlichkeit des Kindes durch die Störung der Wahrnehmungsmodalitäten, der Beziehung der Wahrnehmungsfelder untereinander und der aktiven Herstellung der Beziehungen nicht genügend offenbaren kann und diese Kinder deshalb eine ganze Reihe von Mechanismen erfinden, die ihnen das Leben auf einem gewissermaßen fixierten Niveau ermöglichen. Die Aufgabe kann also nur sein dieses fixierte Handlungs- und Wahrnehmungsniveau des autistischen Kindes als ein Symptom zu sehen und zu versuchen, dem Kind zu helfen, daß sich seine Persönlichkeit freier entfalten kann. Sie sollten als Lehrer Sorge tragen, daß Sie ein autistisches Kind nicht zu «kurzatmig» beurteilen. Autistische Kinder brauchen sehr viele Jahre, erfahrungsgemäß mindestens bis zum Erwachsenenalter mit 21 Jahren, in denen sie ununterbrochen lernen können. Lassen Sie sich also nicht entmutigen durch die schwierige Situation, die Sie vorfinden bei dem jungen autistischen Kind, wo die Lebensdiskrepanz zwischen der Erstarrung der Außenstrukturen und dem Bedürfnis, sich äußern zu können als Persönlichkeit, eben am größten ist. Das Leiden autistischer Kinder ist meist gerade im ersten Lebensjahrsiebt am tiefsten. Im 2. Jahrsiebt, der Schulzeit, gewinnen viele autistische Kinder gewisse gedankliche Fähigkeiten, um mit der Diskrepanz langsam fertig zu werden. Sie werden nicht gesund, aber lernen, ihre Behinderungen zu meistern. Da können Sie z. B. ein autistisches Kind von 9 oder 10 Jahren beobachten, das immer noch einen Zwang hat, aber – immer vorausgesetzt, daß es heilpädagogisch betreut wird – lernt, zwischenmenschliche Beziehungen aufzubauen und durch die Hilfe dieser Beziehungen einen Abstand von seinen Zwängen zu gewinnen. Es wird sich vielleicht eine gewisse humorvolle Einstellung gegenüber diesem Zwang entwickeln. Das Kind muß noch immer, bevor es sich an den Tisch setzt, einmal um den Tisch herumlaufen, aber sie haben den Eindruck, daß dies schon nicht mehr unter den alles vernichtenden Zwängen geschieht, sondern das Kind könnte es beinahe schon sein lassen. Es zeigt sich eine leise Tendenz zur inneren Befreiung von Zwang. Solche Beobachtungen sind wichtig, weil sie Ansätze zeigen, wie man schulisch und therapeutisch weiterkommt. Man kann dann schon mit etwas rechnen, was aus der Umwelt, aus der Vertiefung der zwischenmenschlichen Beziehung heraus schon erfolgreich gelockert und damit auch befreit werden konnte. Gerade im 2. Lebensjahrsiebt sind die Verwandlungen der Symptome und deren Beobachtung von großer Bedeutung und wir können mit Sicherheit sagen, daß auch im 3. Lebensjahrsiebt, wenn das autistische Kind heilpädagogisch betreut wird, noch ganz wichtige Entwicklungsschritte auftreten können, vor allen Dingen im Bereich der Beziehungen von Mensch zu Mensch. Es ist deshalb im Umgang mit diesen Kindern neben dem unmittelbaren und dauernden therapeutischen Einsatz eben auch viel Geduld nötig. Man soll sich nicht darauf einstellen, daß etwas schnell zu erreichen ist. Denken Sie immer daran, daß ein Mensch sich mindestens bis zu seinem 21. Lebensjahr als Kind und Jugendlicher entwickelt und wir hoffen heute ja eigentlich, daß diese Entwicklung das ganze Leben hindurch fortdauert. Wir müssen also vor allen Dingen den Zeitfaktor in der Entwicklung einer Persönlichkeit im Auge haben und in Zusammenhang damit die Reifung der drei Sinnesfelder, die wir eingangs betrachtet haben, und die für Sie als Lehrer besonders wichtig sind.

Abschließend soll über die besondere Art der Intelligenz autistischer Kinder gesprochen werden.

Viele Untersuchungen haben gezeigt, daß diese Kinder eine besondere Art der «Intelligenz» besitzen und zwar in bestimmten Feldern, wobei man gewöhnlich vor allem vom Visuell-Räumlichen spricht. Wir haben vorhin schon gesagt, daß das autistische Kind eine außerordentliche, aber krankhafte Bindung an die physische, räumliche Welt und deren Gesetzmäßigkeiten zeigt. Nun gibt es in der Entwicklung der Menschheit und jedes Menschen eine besondere Art von Intelligenz, die in besonderem Zusammenhang steht mit dem Raume, mit der Erfahrung der Räumlichkeit durch die unteren Sinne, durch den Bewegungssinn, den Tastsinn aber auch den Gleichgewichtssinn; es handelt sich dabei um diejenige Art des begrifflichen Denkens, wie wir es voll ausgebildet vorwiegend in der rechnenden und zählenden Naturwissenschaft finden. All die Erfahrungen des Raumes, die wir im 1. Lebensjahrsiebt mit den unteren Sinnen machen, wir verarbeiten sie aus einer zunächst unbewußten dumpfen Wahrnehmung im Laufe der Zeit, d. h. im 2. Lebensjahrsiebt in dasjenige, was dann unsere formalen, begrifflichen, mathematischen und geometrischen Vorstellungen sind. Diese Vorstellungen gewinnen wir eben nicht aus der Art des Denkens, Empfindens und Vorstellens, wie sie das kleine Kind aus den Umwelterlebnissen bildet, sondern unsere mathematischen, geometrischen aber auch physikalischen Vorstellungen – auch alles, was zur formalen Logik gehört –, alles das holen wir gewissermaßen aus der Räumlichkeit der Welt und unserer Beziehung zu dieser Räumlichkeit heraus dadurch, daß wir im 1. Lebensjahrsiebt mit unseren Bewegungen und unseren Gleichgewichtsempfindungen mit dieser räumlichen Welt uns verbunden haben.[3] Beginnt man das langsam einzusehen, so wird es uns nicht verwundern, daß das autistische Kind relativ früh in der Lage ist, formale Begrifflichkeiten zu entwickeln, also eine zum Abstrakten führende, aber unpersönliche Gedankentätigkeit, die eben aus der Erfahrung des Raumes und dessen Gesetzmäßigkeiten entstanden ist. Gerade im 2. Lebensjahrsiebt können Sie diesen Prozeß dann in der Schule bei diesen Kindern Schritt für Schritt verfolgen. Auf der anderen Seite sehen Sie aber auch den schweren Mangel derjenigen Art des Vorstellens, welches ein Bildhaftes ist, längst nicht so stabil und formalisiert wie das erstere und welches eben zustande kommt durch die Wahrnehmungen einer zwischenmenschlichen, mitmenschlichen Kulturwelt und die Fähigkeit der Nachahmung. Mit diesen bildhaften Vorstellungen ist beim normalen Kinde nicht nur eine strukturierte Voraussicht des Handelns verbunden, sondern auch die Fähigkeit bildhafter Erinnerung, d.h. eines biographischen Langzeit-Gedächtnisses, welches beim autistischen Kind immer tiefgreifend und folgenreich gestört ist gegenüber dem meist vorhandenen raumorientierten Merk-Gedächtnis. Jean Piaget ist ja in seinen Untersuchungen auf die Verschiedenheiten dieser beiden Formen der Intelligenz eingegangen, wenn man auch kritisch bemerken muß, daß er das besondere Schwergewicht auf die Entwicklung logisch-mathematischer Strukturen gelegt hat und wohl das wichtige Feld des sogenannten symbolisch-bildhaften Denkens in seiner Bedeutung für die menschliche Biographie vernachlässigt hat.

Wir sehen also beim autistischen Kind das viel zu frühe Hereinstrahlen und Wahrnehmen der äußeren Raumeswelt, ohne zur Selbsterfahrung des eigenen «begriffenen Leibes» zu kommen, übergehend manchmal schon im ersten Lebensjahrsiebt zu begrifflichen, unpersönlichen Formulierungen. Wir sehen wie diese Kinder in steigendem Maße, wenn sie unterrichtet werden, die Tendenz haben, alles was sie erfahren und erleben, zu formalisieren, d.h. zu verräumlichen, und dies bis in die Sprachstrukturen hinein festzulegen. Dadurch fehlt ihnen die zeitbezogene Beweglichkeit des freien schöpferischen, bildhaften Denkens und die damit verbundenen Fähigkeit, sich auf die Gedankenführungen eines anderen Menschen einzustellen. Wir haben deshalb auch oft den Eindruck, daß autistische Kinder recht gescheit sind, jedoch gilt dies nur im Bereich der formalen Strukturen, wie sie die physikalische Wissenschaft vor allem ausbildet. Es handelt sich also um eine Art technisch-formaler Intelligenz, die aber genetisch in der Entwicklung des Kindes normalerweise erst *nach dem bildhaften Denken entwickelt wird* und sich dann im 2. und 3. Lebensjahrsiebt mit diesem zusammenharmonisiert.

Dieser Prozess ist eben beim autistischen Kinde gestört, und deshalb müssen wir auch diese Kinder früh in der richtigen Weise bilden. Denn das spezifische Alter, in dem sich die zwischenmenschlichen Beziehungen bilden, ist eben das Nachahmungsalter der ersten sieben Jahre, während das Alter, in dem die technische Intelligenz langsam hervorkommt, beim normalen Kinde das späte Schulalter ist, wo es dann die Gesetze der Physik, der Mechanik etc. zu handhaben lernt.

Beim autistischen Kind haben wir also gerade eine Umkehrung, weil diese Kinder schon früh an eine räumliche, äußere Welt symbiotisch gebunden sind, die sich nur formal-logisch ordnen läßt bei dem gleichzeitigen schweren Mangel an zwischenmenschlich bedingter Sprach- und Gedankenbildung. Diese Diskrepanz erleben wir eben dann in der Schule als ein zentrales Problem. Sie können natürlich oberflächlich sagen: Wenn das autistische Kind die zwischenmenschlichbedingte Intelligenz sowieso nicht hat, dann lassen wir es eben kräftig formale Intelligenz üben. Das ist ein Gesichtspunkt, den ich aber nicht teilen kann. Die formalen Gedankenstrukturen autistischer Kinder, die gewöhnlich im oder nach dem 7. Lebensjahr in Erscheinung treten, sind eben zwanghaft und schematisch starr konstruiert und dienen einer Scheinsicherheit unpersönlicher Art. Im Gegensatz zu dem formal-logischen, *freien Gedankenbild* des älteren, normal entwickelten Schulkindes sind diese «Gedanken» des autistischen Kindes nicht frei, sondern ein Mittel, mit der räumlichen Wahrnehmungswelt fertig zu werden, ohne einen die freie Gedankentätigkeit auszeichnenden Erkenntniszuwachs.[3] So ist diese Haltung auch mit vitalen Ängsten verbunden. Denn der Mensch ist nur dann eine Persönlichkeit, wenn er zwischen diesen beiden Formen von bildhafter, allerdings relativ unsicherer, situationsgebundener Intelligenz und der formalen Intelligenz ein freies Gleichgewicht finden kann. Nur dann kann er eine seiner selbst bewußte Persönlichkeit werden. Dieses Gleichgewicht müssen wir versuchen zu erreichen. Ein ebenso unbilliges Vorgehen wäre es zu sagen: Nun ja, wir lassen das Kind einmal zur Schule kommen, in den ersten sieben Jahren kann man sowieso nichts tun. Auch das ist ein unberechtigter Standpunkt. Gerde in den ersten sieben Lebensjahren müssen wir das Kind in die

Aktivität der zwischenmenschlichen Sinnesfelder hineinführen und es in den Bereich der unteren Sinnestätigkeiten übend hineinwachsen lassen.

Bei einer ganzen Reihe autistischer Kinder, wenn man versucht hat,dieses o.g. Gleichgewichtsverhältnis heranzubilden, ergibt sich dann nach dem 14. Lebensjahr noch einmal eine besondere Möglichkeit im Bereich des Handwerklichen und der Arbeit im allgemeinen, zwischenmenschliche Beziehungen zu pflegen und auszubauen, vor allen Dingen dann, wenn das autistische Kind im Bereich des formalen Denkens einige Freiheit erreicht hat, was ja manche autistische Kinder dann auch nach dem 10./11. Lebensjahr tun. Jedoch bleibt immer noch die Welterfahrung nach geometrischen, mathematischen und physikalischen Strukturen geordnet, vordergründig.

Schließlich möchte ich am Ende aus unseren Erfahrungen noch einmal darauf hinweisen, wie das heilpädagogische Arbeitsfeld, vor allen Dingen, wenn man mit kleineren Klassen arbeiten kann, von besonderer Bedeutung ist für die Förderung autistischer Kinder, wenn man Sorge trägt, daß auch die notwendigen Einzeltherapien regelmäßig durchgeführt werden; in einem Klassenzusammenhang kann dann dieser Rhythmus Einzeltherapie – Gruppenunterricht für jedes Kind individuell eingerichtet werden.

Literatur:

I. Teil

1 *K. König:* Sinnesentwicklung und Leiberfahrung, Stuttgart 1971
2 *siehe H. Klimm:* «Über die heilpädagogische Behandlung von Kindern mit autistischen Erscheinungen». Pro Infirmis, Juni 1965 und «Lebenshilfe» Heft 1/1966. S. a. den Beitrag des Autors in diesem Band.

II. Teil

1 Zusammenfassende Darstellung der Geisteswissenschaftlichen Sinneslehre bei H. E. Lauer: Die zwölf Sinne des Menschen, Schaffhausen 1977
2 Im Einzelnen ausführlich dargestellt bei K. König «Sinnesentwicklung und Leiberfahrung», Stuttgart 1969
3 Ausführlich dargestellt in: «Die verstellte Welt» in diesem Band.

WALTER HOLTZAPFEL

Stufen der Manifestation

Im ersten Vortrag seines Heilpädagogischen Kurses[1] schildert Rudolf Steiner den Fall eines jungen Mannes, dessen Vater Professor der Philosophie war. Dieser Philosoph hatte ein System des menschlichen Seelenlebens entwickelt, in dem der Wille nicht vorkam. Er teilte die Seelenfähigkeiten ein in Vorstellen und Urteilen einerseits und in die Kräfte der Sympathie und Antipathie andererseits, d.h. er zählte die Sphären des Denkens und des Fühlens auf, berücksichtigte aber nicht den Willen als einen Bestandteil des Seelenlebens. Der Wille, dessen Ablauf sich weitgehend dem Bewußtsein entzieht, fiel heraus aus seiner Aufzählung der Seelenkräfte.

Dieser Universitätsprofessor – dessen Namen nicht genannt wird, der aber nach der Schilderung als Franz Brentano zu erkennen ist – war ein so konsequenter Denker, daß sich seine philosophische Überzeugung bis in seine innere und äußere Haltung fortsetzte. Rudolf Steiner, der als Student bei ihm Kolleg gehört hatte, sagte: «Ich konnte aus seinen Philosophenhänden die Art seines Philosophierens noch mehr verstehen als aus seinen Worten.»[2] Er hielt das Manuskript so lose, daß es der Hand immer zu entgleiten drohte.

Bei dem Sohn trat nun das, was beim Vater als philosophische Überzeugung die innere Haltung jahrelang geprägt hatte, um eine Stufe tiefer auf und zeigte sich in einer abnormen Erscheinung. Der Wille, dessen Existenz der Vater gedanklich nicht anerkannt hatte, setzte bei ihm tatsächlich aus. Das konnte sich, wie Rudolf Steiner schildert, z. B. so äußern, daß er eine Straßenbahnfahrt machen wollte, zur Haltestelle ging und, wenn der Wagen kam, aus ihm selbst unerklärlichen Gründen nicht einsteigen konnte.

Was beim Vater einen Inhalt des Seelenlebens bildete, verdichtete sich beim Sohn zur pathologischen Erscheinung. Das ist ein Zusammenhang, den man bei den Kindern, mit denen man es in der Heilpädagogik zu tun hat, nicht selten beobachten kann. Die spezifische Abnormität eines solchen Kindes wird häufig schon in der Umgebung als seelischer Vorzustand wahrnehmbar. Es handelt sich um die Metamorphose eines seelischen Zustandes in eine organische Erscheinung.

Vortrag bei der Psychiatrischen Hochschulwoche am Goetheanum am 20.10.1979, erstmals veröffentlicht in: «Beiträge zu einer Erweiterung der Heilkunst» Jahrgang 33, Heft 3. Mai-Juni 1980, unter dem Titel: Vorzustände, ihre diagnostische und therapeutische Bedeutung.

Ein zunächst nur als seelische Eigentümlichkeit erlebbarer Vorzustand nähert sich gewissermaßen und «verdichtet» sich dabei zu einem pathologischen Vorgang.

Derartige Wirkungen sind nicht identisch mit denjenigen, die man üblicherweise als die Einflüsse von Vererbung und Milieu kennt. Die Vererbung pathologischer Erscheinungen, wie sie heute aufgefaßt wird, kennt nicht den Begriff des «Verdichtens» eines feineren Zustandes in eine gröbere Form; sie bleibt sozusagen auf der gleichen Ebene: es wiederholt sich dieselbe oder eine verwandte Krankheitsform. Und auch das, was heutzutage als seelischer Einfluß des Milieus beschrieben wird, macht nicht die hier gemeinte Metamorphose durch. Eine Frustration erzeugt nicht etwa so etwas wie eine «verdichtete Frustration», sondern einen Zustand ganz anderer Art, z. B. eine aggressive Haltung.

Es handelt sich um feinere Zusammenhänge, welche sich leicht der Aufmerksamkeit entziehen. Ist man aber einmal darauf aufmerksam geworden, so findet man darin ein einzigartiges Mittel, um manche pathologischen Erscheinungen besser zu verstehen. Die seelischen Vorzustände liegen unserem eigenen inneren Erleben näher als die zunächst oft rätselhaften Zustände, die bei behinderten Kindern auftreten. Man erlebt den Zustand eines solchen Kindes auf diese Weise von innen her; und das ist außerordentlich wichtig, denn «man kann kaum einem Menschen seelisch etwas sein, in dessen Innenlage man sich nicht versetzen kann»[3].

Die mißverständliche Deutung eines solchen Vorzustandes hat am Anfang der Autismusforschung zu Auseinandersetzungen geführt. Es war Kanner, dem ersten genauen Beschreiber des eigentlichen «frühkindlichen Autismus», aufgefallen, daß diese Kinder praktisch immer ausgesprochen intellektuelle Eltern hatten. Häufig waren beide Eltern Akademiker. Von den 11 Kindern, die Kanner 1943 in seiner ersten Arbeit beschrieb, waren 4 der Väter Psychiater. Weiter: ein brillanter Rechtsanwalt; ein Chemiker, der außerdem Jurisprudenz studiert hatte und im Patentamt beschäftigt war; ein Forscher, der sich mit Pflanzenkrankheiten beschäftigte; ein Werbefachmann, der ebenfalls Jura studiert hatte; ein Professor der Forstwirtschaft; ein Bergwerksingenieur; ein erfolgreicher Geschäftsmann. Von den 11 Müttern hatten 9 studiert, die beiden übrigen hatten wenigstens höhere Schulbildung. Viele waren berufstätig. Auch unter den Großeltern und anderen Verwandten lagen ähnliche Verhältnisse vor. Nur drei der beteiligten Familien waren nicht vertreten in dem Nachschlagebuch der Prominenten «Who's Who in America». Ähnliche Verhältnisse fanden sich auch bei späteren Zusammenstellungen mit größeren Zahlen.

Die Eltern wurden beschrieben als kühl, formal, introvertiert, humorlos, außergewöhnlich klug und objektiv.

Kanner gab an, er habe nie unintelligente Eltern solcher Kinder getroffen. Er brachte deren Seelenhaltung, diese «gefühllose Objektivität» in direkten Zusammenhang mit der Entstehung des Autismus. Die Kinder seien «im Eisschrank aufgewachsen», und diese seelenlose Atmosphäre sei die Ursache ihrer pathologischen Entwicklung.

Die Eltern sahen sich gewissermaßen die «Schuld» an der Entstehung des Autismus zugeschoben und setzten sich verständlicherweise zur Wehr. Der Zusammenhang zwischen der spezifischen Haltung solcher Eltern und der Abnormität der Kinder ist im Sinne eines direkten Kausalnexus auch fraglos viel zu einfach aufgefaßt. Vielmehr ist es so, daß die Eltern gewisse Eigentümlichkeiten besaßen, die an sich in keiner Weise als pathologisch gelten, die sie sogar zu Spitzenleistungen befähigten, welche aber im Sinne der Metamorphose ähnlich waren bestimmten Eigenschaften der Kinder, die deren schwer pathologischen Zustand ausmachten. Die Eltern stellten eine Elite dar, deren gesteigerte Fähigkeiten paradoxerweise auf einem Weg zu sehen sind, der bei weiterer Steigerung in die Pathologie umschlägt.

Was damals bei der Entdeckung des Autismus so deutlich war, trifft heute nicht mehr in gleicher Weise zu. Man kann auch sonst manchmal beobachten, wie eine neu entdeckte Erscheinung zunächst beinahe urphänomenal auftritt, während sich im weiteren Verlauf ihre charakteristischen Züge wieder verwischen. Heute kann man nicht mehr von einem so deutlichen Vorherrschen intellektueller Berufe bei den Eltern sprechen. Alle Berufe sind vertreten. Allerdings muß man sagen, daß die intellektuelle Seelenverfassung sämtliche Berufsschichten durchdrungen hat.

Was bei den Eltern noch kühles Verhalten, Abstand, Objektivität, Distanz zu anderen Menschen war, verdichtete sich bei den Kindern zur Kontaktlosigkeit, zum eigentlichen «Autismus», zur Unfähigkeit, den anderen Menschen als Mensch überhaupt wahrzunehmen.

Es gibt weitere Eigenschaften der Eltern, die sich bei den autistischen Kindern gewissermaßen verdichtet wiederfinden. Diese Kinder werden von bestimmten Gegenständen – besonders solchen mechanischer Natur – fasziniert. Lichtschalter, Füllfederhalter, Spielautos, Schachteln etc. können sie unwiderstehlich anziehen. In dem Augenblick, in dem das Kind einen solchen Gegenstand wahrnimmt, interessiert es sich für nichts anderes mehr.

Die entsprechende Eigenschaft bei den Eltern besteht darin, daß sie von bestimmten Interessen so in Anspruch genommen sind, daß sie durch keine Umstände davon abzubringen sind. Kanner spricht direkt von «Besessenheit». Es wird z. B. ein Vater beschrieben, der nach einem Eisenbahnunglück fortfuhr, an seinem Buch zu schreiben, während er in seinem deformierten Wagen eingesperrt saß, der um 60° schiefgestellt war.

Und noch eine dritte Tendenz, die bei den Eltern auftritt, findet sich gewissermaßen in karikierter Form bei den Kindern wieder. Die Eltern zeichnen sich durch wissenschaftliche Gesinnung aus, die sich streng an die objektiven Tatsachen hält und alles Subjektive, aus dem menschlichen Innenleben Stammende, ausschließt. Gefallen – Mißfallen, schön – häßlich, solche seelischen Qualitäten dürfen nicht hereinspielen. Es wird möglichst alles auf zahlenmäßig Erfaßbares, auf Quantitatives zurückgeführt.

Und bei den Kindern sehen wir die sonderbare Tendenz zu rein quantitativen Zusammenstellungen, zu Reihenbildungen: beliebige Gegenstände, sagen wir Schuhe, Waschlappen, Kekse etc., werden ohne Rücksicht auf ihre eigentliche Bedeutung in eine rein quantitative Ordnung gebracht und in langen Reihen angeordnet.

Was bei den autistischen Kindern so deutlich war, daß es vielen Untersuchungen aufgefallen ist, daß nämlich irgendeine Beziehung bestehen muß zwischen der inneren Haltung der Eltern und der beim Kinde auftretenden Abnormität, das ist etwas, was einem immer wieder zur Erfahrung wird, wenn man es mit behinderten Kindern zu tun hat. Bei den Eltern wird man in leichten Abschattierungen an das erinnert, was man bei den Kindern gut kennt. Das gilt für die verschiedensten kindlichen Entwicklungsstörungen. Darüber gibt es noch keine systematischen Untersuchungen. Diese Zusammenhänge sind auch schwer in konturierte Begriffe zu bringen, weil es sich da um Subtilitäten handelt.

König[5] hat ein Elternpaar eines mongoloiden Kindes beschrieben: «Es sind immer wieder die gleichen Bilder, die einem in der Sprechstunde dabei begegnen», sagt er. Freundliche, liebeswürdige, herzliche Menschen, die sich weniger durch scharfes Denken als durch gemüthafte Züge auszeichnen. König legt den Hauptwert auf die Mutter, aber auch beim Vater finden sich die typischen Eigenschaften. – Solche seelischen Vorzustände sind, wie gesagt, schwer zu fassen und auch noch kaum erfaßt worden. Leichter ist es, körperliche Vorzustände festzustellen. Man weiß, daß sich Mikrosymptome wie Epicanthus, schräge Lidachse, Vierfingerfurche, Klinodaktylie etc. bei Eltern mongoloider Kinder – und zwar sowohl beim Vater wie bei der Mutter – häufiger finden als in der Durchschnittsbevölkerung.[6]

Einen Fall möchte ich noch berichten, der zwar nicht direkt beweiskräftig ist, sich aber durch große Anschaulichkeit auszeichnet. In einer heilpädagogischen Tagesschule wurde mir ein 12jähriger Junge gezeigt, der die Neigung hatte, sich ständig in Spiralen um sich selbst zu drehen. Außerdem versetzte er auch alles, was ihm in die Hände kam – Teller, Papierfetzen, kleine Fäden etc. – in spiralige Bewegungen. Der Vater dieses Jungen war ein geschätzter Architekt mit ungewöhnlichen Ideen. Er hatte sich selbst ein Haus gebaut, das aus einer tragenden Zentralsäule bestand, um die sich die Wohnung in Spiralform herumwand. Natürlich beweist das nichts. Es gibt Kinder mit spiraliger Drehneigung auch ohne solchen Zusammenhang.

Außerdem könnte es ja der direkte Einfluß des Hauses selbst sein, der auf das Kind gewirkt hat. Aber doch war auch hier etwas vorher im Bewußtsein des Vaters anwesend, das nachher beim Sohn als Abnormität sichtbar wurde.

Es handelt sich um absteigende Wirkungen, die von einer höheren und zarteren Ebene ausgehen, um sich dann auf einer tieferen und gröberen Ebene zu manifestieren. Dieser Weg des Sich-Näherns, der sich als negativ wirkende Steigerung in der Pathologie zeigt, kann nun auch in positivem Sinne für die Heilung benutzt werden. Dabei kehrt sich die Richtung des Weges zunächst um: Nicht mehr folgt auf den seelischen Vorzustand die pathologische Manifestation, sondern die krankhafte Erscheinung wird ihrerseits zum Anlaß, sie als Bewußtseinsinhalt nachzuerleben. Dann allerdings wirkt dieser absichtlich hergestellte seelische Vorzustand heilend auf die krankhafte Entwicklung zurück. Man kann den heilenden Einfluß einer solchen Seelenverfassung auch Psychotherapie nennen; aber es handelt sich um eine indirekte Psychotherapie, deren Bemühungen sich zunächst auf den Therapeuten selbst richten, um dann erst durch die so erzeugte innere Haltung auf den Patienten weiterzuwirken.

Die Kenntnis dieses heilend wirkenden Zusammenhanges verdanken wir Rudolf Steiner, der ihn im Heilpädagogischen Kurs bei der Darstellung des sogenannten «Pädagogischen Gesetzes» schildert. Dieses Gesetz gilt aber nicht nur für die Pädagogik, sondern auch für die Heilpädagogik, für das Eltern-Kind-Verhältnis, für das Verhältnis des Arztes oder der Krankenschwester zum Patienten, überhaupt in umfassender Weise für die zwischenmenschlichen Beziehungen[7].

Was diesem Gesetz zugrunde liegt, kann man die hierarchische Ordnung der menschlichen Wesensglieder nennen: Immer ein höheres Wesensglied wirkt auf das nächstniedere. Faßt man z. B. einen Entschluß, so ist das ein Vorgang, der sich im vollbewußten Bereich des menschlichen Ich abspielt. Wenn dieser Entschluß sich in einer äußeren Handlung manifestiert, dann wird er zu einer Aktion des physischen Leibes. Das Ich kann aber nicht direkt in den physischen Leib eingreifen, sondern es ergreift stufenweise zunächst den Astralleib, dieser den Ätherleib, und erst von dort geht die Wirkung auf den physischen Leib über. Für diese Bestimmtheit und Regulierung der niederen, gröberen Qualität durch die höhere, fernere hatte schon die alte chinesische Weisheit des Laotse das Bild gefunden von dem Wasser, welches den Stein formt: Das Weiche, Zarte siegt, das Harte unterliegt.

Das stufenweise Herabwirken der Wesensglieder macht nicht halt innerhalb der einzelnen menschlichen Organisation, sondern kann über diese hinauswirken. Das Ich des Erziehers beeinflußt nicht nur seinen eigenen Astralleib, sondern auch den Astralleib des Kindes, der Astralleib des Erziehers den Ätherleib des Kindes etc. Dieses große Geheimnis der geisteswissenschaftlichen Erkenntnis ist uns als Erfahrung durchaus geläufig. Wir alle kennen den geborenen Erzieher, von dem in geheimnisvoller Weise ein wohltätiger Einfluß auf den Zögling übergeht. Wir kennen den Arzt, von dem man sagt, daß seine Heilungen mehr auf seine Persönlichkeit zurückzuführen seien als auf seine Medikamente. Aber es handelt sich eben in Wirklichkeit nicht nur um die Persönlichkeit, sondern um stufenweise Wirkungen der verschiedenen Wesensglieder! Es gibt die Krankenschwester, bei der es dem Patienten schon leichter wird, wenn sie nur ins Zimmer kommt; sie braucht gar kein Trostwort zu sprechen.

Derjenige, der kein geborener Erzieher, kein geborener Arzt, keine geborene Krankenschwester ist, braucht deshalb nicht zu verzagen, denn das ist das Befreiende an Rudolf Steiners Darstellung, daß die innere Verfassung, welche solche bevorzugten Menschen in das Leben mitbringen, auch durch energische Selbsterziehung erzeugt werden kann.

Nehmen wir ein Beispiel: Wie kann der Erzieher seinen Astralleib in eine solche Verfassung bringen, daß dieser stärkend auf den geschwächten Ätherleib des Kindes wirkt? Die Antwort, die Rudolf Steiner auf diese Frage gibt, ist einfach aber doch so überraschend, daß wir sie selber sicher nicht gefunden hätten. Wenn der Erzieher «ein größeres und immer größeres Interesse entwickelt für das Mysterium der menschlichen Organisation»[1], dann wird die hier notwendige seelische Verfassung erreicht. Dabei verwandelt sich das allgemeine menschenkundliche Interesse in ein vertieftes Verständnis der individuellen menschenkundlichen Situation. Dieses Verständnis geht so weit, daß der Erzieher sich ganz hineinversetzt in die Situation des Betreuten, dessen Schwäche, Behinderung, Schmerzen er in tiefem Mit-Leid miterlebt.

Was für ein Mitleid? Ein «objektives Mitleid», ohne Emotion und Sentimentalität, ohne Sympathie und Antipathie, das ganz auf durchdringendem Verständnis beruht. Bei Richard Wagner gibt es das Motiv «durch Mitleid wissend»; das kehrt sich hier um in «durch Wissen mitleidend»; objektives Mitleid, Miterleben durch reales menschenkundliches Wissen. Das sentimentale subjektive Mitleid bleibt im Gefühl stecken, ist hilflos, nützt nichts, enthält sogar eine Art Demütigung und wird deshalb von den Behinderten abgelehnt. «Wir wollen euer Mitleid nicht!» heißt es da. – Das objektive, auf menschenkundlichem Verständnis beruhende Mitleid erzeugt in dem Erzieher eine seelische Verfassung, von der die gleiche wohltuende Wirkung auf den Betreuten übergeht, wie sie manche Menschen schon als natürliche Veranlagung besitzen.

Sicher ist es nicht leicht, das menschenkundliche Verständnis so weit zu treiben und so intensiv zu erleben, daß sich daraus eine direkte Einwirkung auf den anderen Menschen ergibt. Aber dieser Weg ist vorgezeichnet und kann beschritten werden. Es gibt Anzeichen dafür, daß schon die ehrliche seelische Bemühung auf dem Wege ist zu solchen Wirkungen, auch wenn ein wirklich durchdringendes Verständnis noch nicht erreicht wird. Bemüht man sich auf pädagogischen oder heilpädagogischen Konferenzen um die Problematik eines bestimmten Kindes, so kann man manchmal folgende Erfahrung machen: Es gelingt nicht, das Verhalten des Kindes in überzeugender Weise zu durchschauen und die notwendigen Maßnahmen zu finden. Man geht vielleicht enttäuscht und resigniert nach Hause, in der Meinung, daß man nichts ausgerichtet habe. Schon am nächsten Morgen aber springt einem dieses Kind wie verwandelt entgegen. Es ist etwas mit ihm vorgegangen, durch das es sich dem erzieherischen Einfluß in neuer Weise öffnet.

Auch in der ärztlichen Tätigkeit ist das bloß subjektive Mitleid wertlos. Der Arzt muß in der Lage sein, die Krankheitserscheinungen unbeirrt durch Emotionen zu beurteilen. Aber auch für ihn gilt es, daß ein «objektives Mitleid», bewirkt durch ein wirklich umfassendes Verständnis und Nacherleben der der Krankheit zugrunde liegenden Verhältnisse, die von ihm ausgehenden Heilwirkungen verstärkt. Die Art des Schmerzes, den der Patient erleidet, ist für den Arzt zunächst ein diagnostisches Hilfsmittel, das er von außen wahrnimmt. Wenn er aber diesen Schmerz aus echtem Verständnis objektiv miterlebt, dann kann «aus den Gefühlen für die leidende Menschheit die wirkliche Kraft der Heilkunst hervorgehen»[8]. Es wird «dem Heilprozeß eine Seele mitgegeben»[8].

Richtet man in dieser Weise seine Aufmerksamkeit und sein Bemühen auf dasjenige, was hier «Vorzustände» genannt wird und verwendet diese in ihrer diagnostischen und therapeutischen Bedeutung, so stellt man sich in Weltgesetzmäßigkeiten hinein. Auch die Welt- und Menschheitsentwicklung geht so vor sich, daß sie aus geistigen und seelischen Vorstufen zu immer dichteren Stufen herabsteigt. Im allgemeinen betrachtet man solche Entwicklungszusammenhänge in der Art, daß man auf der gleichen Stufe bleibt und sich gewissermaßen horizontal in der gleichen Ebene fortbewegt. Beachtet man aber die wahre Richtung dieser Zusammenhänge, so hat man einen Schlüssel in der Hand, der nicht nur ein wirkliches Verständnis aufschließt, sondern auch Möglichkeiten der Wirkung eröffnet, deren Umfang wir heute erst erahnen. Es können damit Eigenschaften zunächst von einzelnen erworben werden, die in Zukunft allgemeine Bedeutung erlangen. In der Möglichkeit, sich aus exaktem menschenkundlichen Verständnis in Schmerzen und Leiden eines anderen Menschen hineinzuversetzen und dadurch den heilenden Einfluß zu verstärken, liegt die Vorausnahme einer Fähigkeit des kommenden Kulturzeitraums.

Rudolf Steiner hat ausgeführt[9], daß der Mensch, der das Ziel der 6. nachatlantischen Kulturperiode erreicht, «jedes fremde Leid als sein eigenes Leid empfinden» wird. «In Zukunft wird kein Mensch Ruhe haben im Genuß von Glück, wenn andere neben ihm unglücklich sind»[10]. Das ist ein hohes Ideal, demgegenüber man sich fragen kann, ob man denn immer die Möglichkeit haben wird, dem anderen auch wirklich zu helfen, dessen Leid man so intensiv mitempfindet? Das ist nun das Impulsierende der hier betrachteten Zusammenhänge, daß es gerade das intensive Miterleben selber ist, welches im Menschen die Kräfte mobilisiert, die dem anderen helfend zufließen. Wir werden damit auch auf zukünftige Formen der Heilung verwiesen.

Literatur:

1 Rudolf Steiner, Heilpädagogischer Kursus. GA 317
2 Rudolf Steiner, Mein Lebensgang. GA 28
3 Rudolf Steiner, Brief vom 12.7.1915, veröffentlicht in «Die Drei», Heft 3, 1954
4 Bernard Rimland, Infantile Autism. London 1965
5 Karl König, Der Mongolismus. Stuttgart 1959
6 Andreas Rett, Mongolismus. Bern 1977
7 Walter Holtzapfel, Seelenpflege-bedürftige Kinder. Band II, Dornach 1978
8 Rudolf Steiner/Ita Wegman, Rundbrief der Medizinischen Sektion. In: «Meditative Anleitungen». GA 316
9 Rudolf Steiner, Vortrag vom 15.6.1915, GA 160
10 Rudolf Steiner, Vortrag vom 9.10.1918, GA 184

HANS MÜLLER-WIEDEMANN

Früherkennung und Gesichtspunkte der frühen Elternberatung

I

Die Früherkennung autistischer Kinder und die anschließenden therapeutischen Haltungen und heilpädagogischen Bemühungen hängen entscheidend davon ab, unter welchen Ausgangsvoraussetzungen die anamnestischen Erhebungen und die Beobachtungen gemacht werden. Historisch gesehen haben Kanner und Eisenberg den frühkindlichen Autismus als eine im emotionalen Bereich sich abspielende Entwicklungsstörung angeschaut, wobei kommunikative Gesichtspunkte im Vordergrund waren. In der Zwischenzeit sind weitere Beobachtungen, Untersuchungen und Theorien zum Bilde des frühkindlichen Autismus hinzugetreten, die sich medizinisch-psychologisch orientiert haben und die im Sinne der klassischen Diagnostik so vorgehen, daß ein Kind relativ unabhängig von seinen Interaktionen untersucht und getestet wird. Aus einem derartigen Vorgehen hat man geschlossen, daß es sich bei diesen Kindern um kognitive Störungen handelt, d. h. Behinderungen der Wahrnehmungsverarbeitung, die dann letztlich auf mangelnde Gehirnfunktionen zurückgeführt wurden. Schließlich richtet sich die Verhaltenstherapie auf die Modifikation von Symptomen, ohne die Biographie des Kindes und seiner Eltern zum Gegenstand eines anthropologisch vertieften Verständnisses zu machen.

Der psychotherapeutische Ansatz, der vor allem durch Bettelheim,[1], Ekstein[2] und Mahler[3] zur Diskussion gestellt wurde, geht dagegen in seinen Beobachtungen und Erfahrungen von der Art und Weise aus, wie ein autistisches Kind vor allem in seiner mitmenschlichen Umwelt kommuniziert, bzw. gestört ist.

Unsere eigene Erfahrung, die aus der Menschenkunde der anthroposophischen Heilpädagogik erwachsen ist, sieht in autistischen Kindern eine schon unmittelbar nach der Geburt auftretende schwere Behinderung der Wahrnehmungsbeziehungen zur irdischen Welt. Der Sinneslehre R. Steiners folgend, differenziert sich diese Welt-Wahrnehmung, die nach der Geburt weiterreift, in die Erfahrungen des eigenen Leibes, diejenigen der

Überarbeitetes Referat gehalten beim Psychotherapie-Lehrgang für Kinderärzte in Brixen am 5.9.1980. Erstveröffentlichung im Handbuch der Kinderpsychotherapie, Band IV, Hrsg. G. Biermann, München 1981

Umwelt und zum dritten in die Erfahrungen der Mitwelt[4]. In allen diesen Wahrnehmungsbereichen leidet das autistische Kind unter einer Reifungsstörung und die dabei schon früh auftretenden Symptome können sich in schweren symbiotischen Störungen, aber auch in Zwängen in bezug auf die zeitlichen und räumlichen Erdenverhältnisse äußern. Immer ist auch eine auffallende Störung des Sprachgebrauchs, unabhängig von der Funktionshöhe semantischer oder syntaktischer Fähigkeiten zu finden.

Wir stehen bei diesen Kindern vor der Frage, wie in der menschlichen Entwicklung die reifenden Sinneswahrnehmungen nach der Geburt es ermöglichen, mit anderen Menschen in der Welt in Gemeinschaft zu leben.

Es zeigt nämlich die Entwicklung des Kindes, daß jede Wahrnehmung in den verschiedenen Wahrnehmungsbereichen darauf *gerichtet* ist, daß das Kind durch seine *Wahrnehmungserkenntnis* sich mit anderen Menschen, vor allem im Medium der Sprache, verständigen kann. Es gibt keine Wahrnehmungsakte, die nicht diesen Charakter haben und gerade diese Wirklichkeit scheint dem autistischen Kind nicht zur Verfügung zu stehen.

Die Befragung der Eltern über ihre eigenen Erlebnisse in der Empfangssituation des Kindes, wobei nicht nur nach den üblichen, anamnestischen Daten gefragt werden soll, zeigen, daß die Kommunikationsstörung mit dem Kind von zentraler Bedeutung für die Diagnostik des frühkindlichen Autismus auf allen Ebenen ist. Vielfach konnten wir hören, daß die Mutter darüber auf Befragen erzählt, sie habe schon vor der Geburt das merkwürdige Gefühl gehabt, daß ihre Beziehung zu ihrem Kind gestört sei und daß sich diese erst entwickelt habe, nachdem sie die Bewegungen des Kindes im Mutterleib gespürt habe. Andere Mütter berichten, daß sie sich während der ganzen Schwangerschaft auf das Kind gefreut haben, dann aber nach der Geburt eine merkwürdige, unerwartete Beziehungslosigkeit eingetreten sei, oft auch mit einer unerklärbaren Angst in Bezug auf das Lebensschicksal des Kindes.

Was wir da hören, deutet darauf hin, daß das Kind schon vor der Geburt eine seelisch-geistige Beziehung zu seiner Mutter und auch zu dem weiteren Umkreis der irdischen Empfangssituation hat und daß diese Beziehungen nach der Geburt auf die neuen, irdischen Lebensverhältnisse umgewandelt werden müssen.

Es scheint mir wichtig, daß man sich die ganze Größe und Dramatik dieser außerordentlichen Wandlung im Inkarnationsvorgang des Kindes bis zur Geburt vor Augen stellt, um die Symptome autistischer Kinder zu verstehen und zu beurteilen.

Wo sich diese Wandlung auf eine irdische Sinneswelt nicht genügend vollzieht, berichten die Mütter oft schon als eine ihrer frühesten Beobachtungen, daß das Kind «durch sie hindurchschaut», sie eigentlich gar nicht wahrnimmt, so daß die Mutter sich als von ihrem Kind nicht wahrgenommen erlebt, andererseits im weiteren Entwicklungsverlauf das Kind aber von der Mutter in einem äußeren Sinne, wie von einem Nützlichkeitsobjekt Gebrauch macht. Gerade diese Erfahrung einer solchen intermittierenden Symbiose ist paradigmatisch für die Früherkennung eines autistischen Syndroms. Wir können ein autistisches Kind niemals verstehen lernen, wenn man die Ausgangsposition der Lern- und Verhaltenstheorien annimmt, die durchgängig der Auffassung sind, daß das Kind als ein «unbeschriebenes Blatt» auf die Welt kommt und ihm nach der Geburt seine menschlich-kulturellen Verhaltensweisen eingeprägt werden.

Ich möchte bewußt die Ursachenfrage jetzt offen lassen und zur Schilderung einiger Aspekte der Frühsymptomatik übergehen, wobei wir im Auge behalten sollten, daß die zu schildernden Symptome nicht die Krankheit selbst sind, sondern auf eine Kommunikationsstörung hindeuten, das Kind also Symptome entwickelt, um im irdischen Beziehungsraum zunächst zu überleben, gleichzeitig uns aber auffordert, therapeutisch die Sinnesreifung zu fördern. Die «Analyse des Erlebnisfeldes» (R. Steiner) der Sinneswahrnehmungen weist uns zunächst auf die Entwicklung der Leibeswahrnehmung hin. Durch sie gewinnt das normal heranwachsende Kind schon im Laufe des 1. Lebensjahres im Hineinorientieren in die Schwerekräfte, in der Bewegungswahrnehmung und dem Erleben des eigenen Leibes als Selbsterfahrung seinen irdischen Stand, die existenzielle Erfahrung seines Daseins, die es ihm möglich macht, eine Gegenstandswelt und eine Mitwelt des «Du» zu konstituieren. Schon in der ersten sensomotorischen Phase (Piaget) bleibt bei autistischen Kindern die individuelle Bindung an die nächste Bezugsperson, meist die Mutter, aus, und die Aufmerksamkeit des Kindes ist vorwiegend auf die räumliche Welt gerichtet.

Der aktive Blickkontakt ist schon in den ersten Monaten gestört oder bricht intermittierend in der späteren Lebenszeit bei Zuwendung und bei sprachlichen Anforderungen ab.

Die Kinder sind entweder auffallend ruhig, schreien nicht und melden ihre Bedürfnisse nicht an oder zeigen existenzielle Ängste bei Berührung, beim Angeschautwerden oder bei schnellen, von außen verursachten Lageveränderungen. Dies zeigt sich mitunter schon beim Windeln des Kindes, wobei häufig auch schon die frühen Mitbewegungen beim täglichen Umgang der Mutter mit dem Kind ausbleiben.

Es bleiben Suchbewegungen des Blickes, des Kopfes und des Greifens der Hände aus, die Nachahmungsangebote der Umwelt fließen nicht in den Bewegungsorganismus des Kindes ein und autistische Kinder zeigen schon sehr früh Haltungs-Anomalien, die darauf hinweisen, daß das frühe Reflexverhalten nicht genügend ausreift.

Dagegen besteht extreme Empfindlichkeit auf nahe, akustische, visuelle und Hautreize.

Wenn das Kind die Mutterbrust angenommen hat, stellen sich bei der Umstellung auf irdische Ernährung schon früh Störungen ein: Widerstand, feste Nahrung zu kauen, Obstipationsphasen, fehlender Blickkontakt beim Stillen und später bei der irdischen Nahrungsaufnahme und zwanghafte Fixierung auf Gegenstände, statt auf die Bezugsperson. Früh werden auch nur spezielle Nahrungsmittel genommen und andere abgelehnt.

Die Einstellung auf kulturell vermittelte Rhythmen der Nahrungsaufnahme, der Zuwendung und der Pflege ist meist schon früh und dann auch langdauernd verzögert. Das autistische Kind hat Schwierigkeiten, in die zirkadianen Rhythmen einzutreten, und es resultieren daraus neben anderen vor allen Dingen Störungen des Schlaf-Wach-Rhythmus.

Es fällt im Laufe des 1. Lebensjahres weiterhin auf, daß das Kind sich mit Gegenständen nicht explorativ verhält und gewöhnlich keinen Mundkontakt sucht. Später bleibt auch das explorative und konstruktive Spielverhalten aus. Beim Tasten und Greifen entwickeln sich diese Aktivitäten nicht progredient, das Kind wird zum «Zuschauer», läßt andere für sich handeln und wechselt diese Zustände mit motorischen, ungeordneten Erregungsphasen, vor allen Dingen bei Überforderung.

Zwischen dem *2. und 3. Lebensjahr* treten meist jene Symptome hinzu, die damit zusammenhängen, daß dem autistischen Kind die Objektivierung der Welt zur gegenständlichen nicht oder nur ungenügend gelungen ist.

Die gegenständliche Welt bleibt Teil der nur ungenügend strukturierten Leibeserfahrungen.

Dies zeigt sich dann vor allen Dingen in diesem frühen Lebensalter signifikant im Sprachbereich, wobei sich die *darstellenden* Sprachversuche des Kindes, wenn sie ansatzweise vorhanden sind, nicht zu einer Bedeutungssprache erweitern[5]. Die mangelnde Objektivierung der Gegenstandswelt löscht die hinweisende Funktion der Sprache als jetzt entscheidendes Mittel weiterführender Kommunikation aus und es stellen sich als Ausdruck davon bei dem Kind die ersten Echolalien ein. Das Kind stellt sein Ich-Bewußtsein gegenüber dem Nicht-Ich der gegenständlichen Welt nicht her und *erlebt sich nicht als individuell Sprechender,* auch wenn es spricht. Nachahmung und Spielansätze entwickeln sich nicht und es treten in diesem Stadium gewöhnlich die ersten Veränderungsängste in Erscheinung, wobei das Kind immer die selben räumlichen Arrangements aufsucht oder hergestellt haben möchte, und dann auch die mangelnde Orientierung in Bezug auf zeitliche Ereignisse in Erscheinung tritt, als Ausdruck des gestörten vitalen Zeiterlebens.

Es bilden sich keine kommunikativen Gewohnheiten in bezug auf gemeinsame Lebensrhythmen. Gerade dieses Phänomen führt zu den ersten schweren Belastungen der Familie.

Phasen von «Abwesenheit» mit wechselnder Unruhe oder zwanghafter Fixierung auf bestimmte Gegenstände treten zunehmend zum 3. Lebensjahr in Erscheinung. Die mangelnde Weitergestaltung der Bewegungsorganisation zur Nachahmung läßt jetzt Bewegungsstereotypien, die nicht umweltbezogen sind, in Erscheinung treten. Das Zeigen, die Gestik und die Mimik als Möglichkeiten gelungener Kommunikation bleiben aus.

Bei schwerer geschädigten Kindern bleibt die Sprache nicht nur aus, sondern das Kind versucht, durch die «Sprache seiner Organe» zu kommunizieren. Die Tatsache, daß das Kind zunehmend lernt, seine Leibesorgane durch die Entwicklung des Lebenssinnes zu belehren, wie Goethe dies als konstitutiv für das Menschenwesen formuliert hat, beinhaltet in der normalen Sinnesreifung des Kindes die Erfahrung eines eigenen Selbst und zugleich die Entbindung der Sprache aus organischen Zusammenhängen, sowie die Polarisierung der eigenen Selbsterfahrung zur Wahrnehmung des anderen Menschen als eines anderen Ich.

So sind auch die Sprachstörungen autistischer Kinder und ihr Sprachgebrauch eng mit der Verzögerung der Wahrnehmung des anderen Menschen als Ich verbunden. Die Sprache bleibt nur begrenzte Selbstdarstellung, sie tritt als Echolalie auf, oder, wenn sie weiterentwickelt wird, als eine Abwehr gegenüber Aufforderungen der Umwelt. Besonders gravierend aber in Bezug auf den zwischenmenschlichen Kontakt zeigt sich zum 3. Jahr zunehmend, daß die Mutter oder eine andere Bezugsperson sich sprachlich mit dem Kind nicht über etwas verständigen kann. Sprechen bedeutet aber, daß man mit jemanden über etwas reden kann. Jegliche Sprachtherapie muß deshalb zurückgreifen auf die Vorbedingungen, unter denen Sprache als Kommunikation überhaupt entstehen kann, d. h. die Differenzierung der leiblichen Selbsterfahrung, der Erfahrung einer gegenständlichen Welt und der Wahrnehmung des anderen Menschen als Sprechenden, d.h. aber die innere gedankliche Organisation des Gesamt-Sinnesfeldes durch das Ich. Erst wenn diese Vorbedingungen therapeutisch zur Reifung gebracht werden können, wird Sprachtherapie sinnvoll.

Schon die Störung der Blick-Beziehung bedeutet beim autistischen Kind ein Hinweis auf die spätere Problematik sprachlicher Kommunikation.

Es hat deshalb auch der Blickkontakt immer eine bedeutende Rolle in der Früherkennung autistischer Kinder gespielt. Dabei zeigt sich in unserer

Beobachtung, die man meist von den Müttern eigens erfragen muß, daß das Kind entweder gar keinen Blickkontakt herstellt, oder der Blickkontakt immer schlechter wird, je weiter das Kind in die irdischen Verhältnisse und deren Anforderungen hineinwächst. Der Umgang mit diesem Phänomen ist von besonderer Wichtigkeit und soll kurz als paradigmatisch für den Aufbau von Kommunikation geschildert werden. Der menschliche Blick, den wir auf das Kind richten, wenn es noch klein ist, beinhaltet ja eine außerordentliche Aktivität des Blickenden. Sehen ist ein intentionaler Akt, an dem wir mit unserem Ich intensiv beteiligt sind. Und der andere Mensch muß in der Lage sein, diesen Blick aushalten zu können, ihm etwas gegenüberstellen zu können, sonst kann er den Blickkontakt nicht «aufrecht» erhalten. Was das Kind aber lernt gegenüberzustellen, ist eben die Erfahrung seiner eigenen Leiblichkeit, durch die unteren Sinne seines Da-Seins auf der Erde, seines Standes, welcher auch von anderen, d. h. von außen, angeschaut werden kann.

Sicherlich haben Sie schon bemerkt, wie vorsichtig man sein muß, wenn man mit einem Baby in der Wiege einen solchen Kontakt aufbauen will. Sie werden dann auch unmittelbar begreifen, daß das therapeutische Erzwingen des Blickkontaktes, wie es viele Jahre lang von Verhaltenstherapeuten geübt worden ist, eine inhumane Überwältigung des Kindes und seiner eigenen Initiativen bedeutet. J. P. Sartre hat ja dieses Phänomen der Überwältigung durch den Blick zum Ausgangspunkt einer ganzen Philosophie gemacht. Je mehr wir dem Kind verhelfen, seine eigenen Leibeserfahrungen als Selbsterlebnisse heranzubilden im Bereich der Leibessinne, desto mehr wird das Kind ganz von selbst den Blick des anderen als Kommunikation wahrnehmen und ihn erwidern.

Daraus ergeben sich viele therapeutische Konsequenzen der Frühbehandlung dieser Kinder, auf die ich im Rahmen dieses Beitrages nicht eingehen kann. Nur soll noch darauf hingewiesen werden, daß der frühe Blickkontakt zwischen Mutter und Kind sich schon im Laufe der ersten Lebenswochen gewöhnlich auf die Gegenstände ausweitet, so daß eine *zwischenmenschlich konstituierte* Gegenstandwelt entsteht, deren Entwicklung beim autistischen Kind schon früh gestört ist. Die Herstellung dieser gemeinsamen Welt ist die Voraussetzung dafür, daß Sprache als Hinweis zwischen Menschen gebraucht werden kann.

Zum Ende des 3. Lebensjahres tritt die Problematik des Selbsterlebens im Ich-Sagen des Kindes meist voll in Erscheinung, indem das autistische Kind sich häufig selbst «Du» nennt, weil es zum Ich des anderen Menschen als Du nicht aufgewacht ist.

R. Steiner hat als erster gezeigt, daß die Wahrnehmung des anderen

Menschen als Ich sowie seiner Sprache und der in ihr wirksamen Gedanken eine *unmittelbare* Sinneserfahrung darstellt, zu welcher das Kind nach der Geburt zunehmend aufwacht. Gegenüber dem frühen, nur dumpf bewußten Ich-Erleben im Leibe ist die Wahrnehmung des anderen Ich als Du zum 3. Lebensjahr hin *konstitutiv* für das wache Ich-Bewußtsein des Kindes, welches sich am Nicht-Ich der Gegenstände weiter gefestigt hat.

Es werden eben die Erfahrungen in den verschiedenen Sinnesfeldern im Laufe der Entwicklung in sehr verschiedenen Bewußtseinshöhen gemacht und eine bloße Polarisation von Bewußtsein und Unbewußtsein reicht für die Theorie der Entwicklung der Sinnesreifung nicht aus. Die Beziehung zwischen der dumpfen Wahrnehmung des eigenen Selbst im Leibe, dem Wachwerden für die gegenständliche Welt und der höchsten Wachheit in der Wahrnehmung des anderen Menschen muß sich in ein harmonisches Verhältnis entwickeln, welches reife Kommunikationsfähigkeit beinhaltet, zugleich mit der Entstehung des Ich-Bewußtseins. Die Verschiebung des Wahrnehmungsbewußtseins in den verschiedenen Ebenen stellt ein zentrales Problem in der Erkennung und Therapie autistischer Kinder dar und ist in dieser allgemeinen Form in keiner anderen Behinderung gegeben[6].

Das mangelnde Aufwachen des autistischen Kindes zur Wahrnehmung des Mitmenschen, seiner Gedanken, seiner Sprache und seines Ich-Wesens stellt vielleicht die allerschwerste Kränkung der Beziehung zwischen dem Kind und seiner menschlichen Umwelt dar. Wenn das Kind nur Lautfolgen statt der Bedeutung von Worten wahrnimmt, oder das andere Ich nur als Ding unter Dingen in seine Wahrnehmungswelt hineinbekommt, so kann man verstehen, was es für die Eltern dieser Kinder und vielleicht später auch für den Therapeuten bedeutet, daß er als seelisch-geistiges Wesen nicht wahrgenommen wird. Diese Tatsache spricht sich im Erleben der Eltern und vor allen Dingen der Mütter dieser Kinder aus, da ja die Entwicklung der Kommunikation nicht nur darin besteht, daß man immer für das Kind etwas tut, sondern daß diese Beziehung eine gegenseitige ist, in der das Kind nach der Geburt zunehmend auch seine Beziehungspersonen im Erdenfeld wahrnimmt, anerkennt und zu *dessen* Reifung als Vater oder Mutter beiträgt. Es wird dies vor allem beim ersten Kind einer Familie deutlich. Wir müssen uns im Klaren darüber sein, daß die Bezugspersonen dieser Kinder in die autistische Situation miteinbezogen werden, wenn das Kind die Mutter wie eine Art Objekt zur Erfüllung seiner eigenen Wünsche verwendet, ihre Hand nimmt, um etwas zu tun, was das Kind nicht selber tut und der andere Mensch dadurch in seinen Impulsen und Intentionen nicht wahrgenommen, dagegen als ein im äußerlichen Raume nur existierendes «totes» Objekt manipuliert wird. Diese Erfahrung der Eltern scheint paradigmatisch für das Syndrom des frühkindlichen Autismus zu sein. Es gibt keine statistisch oder klinisch objektivierbare Diagnostik, ohne den Einbezug gegenseitiger Kommunikationserfahrungen.

Zu den im Vorangegangenen genannten Frühsymptomen muß aber bemerkt werden, daß diese nur dann auf das Vorliegen eines autistischen Syndroms hinweisen, wenn sie 1. in Gruppen und 2. über einen längeren Zeitraum schon unmittelbar nach der Geburt dauernd auftreten und sich, der Entwicklungsdynamik folgend, gewöhnlich zum 3. Lebensjahr hin verstärken, wenn nicht früh therapeutisch eingegriffen wird. Eine ganze Reihe der aufgeführten Störungen können, wenn sie allein oder nur vorübergehend auftreten, auf kritische Entwicklungsphasen des normal sich entwickelnden Kindes hindeuten.

Als Kinderarzt muß man, wenn man mit einer autistischen Symptomatik zunächst konfrontiert wird, differenzialdiagnostisch auch an andere Entwicklungsstörungen denken, die zunächst bei ein- oder zweimaliger Exploration im Verlauf der ersten drei Lebensjahre auch mit anderer Ätiologie auftreten und autistische Reaktionen verursachen können. Dabei kommen in Betracht die sogenannten prä- oder perinatalen Hirnschädigungen und vor allem auch zunächst relativ symptomlos abgelaufene Encephalitiden innerhalb der ersten drei Lebensjahre. Dabei muß vor allem auf die oft schleichend einsetzenden Veränderungen nach Pockenimpfungen aufmerksam gemacht werden, die mit autistischer Symptomatik einhergehen. Weiterhin müssen die Frühsymptome von Taubheit, bei denen die Sprache nach der Lallphase sich nicht weiterentwickelt beachtet werden, vor allen Dingen aber sogenannte zentrale Wahrnehmungsstörungen im visuellen, vor allem aber im Hör- und Sprachbereich. Diese lassen sich nur bei längeren Beobachtungszeiten und auch *wiederholten* Untersuchungen ausschließen. Auch bei länger dauernder Hospitalisierung oder Verwahrlosung tritt eine autistische Reaktion in Erscheinung, die jedoch bei entsprechender Milieuänderung und therapeutischer Hilfe im allgemeinen, aber nicht immer, aufhebbar ist. Weiter sind die akustischen und optischen, sogenannten Teilleistungsstörungen, zu bedenken, insbesondere, wenn sie sich im Bereich des Sprachverständnisses und der Entwicklung der Motorik zeigen; auch können frühkindliche Neurosen mit verzögerter Ich-Reifung, die aber meist erst um das 3. Lebensjahr deutlich werden, im Bilde einer autistischen Reaktion auftreten. Die von Asperger beschriebene «autistische Psychopathie» hat gewöhnlich in Bezug auf die Frühsymptome einen anderen Verlauf: Die primäre Wahrnehmungsfähigkeit einer gemeinsamen Handlungswelt bleibt erhalten, die Sprache ist formal meist nicht gestört, die Kinder kapseln sich in eine Eigenwelt ab und zeigen dabei intellektuelle abstrakte «Frühreife», flache, unbeseelte Bewegungsformen und meist auch eine verzögerte Entwicklung der gesamten psychomotorischen Koordination. In der Regel tritt dieses Bild jedoch erst um oder nach dem 3. Lebensjahr deutlich in Erscheinung und betrifft nach den allgemein vorliegenden Erfahrungen meist nur Knaben. Ich möchte aber ausdrücklich darauf hinweisen, daß einzelne Symptome in der frühkindlichen Entwicklung vor dem 3. Lebensjahr keine primäre Aussagekraft für das evtl. Vorliegen eines frühkindlichen, autistischen Syndroms haben und daß deshalb zur Diagnose und den notwendigen therapeutischen Maßnahmen *mehrere Untersuchungen,* möglichst auch länger dauernde Beobachtungen und wiederholentliche Gespräche mit den Eltern über einen längeren Zeitraum notwendig sind. Die unzureichende diagnostische Klärung, die mangelnde frühe Beratung der Eltern, die fehlenden therapeutischen Haltungen, welche auf die Nachahmungsbildung gerichtet sind, vor allem aber frühe Konditionierungs-Versuche führen im allgemeinen schnell zu «autistischen Situationen» zwischen Kind und Eltern, zur zunehmenden sozialen Isolation der Eltern und damit im Zusammenhang zum Fehlverhalten gegenüber dem Kind, wodurch die schon problematische zwischenmenschliche Dynamik negativ und oft langdauernd beeinflußt werden kann.

Im Gegensatz zu der Auffassung Bettelheims scheint uns jedoch bei den Kindern, die wir im Laufe der letzten 30 Jahre beobachten und heilpädagogisch behandeln konnten, keine *direkte Verursachung* des frühkindlichen autistischen Syndroms durch die Eltern vorzuliegen. Wir müssen aber zur Kenntnis nehmen, daß bei der rhythmischen Beziehung, die zwischen dem Kind und den Eltern schon von Anfang an vorliegt, die Eltern durch die Handlungs- und Wahrnehmungsstörung des Kindes, die den Aufbau einer gemeinsamen Bezugswelt verhindern, in eine Situation kommen, die sie oft an ihrer eigenen Existenz als Vater und Mutter verzweifeln lassen. Durch diese, immer wieder anzutreffende Grundverfassung der Eltern werden diese zunehmend zu einem pädagogischen Verhalten veranlaßt, welches das Kind wiederum meist überfordert und dies um so mehr, je früher und intensiver Eltern bloße Verhaltensmaßregeln angeboten werden, ohne daß wir als Ärzte und Therapeuten auf das Grundproblem einer primären Kommunikationsstörung im Rahmen der Familie eingehen, was zunächst eine intensivierte Arbeit mit den Eltern beinhaltet. Dies ist umsomehr notwendig, als nicht übersehen werden kann, daß in der Familiensituation, vor allen Dingen, wenn das autistische Kind das erste ist, häufig eine Konstellation vorliegt, in der auch das Beziehungsverhältnis zwischen Vater und Mutter schwierig ist, wobei dann im allgemeinen die Väter, nach der Geburt eines autistischen Kindes, sich zurückziehen und die Mütter alleine mit dem autistischen Kind bleiben. Auch hier ist eine weiterführende Beratung und Hilfe therapeutisch notwendig. Wir werden durch diese Verhältnisse darauf aufmerksam gemacht, daß jedes neugeborene Kind mit seinen Eltern eine Schicksals-Konstellation darstellt, die jedoch nicht als eine kausal bestimmbare Beziehung im üblichen Sinne gesehen werden kann.[7] Gerade das autistische Kind wird durch seine gestörte *eigene Wahrnehmungsaktivität* oft das Spiegelbild des elterlichen Verhaltens und der elterlichen Beziehungsgewohnheiten. Das normal heranwachsende Kind verarbeitet diese gewöhnlich *aktiv,* während gerade bei autistischen Kindern schon von der Geburt an eine Schwächung der *aktiven* Einverleibung und Wandlung, im Sinne einer Nachahmungsstörung oder *Einverleibungsschwäche,* vorliegt. Je früher nach der Geburt des Kindes eine autistische Symptomatik auftritt, umso tiefgreifender erscheinen die entscheidenden Entwicklungsschritte der ersten drei Lebensjahre im Hinblick auf die spätere Entwicklung und Lernfähigkeit des Kindes gestört. Einer frühen Erkennung und Therapieanbahnung kommt deshalb eine lebensentscheidende Bedeutung zu, wobei vor allem die Hilfe für die nächsten Kontaktpersonen im Vordergrund steht. Diese Schwäche ist sicherlich nicht genetisch bedingt, ist also nicht angeboren, aber doch in einem gewissen Sinne «eingeboren». Bei den Müttern autistischer Kinder fanden wir relativ häufig in ihrem Lebens- und Beziehungsstil eine relativ starke verbal-intellektuelle Aktivität, die sich dann bei der schwachen Einverleibungstätigkeit des autistischen Kindes im mitmenschlichen Wahrnehmungsfeld gewöhnlich zu einem circulus vitiosus steigert, während sich der Lebensstil des Vaters nach unserer Erfahrung oft durch berufliche oder außerberufliche und oft auch fanatisch verfolgte «Sonderinteressen» im Leistungsbereich auszeichnet. Diese elterlichen Haltungen sind sicherlich nicht direkt verursachende Faktoren, gehören aber häufig in das Bild der Familienkonstellation, und im Laufe der Therapie autistischer Kinder ist es deshalb auch angezeigt, die Eltern zu Gewohnheitswandlungen ihres inneren und äußeren Lebensstiles zu veranlassen, damit sie ihrem Kind hilfreiche Partner in dem Lebensschicksal werden können. Angesichts der Probleme autistischer Kinder ist ja auch der Therapeut fortgesetzt aufgefordert, bereit zu sein, Gewohnheiten aufzugeben, die im Umgang mit einem sich normal entwickelnden Kinde unauffällig bleiben, indem sich das Kind selbst aktiv und verwandelnd mit ihnen auseinandersetzen kann, d. h. sie «verdaut». Gerade die Unfähigkeit der Verwandlung der das autistische Kind nach der Geburt bedrängenden Erdenerfahrung ist im Gegensatz zu anderen Behinderungen sehr bezeichnend für das autistische Kind. Wahrnehmungen können nicht in der Zeitdimension sich entfalten, d. h. der Biographie einverleibt werden.

Aus diesen Erfahrungen muß sich die Notwendigkeit einer intensiven Eltern-Arbeit ergeben, die gewöhnlich langfristig ist und die positiv verlaufen kann, wenn die bis dahin isolierten Eltern in dem Heilpädagogen einen aktiven, an *ihrem* Lebensschicksal teilnehmenden Menschen entdecken.

Ich habe versucht, einige Gesichtspunkte der geisteswissenschaftlich fundierten Heilpädagogik und Diagnostik aus der Praxis unserer Arbeit für die Früherkennung dieser Kinder zu geben, zugleich auch in der Hoffnung, daß sich daraus entsprechende, therapeutische Ansätze bilden können, die darauf hinzielen, die autistische Isolation von Kind und Familie zu lösen und damit weiterkränkendes Fehlverhalten des Kindes und der Eltern zu vermeiden.

II

Wer mit autistischen Kindern lebt, muß sich möglichst bald darüber klar werden, daß die Symptome – wie Beziehungsstörungen zum anderen Menschen, Stereotypien und Zwänge und vieles mehr – nicht die Krankheit selbst sind, sondern verzweifelte Versuche des Kindes in einer bedrängenden, ungeordneten Sinnes- und Beziehungswelt zu «überleben», d. h. das eigene Selbst aufrecht zu erhalten. In diesem Versuch engt sich die Welt des Kindes sowohl in der Wahrnehmung als auch im Handeln erheblich ein, wodurch auch zunächst die ursprünglichen Erwartungen der Eltern tief und nachhaltig enttäuscht werden.

Es entsteht eine «autistische Situation», wenn die Lebensrhythmen der Familie durch das Verhalten des Kindes zur Familie so nachhaltig gestört werden, daß sich die Beziehung des Kindes zur Familie zu einer gegenseitigen äußeren Abhängigkeit verengt und man schließlich nur noch aufeinander reagiert. Es verliert sich dabei zunehmend die Fähigkeit der Einsicht bei den Eltern in bezug auf ihre Haltung und ihre Handlungen, die für ihr Kind hilfreich sein könnten. Dadurch werden autistische Kinder meist von Anfang an wechselweise überfordert oder unterfordert.

Im folgenden sei auf einige Grundhaltungen hingewiesen, welche die oben beschriebene autistische Situation lösen können. Das Gelingen dieses therapeutischen Vorgangs, der eine nicht unerhebliche und meist langdauernde Umstellung der Familiengewohnheiten erfordert, scheint uns der notwendige erste und entscheidende Verständnisschritt therapeutischer Art zu sein, bevor oder während spezielle therapeutische Übungen durchgeführt werden.

Überarbeiteter Nachdruck des Beitrages: «Allgemeine Gesichtspunkte zur Belastbarkeit autistischer Kinder in Familie und Schule», in: «Das behinderte Kind», Heft 2, März 1980

Auf die letzteren soll hier nicht eingegangen werden. Sie können sich nur nach der jeweiligen Situation des Kindes und der Familie richten und sollten möglichst frühzeitig begonnen werden.

1. Das autistische Kind ist nicht nur behindert oder schlecht angepaßt – es ist gekränkt von einer ihm fremden Welt. Unserer Welt. Seine «Symptome» sind Versuche, sich in dieser Welt zurecht zu finden unter spezifischer Begrenzungen seiner Beziehungsfelder.
2. Autistische Kinder haben einen langenWeg vor sich. Schnelle Anpassungserfolge mögen das Leben der Familie zunächst erleichtern. Auf längere Sicht – und darauf müssen Eltern sich lernen einzustellen – geht es um die Selbständigkeit des Kindes, die es im Umgang mit der Welt erreicht, auch wenn dieser anders aussieht, als wir gewohnt sind.
3. Niemand kann die Probleme dieser Kinder allein bewältigen. Suchen sie deshalb als Eltern früh die Beratung und Mithilfe anderer erfahrener Eltern, Ärzte und Therapeuten.
4. Es ist nicht ihre persönliche Schuld, daß ihr Kind autistisch ist. Solange sie so empfinden, überfordern sie ihr Kind, weil sie glauben, etwas gut machen zu müssen.
5. Verschaffen sie sich aber eine Haltung, welche auf das hinter den Symptomen liegende, wirkliche Wesen ihres Kindes gerichtet ist, welches gesund werden will. Tun sie das vor allem dann, wenn sie nicht mit ihrem Kind zusammen sind. Sie tun ihrem Kind unrecht, wenn sie ihre Aufmerksamkeit nur auf die Symptome des Verhaltens richten.
6. Besprechen sie als Vater und Mutter ihre Erlebnisse und Beobachtungen miteinander, damit sie eine gemeinsame Haltung finden. Sie helfen dadurch ihrem Kind, da sonst häufig ein Elternteil überfordert, der andere unterfordert ist.
7. Autistische Kinder haben die Neigung, seelische Beziehungen auf Objektbeziehung zu verengen. Sie werden vielleicht manchmal wie ein Objekt von ihrem Kind behandelt.
8. Versuchen sie hinter der Symptomatik das wahre seelisch-geistige Wesen ihres Kindes zu suchen, welches seinen Leib als Sinnes- und Erkenntnisorgan nicht genügend erfassen und durchdringen kann. Es kann zunächst nicht aus den Augen «herausschauen» oder eine Handlung im Spiel nicht «durchdringen», ohne von Stereotypien gehindert zu werden.
9. Ihr Kind hat die Neigung, die Beziehung zur lebendigen Menschenwelt durch seine Faszination mit Medien, vor allem technischer Art, zu ersetzen. Schränken sie deren Gebrauch strikt ein (Schallplatten, Fernsehen, technische Apparate, technisch-didaktisches Spielzeug).

10. Was ihr Kind vor allem braucht, ist die Nähe einfacher täglicher menschlicher Tätigkeiten, die es langsam lernen kann mitzumachen (Waschen, Tischdecken, Wäsche legen, eine Blume pflegen etc.).
11. Seien sie kritisch gegenüber festgelegten Erziehungs- und Therapieprogrammen. Sie sollten erst handeln, wenn sie auch neue therapeutische *Haltungen* gegenüber ihrem Kind gewonnen haben.
12. Zu letzteren gehört vor allem ihr Mit-Leid, die liebevolle Beobachtung und das von ihnen selbst zu findende menschliche Maß in Bezug auf dasjenige, was sie von ihrem Kind fordern müssen und was nicht. Darüber müssen sie sich einigen, und was geschieht, ist letztlich von ihrem Verständnis ihres Kindes abhängig. Versuchen sie dabei, durch ihre Beobachtungen einer zu erwartenden sozialstörenden oder selbstzerstörerischen Handlung ablenkend zuvorzukommen, ehe sie nein sagen. Ihr Kind stört, aber es will nicht stören.
13. Planen sie ihren Tag so, daß sie sich zu bestimmten Zeiten ausschließlich ihrem Kind zuwenden können. Ihr Kind braucht einen *Rhythmus der Zuwendung,* der verläßlich ist. Tun sie zunächst einfache Dinge mit ihrem Kind, z. B. führen sie seine Hand, wenn es die Gabeln auf den Tisch legt oder den Wasserhahn aufdrehen soll. Führen sie dies fort, bis ihr Kind einige dieser Tätigkeiten selbst tun kann und/oder nachahmt.
14. Versuchen sie in den Zeiten spezieller Zuwendung partnerschaftliche Spiele anzuregen. Konfrontieren sie das Kind zunächst nicht, sondern bleiben sie zunächst hinter ihm, dann neben ihm und dann schließlich ihm gegenüber. Machen sie diese Spiele mit dem Ball oder Baustein rhythmisch («ich setze einen Stein, du setzt einen Stein») und sprechen sie nicht zu viel dabei. Es kommt bei diesen Spielen nicht auf die Konstruktion, sondern auf Kommunikation an. Erzwingen sie dabei keinen Blickkontakt. Er erscheint in dem Maße von selbst, als das Kind sie als Partner im *gemeinsamen Handeln* entdeckt.
15. Sprechen sie nicht zuwenig und nicht zuviel mit ihrem Kind. Achten sie zuerst immer auf eine Erweiterung der Sprachwahrnehmung. Sprechen sie einfach mit Gesten. Vermeiden sie die intellektualisierte Sprache, die stark reflektiert ist. Sie ist für ihr Kind zunächst nur Geräusch.
16. Planen sie gut, was sie sprachlich von ihrem Kind fordern wollen. Erwarten sie nicht, daß das Kind immer gleich nachspricht. Sprechen sie (in der entsprechenden Situation) dem Kind ein Wort vor und tun sie dies wiederholentlich und regelmäßig auch über Tage und Wochen, ohne immer Reproduktion zu fordern. Lernen sie zu warten, ohne träge zu werden.
17. Beziehen sie alles Sprachliche auf die gewohnte Umgebung des Kindes. Vor allem versuchen sie das Verständnis einfacher Satzaufforderungen zunächst zu erweitern und nicht zuerst das Nachsprechen einzelner Worte, z. B. «Hol mir den Ball», zu erreichen.

18. Korrigieren sie nicht dauernd. Es mag zunächst schon gut sein, wenn ihnen ihr Kind auf die Aufforderung, ihnen die Butter am Tisch zu reichen, die Wurst gibt. Beziehen sie Sprachliches zunächst auf Handlungen und dann erst auf Hinweise und Gegenstände. Vermeiden sie ein Wortbildtraining. Ihr Kind mag dabei auf das Wort hin die richtige Karte vielleicht vorzeigen, aber es erkennt nicht, was auf dem Bild abgebildet ist. Ihr Kind muß deshalb zunächst lernen, in der konkreten Welt mit ihnen zu leben, ehe sich die Bild-Welt eröffnet. Dieser Übergang geschieht oft plötzlich und unvorhersehbar, zunächst in wenigen, einzelnen Situationen.

19. Autistische Kinder lernen vieles gerade in den Situationen,wo sie nicht konfrontiert sind. Rechnen sie auch damit. Autistische Kinder bemerken mehr als sie zunächst annehmen, wie sie über das Kind sprechen. Sprechen sie auch leise und nicht immer von vorn, sondern auch von hinten, denn das autistische Kind ist sich seiner selbst bei Konfrontation noch nicht sicher. In solchen Situationen tut es vieles, auch sprachlich, um in Ruhe gelassen zu werden.

20. Sprechen sie nicht in Anwesenheit ihres Kindes über ihr Kind.

21. Unterstützen sie jede spontane sinnvolle Handlung ihres Kindes, indem sie sie aufgreifen oder nachahmend bestätigen.

22. Versuchen sie, die Lebensrhythmen ihres Kindes, den Schlaf-Wachrhythmus, den der Nahrungsaufnahme und der Ausscheidung zu beobachten. Die Rhythmen sind immer gestört. Dadurch erscheint ihr Kind nicht sozialisiert. Versuchen sie diese Rhythmen, in dem sie streng festgelegte Zeiten ihrerseits anbieten, langsam auf einen verläßlichen Rhythmus hinzuordnen. Es kann dies unter Umständen Monate dauern.

23. Auch autistische Kinder brauchen andere Kinder. Sie sind ihnen oft weniger fremd und bedrängend als die Erwachsenen. Erfahrungsgemäß müssen sie sich zwischen dem vierten und siebten Lebensjahr des Kindes entscheiden, ob sie das Kind zu Hause fördern, in einen Tageskindergarten oder eine andere therapeutische Einrichtung geben, oder in eine Heimförderung außerhalb der Familie. Bis dahin haben sie meist die für eine solche Entscheidung notwendige Erfahrung gemacht. Autistische Kinder gedeihen am besten unter anderen Kindern, die nicht alle autistisch sind. Es gibt keine wie immer geartete wissenschaftliche «legitimierte» Theorie, welche ihnen die oben gemeinte Entscheidung abnimmt.

24. Es handelt sich immer um ihr besonderes Kind und es gibt heute in der Bundesrepublik Deutschland genug erfahrene Menschen, die sie beraten können. Selbstverständlich haben diese Menschen auch unter Umständen bestimmte und verschiedenartige Vorstellungen von dem, was sie in der gegebenen Situation für richtig halten. In jedem Falle sollte das, was speziell getan

wird, sich nach ihrem Kind und nicht nach vorgegebenen Theorien oder Modellen richten.

Schulische Aspekte

1. Aus der Art der Störung, die beim autistischen Kind vorliegt, ist es nicht leicht, über die Art der Beschulung des Kindes zu entscheiden. Die üblichen Testmethoden stellen kein ausreichendes Kriterium dar.
2. Es ist deshalb notwendig, sich nach dem Gesamtbild zu richten, welches das autistische Kind in bezug auf
   a) Begegnungsfähigkeit,
   b) die bei ihm zur Verfügung stehenden oder benötigten Wahrnehmungsfelder,
   c) seine Selbständigkeit in bezug auf spontane Handlungsimpulse,
   d) sein Ausdrucksvermögen in Geste, Spiel und Sprache,
   e) seine Fähigkeiten oder Fähigkeitsinseln in bezug auf bildhaftes Gedächtnis und andere wesentliche symbolische Tätigkeiten wie z. B. die Sprachwahrnehmung mitbringt.
3. Daraus ergibt sich, daß nur durch *längere Beobachtung* im jeweiligen Klassenverband die Möglichkeiten gefunden werden können, wie ein autistisches Kind speziell gefördert werden kann.
4. Eine besondere Rolle spielt dabei, inwieweit beim autistischen Kind schon eingefahrene krankhafte Reaktionsformen auf die Umwelt vorliegen, die zunächst die Offenheit für jegliches Lernen, welches der Harmonisierung der Persönlichkeit dienen soll, verhindern.
5. Formalisierte und formale Lernprogramme sind deshalb zunächst immer einer Prüfung zu unterziehen anhand der besonderen Persönlichkeit jedes Kindes.
6. Es ist notwendig, schon vor der Erreichung des Schulalters, das heißt so früh wie möglich, abzuklären, ob das «autistische Verhalten» ihres Kindes eine eindeutig bestimmbare Ursache hat, wie z. B. eine Hörschädigung, eine spezielle Sprachverständnis- oder Sprechstörung oder eine Hirnschädigung nach einer abgelaufenen Entzündung (Encephalitis).
7. Die Höhe der Belastbarkeit, die Art der Unterrichtsmethode und die Therapie sind nicht unabhängig von solchen diagnostischen Klärungen und sie sollten dazu den Rat eines erfahrenen Kinderpsychiaters einholen.

Es ist jedoch auch nach solchen Klärungen noch schwierig, die geeignete Schule zu finden, die auf die Gegebenheit ihres Kindes eingestellt ist, da die gegenwärtige Einteilung von Schultypen in «Geistigbehinderte», «Lernbehinderte», «Sprachgestörte» und «Körperbehinderte» mehr hinderlich als förderlich ist.

8. Das autistische Kind ist in der Mehrzahl der Fälle ein mehrfach sinnesbehindertes Kind, insofern es nicht oder ungenügend in der Lage ist, Sinneserfahrungen verschiedener Modalitäten *sinngebend* zu integrieren. Dies zeigt sich vor allem dann, wenn man die Gelegenheit hat, über viele Jahre hindurch mit autistischen Kindern zu leben. Autistische Kinder bedürfen für ihre Beschulung Klein- und Kleinstklassen und einer – vor allem zu Beginn – damit verbundenen Einzelförderung. Diese kann sich nicht nur auf den Schulbereich beziehen, sondern muß sich auch auf spezielle heilpädagogisch-therapeutische Maßnahmen erstrecken. In jedem Fall muß aber angestrebt werden, daß das autistische Kind in einer Klasse auch gruppenfähig wird.

9. Nach unserer Erfahrung braucht das autistische Kind die Gegenwart auch anders behinderter Kinder im Klassenzusammenhang.[1]

10. Autistische Kinder zeigen häufig spezielle «Fähigkeiten» (ein ausgeprägtes lokal-dingliches Gedächtnis, manuell-technische Geschicklichkeiten und andere «intellektuelle» Teilbegabungen). Dies führt häufig dazu, diese «Begabungen» einseitig zu fördern. Es kommt aber darauf an, im schulischen Bereich auf eine harmonische, den ganzen Menschen erfassende Entwicklung hinzuarbeiten; dazu gehört vor allem die schulisch-therapeutische Pflege des Künstlerischen und Manuell-Handwerklichen.

11. Vor allem sollten wir uns bewußt werden, daß autistische Kinder im Laufe der Schulzeit, vor allem auch zum Beginn des 3. Lebensjahrsiebts, durch nicht unerhebliche Krisen gehen, daß aber auch unter den vorgenannten Umständen die Lernfähigkeit meist lange erhalten bleibt, wobei sich die anfänglichen «Symptome» im Laufe der Schulzeit erheblich wandeln können. So treten meist Stereotypien und Zwänge zurück und das Kind wird mit zunehmendem Alter offener für soziale Beziehungen mit anderen Erwachsenen und Kindern.

Je älter das autistische Kind wird, desto mehr will es aus seiner anfänglichen «autistischen Situation» oder dem «autistischen Milieu» herauswachsen. Dazu braucht es auch andersartige Kinder und Erwachsene.

12. Für das autistische Kind gilt insbesondere, wenn dies nicht durch frühere Fehlmaßnahmen verhindert wird, daß die Lernfähigkeit lange andauern kann und die schulischen und therapeutischen Maßnahmen bis zum 21. Lebensjahr fortgeführt werden müssen, da es sich bei diesen Kindern darum handelt, die gestörte Erdenreifung des Ich zu fördern. Auch der autistische Jugendliche gewinnt vor allem durch seinen anerkannten Beitrag im praktischen Handeln seine Identität, seine Erfolgserfahrung und seine soziale Anerkennung.

13. Das autistische Kind ist «autistisch», weil es kulturell-sozial isoliert ist,

indem es die *Sinngebung* gegenüber der Wahrnehmungswelt zunächst nicht leisten kann.

Das Wesentliche, was zur Überwindung dieser Situation für das autistische Kind notwendig ist, ist die menschliche Tatkraft einer therapeutischen Gemeinschaft von Lehrern, Therapeuten und Eltern, und schließlich der Gesellschaft im allgemeinen.

Es kann auch deshalb in der schulischen Erziehung autistischer Kinder das neben allen speziellen Maßnahmen wichtigste Ziel darin gesehen werden, das autistische Kind zu befähigen, als möglichst freier, wenn auch behinderter Mensch, mit anderen Menschen in Gemeinschaft leben zu können.

Literatur:

I. Teil

1 *B. Bettelheim:* Die leere Festung. München 1977.
2 *R. Ekstein (Hrsg.):* Grenzfallkinder. München-Basel 1973.
3 *M. Mahler:* Über Schizophrenie und Psychose im Kindesalter. Autistische und symbiotische frühkindliche Psychosen, Psyche, 21, 895, 1967
und
Symbiose und Individuation. Psychosen im frühen Kindesalter, Stuttgart 1972
4 *R. Steiner:* Themen aus dem Gesamtwerk 3, Zur Sinneslehre, hrsg. Chr. Lindenberg, Stuttgart 1980. Dort auch weitere Literatur.
5 *R. Ekstein:* Der Erwerb der Sprache beim autistischen Kind. In: Grenzfallkinder, S. 102-119, München-Basel 1973.
6 In seiner Arbeit über den «Sprach-Sinn» ist vor allem G.v. Arnim auf die Bewußtseinsstufen in verschiedenen Sinnesfeldern eingegangen. In: König, v. Arnim, Herberg: Sprachverständnis und Sprachbehandlung, Heilpädagogik aus anthroposophischer Menschenkunde 4, Stuttgart 1978.
7 Siehe dazu der weiterführende Beitrag von W. Holtzapfel in diesem Band.

II. Teil

1. Siehe dazu die Arbeit von G. Feuser: Autistische Kinder, Solms-Oberbiel, 1980

WALTER HOLTZAPFEL

Eine menschenleere Welt – Autismus als Zeiterscheinung

«Damals, während meiner Jugendzeit in St. Gallen, kam jede Woche der Eiermann aus Engelburg; im Frühling hatte er in seinem Tragkorb außerdem Tannenschößlinge, die meine Mutter zu einem feinen Honig verarbeitete. Alle Jahre im Herbst brachte der Bauer von Märwil auf seinem Fuhrwerk Äpfel und Birnen, die wir dann im Keller überwinterten. Seife und Fichtennadelbalsam lieferte der Reisende aus Bruggen. Und natürlich erschien täglich zu früher Stunde der Milchmann mit seinen Milchkannen und Buttermödeli.

Heute ist die Milch ein Paket in Reih und Glied, dafür pasteurisiert und homogenisiert. Statt mit dem Trämler, der mir seinerzeit (so lang ist's gar nicht her) das Billet verkaufte, verkehre ich jetzt mit Automaten. Die kleine Bäckerei um die Ecke ist verschwunden; mit den Gestellen im Super-Discount-Geschäft läßt sich nicht plaudern. Und nun soll also auch, es kann kaum verwundern, der Briefträger allmählich von der Bildfläche verschwinden: er, der Inbegriff meiner Verbindung zur Welt, wird umständehalber durchs Schließfach ersetzt. Kommunikation mittels Selbstbedienung ist rationeller, aber nichtsdestoweniger ein Widersinn», so beginnt ein Beitrag von August Hohler,[1] der sich mit dem fortschreitenden Abbau zwischenmenschlicher Beziehungen im heutigen Leben befaßt. Er kommt zu dem Schluß: «Die Summe dieser Kontaktverluste verringert ständig die Lebensqualität, und an Beziehungslosigkeit geht der Mensch schließlich zugrunde.»

Friedrich Sieburg[2] schreibt von New York: «Dieses wunderbare Alleinsein, das keine andere Stadt der Welt zu spenden vermag. Wie aber, wenn dieses Alleinsein zur unentrinnbaren Lebensform geworden ist? Millionen Menschen strömen vorbei, aus den Schächten der Untergrundbahnen, zu den Autobussen, zu den Bahnhöfen, in die Lunch-Stuben, in die Milchbars, in die Büros und Geschäfte. Niemand wirft dem Vorübergehenden auch nur den

1. A. Hohler: Dennoch. Basel 1977
2. F. Sieburg: Lauter letzte Tage. München 1965

Nachdruck der Erstveröffentlichung in: W. Holtzapfel, Seelenpflege-bedürftige Kinder. Band II, Dornach 1978

flüchtigsten Blick zu, man könnte ein drittes Auge mitten auf der Stirn haben und würde nicht das mindeste Aufsehen erregen. Es ist, als ob die Menschen weder Blick noch Körper hätten, so reibungslos vermischen und trennen sich die Ströme. Man kann tagelang in den Stunden des stärksten Gedränges oder in den stilleren Zeiten Park Avenue entlanggehen, Madison Avenue überqueren oder vor der Kirche Sankt Patrick Aufstellung nehmen, um der Entleerung des Rockefeller Center (einer Stadt in der Stadt) zuzuschauen, niemals wird man die Empfindung des geringsten Kontaktes haben, niemals wird man einen Blick auffangen oder – wenn man etwa ein Paket fallen läßt oder gegen einen Briefkasten rennt – die mindeste Regung ernten. Nach und nach lernt man dann selber, seine Augen im Zaume zu halten und ins Leere zu blicken. Sonst wäre vielleicht die Einsamkeit, die die meisten Gesichter hier wie eine unsichtbare Mauer umgibt, gar nicht zu ertragen.» – Was für New York in besonders konzentrierter Form gilt, kann aber der Tendenz nach von jeder Großstadt in mehr oder weniger ausgesprochener Weise gesagt werden.

Die menschenleere Welt, in der das autistische Kind aus den inneren Bedingungen seiner Veranlagung lebt, tritt dem heutigen Menschen von außen in den modernen Lebensbedingungen entgegen. Aber ist es wirklich nur von außen? Sind es nicht menschliche Gedanken, die hinter diesen Lebensbedingungen stehen? Gedanken, die aus dem menschlichen Inneren kommen, haben die äußeren Verhältnisse geschaffen, die nun auf den Menschen zurückwirken.

Die Einsamkeit, die Kontaktlosigkeit, die seelische Verarmung, die ganze Haltung des autistischen Kindes, die zunächst so schwer verständlich schien, erweist sich als solchen heutigen Lebensformen innerlich verwandt.

Wir kommen damit von einer anderen Seite wieder auf die Beziehung der intellektuellen Bewußtseinsverfassung zum autistischen Geschehen, die den Ärzten und Psychologen bei Beginn der Autismus-Forschung bereit aufgefallen war, als sie ihre Aufmerksamkeit den Familien der autistischen Kinder zuwandten. Der kindliche Autismus ist nicht nur dadurch eine charakteristische Zeiterscheinung, daß er erst in unseren Tagen entdeckt wurde, sondern auch dadurch, daß sich in ihm gewisse Tendenzen des modernen Lebens in extremer Form verdichten.

Wie das mongoloide Kind etwas wie eine vergangene Daseinsform in unsere Welt hereinträgt, so kann uns das autistische Kind zum Ausblick auf eine Zukunft werden, die eintreten müßte, wenn sich gewisse Einseitigkeiten des heutigen Lebens in gleicher Richtung weiter steigern würden. Damit wird es zugleich zum Aufruf, am Neu-Aufbau einer vermenschlichten Welt mitzuarbeiten.

WALTER HOLTZAPFEL

Autismus und Wirklichkeit

Ist der frühkindliche Autismus eine Wahrnehmungsstörung?

Autistische Kinder bereiten dem Verständnis schon deshalb Schwierigkeiten, weil man ihnen ihre Abnormität zunächst gar nicht ansieht. Es handelt sich häufig um besonders wohlgebildete Kinder mit nachdenklichem Gesichtsausdruck. Dieser äußere Eindruck steht in größtem Gegensatz zu dem schwer gestörten Verhalten. Das eigentliche Problem muß im Inneren verborgen sein und sich im Bewußtsein der Kinder abspielen.

Kanner, der Erstbeschreiber dieses Zustandsbildes, hob zwei Kardinalsymptome hervor: eine extreme Abkapselung von der menschlichen Umwelt und ein ängstlich zwanghaftes Bedürfnis nach Gleicherhaltung der dinglichen Umwelt. Das erste Symptom, der eigentliche Autismus, besteht darin, daß die Kinder keinen Kontakt mit anderen Menschen aufnehmen und das spezifisch Menschliche im anderen Menschen nicht wahrzunehmen scheinen. Sie betrachten ihn nur als Objekt wie einen Stuhl, dem man beim Gang durch das Zimmer ausweicht oder den man auch überklettert.

Das zweite Kannersche Hauptsymptom, das ängstliche Festhalten an der Gleichheit der Situation, äußert sich so, daß die Kinder mit schweren Angst-, Wut- und Panikzuständen auf die kleinste Veränderung der gewohnten räumlichen und zeitlichen Ordnung reagieren. Die Stellung der Möbel im Zimmer, die Anordnung der Spielsachen im Schrank darf nicht verändert werden. Stets muß beim Frühstück z. B. die Marmelade eine rote Farbe haben, und sie muß links vom Teller stehen. Stets muß der Spaziergang den gleichen Verlauf nehmen, ein Umweg kann eine schwere Erregung auslösen.

Das Verhältnis der Kinder zu der sie umgebenden Wirklichkeit wirkt verändert. Sie scheinen Teile dieser Wirklichkeit gar nicht wahrzunehmen. Das zeigt sich in dem schon erwähnten Symptom, daß sie den anderen Menschen nicht als Mensch wahrnehmen. Aber der Sehprozeß ist überhaupt verändert. Sie schauen einen Gegenstand nicht längere Zeit an und fixieren ihn, sondern sie werfen nur einen kurzen Blick darauf und schauen dann wieder weg. – Auch das Hören ist verändert. Die Kinder werden häufig zunächst für taub gehalten, weil sie auf Worte, Töne und Geräusche überhaupt nicht reagieren.

Solche und ähnliche Beobachtungen haben dazu geführt, daß man diese Kinder auch als «wahrnehmungsgestörte Kinder» bezeichnet. Aber bewirkt eine Wahrnehmungsstörung autistisches Verhalten? Dann müßten ja eindeutig wahrnehmungsgestörte Kinder, also blinde oder taube Kinder, autistische Symptome zeigen. Das ist aber nicht der Fall.

Die Wahrnehmungsfähigkeit ist etwas, was sich im Laufe der Kindheit erst entwickelt. Das ganz kleine Kind hat zwar die Augen schon offen, aber es erfaßt noch nicht die Welt mit seinem Blick. Felicia Affolter[1,2] hat, aufbauend auf den Forschungen von Jean Piaget, sorgfältige Studien über die Entwicklung der Wahrnehmungsfunktion gemacht. Sie unterscheidet verschiedene Stufen:

1. Die modalitätsspezifische Stufe: Das Kind lernt auf die Sinnesreize aufmerksam zu werden, im Sehbereich z. B. zu blicken, zu fixieren, mit dem Blick zu verweilen.
2. Die Intermodalitätsstufe: Es entwickeln sich Verbindungen zwischen den Sinnesbereichen. Das Kind beginnt z. B., nach einem erblickten Gegenstand zu greifen. Es hat gelernt, daß etwas zum Sehen auch etwas zum Tasten ist.
3. Die Serialstufe verbindet aufeinanderfolgende Reize und ermöglicht die Antizipation. Wenn etwa die Türklinke heruntergeht, dann erwartet das Kind, daß die Tür sich öffnen und die Mutter erscheinen wird.

Auf allen drei Stufen treten bei den autistischen Kindern Störungen auf, und ohne Zweifel ist dadurch das Verhältnis zur Wirklichkeit gestört. Aber ist die Wahrnehmung gestört?

Wie können wir überhaupt die Wirklichkeit erfassen? Zunächst einmal allerdings dadurch, daß wir sie wahrnehmen durch Auge und Ohr und die übrigen Sinnesorgane. Je mehr Sinne beteiligt sind und je vollkommener diese ausgebildet sind, desto besser wird die Wahrnehmung sein. Es ist nun eine grundlegende Erkenntnis schon des jungen Rudolf Steiner[3], daß auch die vollständigste und ungestörteste Wahrnehmung nicht die Erkenntnis der Wirklichkeit liefert. Damit die volle Wirklichkeit erfaßt wird, muß der Mensch zu der von außen aufgenommenen Wahrnehmung aktiv innerlich etwas hinzubilden. Erst durch das Zusammenfügen von zwei Faktoren, der durch die Sinnesorgane ergriffenen Wahrnehmung mit dem für das Denken zugänglichen Begriff, entsteht die Wirklichkeit. Das Erfassen der Wirklichkeit ist ein schöpferischer Vorgang. Dabei entzieht sich der innere Faktor, das Bilden des Begriffs, vollständig unserer Aufmerksamkeit. Wir denken ständig und bilden Begriffe, ohne es zu merken, weil wir nämlich immer auf die Dinge achten, die uns umgeben, und nicht auf das Denken, welches sich auf sie richtet. – Das kleine Kind greift nach dem Mond. Nicht die Wahrnehmung ist gestört. Es sieht den Mond genau so wie wir, aber es hat noch keinen Begriff vom Mond und weiß deshalb nicht, wie dieser sich in den Weltzusammenhang einordnet.

Die Rolle des sonst immer übersehenen Begriffs bemerken wir erst dann, wenn er fehlt, und dadurch die Welt zu einem unverständlichen Chaos wird. Hier ist die Stelle, an der die Störung beim autistischen Kind liegt. Der zweite Faktor, der von innen hinzutreten muß, wird gar nicht oder nur unvollkommen gebildet. Die aktive Seite des Erkenntnisvorganges fällt mehr oder weniger aus. Wenn von manchen Seiten gesagt wird, daß es sich um eine Störung der Wahrnehmungsverarbeitung oder auch um eine «zentrale Wahrnehmungsstörung» handle, so nähert man sich schon dem richtigen Wege. Aber man hat noch nicht erfaßt, daß dieser Faktor, der die Wahrnehmung «verarbeitet», aus einer grundsätzlich anderen Richtung kommt als die Wahrnehmung selbst. Die Begriffe sind es, welche die Bedeutung der einzelnen Wahrnehmungen aufklären und sie zu einem sinnvollen Ganzen verbinden.

Vergegenwärtigt man sich, wie die Welt für ein Bewußtsein aussieht, das keine Begriffe kennt, dann wird eine Anzahl bisher rätselhafter autistischer Symptome verständlich. Vor dem Hinzutreten des Begriffs ist die Welt ein unzusammenhängendes Chaos unverständlicher Einzelheiten, ein Brei von Tönen, Farben, Tasteindrücken etc. Das autistische Kind findet sich in einer unverständlichen und sinnlosen Situation, in einer fremden Welt, in einer schrecklichen Welt. In einer Welt, in der rot und grün, laut und leise, Stuhl und Mensch völlig gleichwertig und bedeutungslos nebeneinander stehen. In einer Welt, in der es kein Ziel und keine Richtung, keine Bedeutung, keine Hauptsache und keine Nebensache gibt.

Das Einzige, an was man sich in einer derartig sinnentleerten Welt halten kann, ist, daß man sie früher schon wahrgenommen hatte und daß sie dadurch bekannt ist. Daß es so ist, wie es immer schon war. Fällt nun auch dies fort, indem die Situation sich ändert, die Marmelade an einem anderen Ort steht, der Spaziergang einen anderen Verlauf nimmt, dann stürzt der letzte Halt, das Kind fällt gewissermaßen ins Leere. Daher die scheinbar ganz unverhältnismäßige Panik-, Wut- und Verzweiflungsreaktion auf jede Veränderung.

Auch die sogenannte «Heimwehreaktion», wenn das Kind etwa in ein Spital eingewiesen wird, ist nichts anderes. Das ist nicht eigentlich Heimweh, sondern das Entsetzen vor einer völlig unbekannten Welt, die nicht die mindeste Anknüpfungsmöglichkeit mehr bietet.

Ebenso erklärt sich auch das «Symbiose-Verhältnis» zur Mutter oder zu einem Erzieher: das Gebundensein an einen bestimmten Menschen, das nicht auf einer persönlichen Beziehung beruht, sondern darauf, daß dieser Mensch eben der gewohnte ist.

Wenn das Kind sich nach einem Geräusch nicht umwendet, dieses nicht zu hören scheint, so kommt das nicht dadurch, daß die Gehörswahrnehmung gestört ist, sondern daher, daß es die Bedeutung nicht versteht. Es verbindet keinen Begriff mit dem Geräusch und weiß deshalb nicht, daß etwas zum Hören auch etwas zum Sehen sein kann.

Was man die «sachfremde Art» nennt, mit der das Kind z. B. seine Spielsachen benutzt, beruht ebenfalls darauf, daß es ihre Bedeutung nicht erkennt, d. h. ihren Begriff nicht findet. Es spielt mit der Puppe nicht als Puppe, sondern es benutzt sie vielleicht als Konstruktionselement, um eine Wand zu bauen.

Es faßt die Gegenstände rein quantitativ auf, aber nicht nach ihrer Qualität. Deshalb die Vorliebe für sinnlose Reihenbildungen: ohne Rücksicht auf Sinn und Bedeutung werden beliebige Gegenstände wie Schuhe, Waschlappen, Kekse etc. in langer Reihe angeordnet. Hat das Kind schon bis zu einem gewissen Grade sprechen und denken gelernt, so zeigt sich immer noch, daß es ihm schwer fällt, den eigentlichen Sinn, den Begriff und den Zusammenhang der Begriffe zu erfassen. Das Kind, das am Tisch sitzt, wird gefragt: «Was wirst du tun, wenn du aufstehst?» Es antwortet: « Auf den Füßen stehen.» Auf die Frage: «Was tust du, wenn du dich geschnitten hast?» antwortet es: «Bluten.» Das sind Antworten, die logisch aber wirklichkeitsfremd sind. Die Antwort – die fast scherzhaft wirkt, aber nicht so gemeint ist – ist richtig, aber sie erfaßt nicht den eigentlichen Sinn der Frage.

Ein anderes Beispiel: Die Eltern wollen mit dem Sohn fortfahren. Die Mutter sagt: «Ich kann dir den Mantel nicht zuknöpfen, weil ich schon Handschuhe anhabe. Geh zum Vater, daß er dir den Mantel zuknöpft.» Das Kind geht und kommt mit den Handschuhen des Vaters zurück. Es hat «Handschuhe» und «Vater» verstanden, aber nicht den begrifflichen Zusammenhang.

Das Denken, welches die zu den einzelnen Wahrnehmungen gehörigen Begriffe erfaßt, erhellt damit zugleich die Verhältnisse, in denen die Dinge zueinander stehen. Nun ist es manchen Untersuchern (Clark, Wing) aufgefallen, daß die Kinder die größten Schwierigkeiten haben gerade mit den kleinen, unscheinbaren Wörtern, welche solche Verhältnisse angeben und die man Präpositionen, Konjunktionen, Artikel, Frageworte etc. nennt. Es dauert lange, bis auch nur die einfachste Verbindung durch das Wort «und» gelingt. Viel schwieriger aufzufassen sind schon räumliche und zeitliche

Beziehungen, wie sie in «unter», «über», «gestern», «früher» etc. zum Ausdruck kommen. Und Worte wie «oder», «aber», «auch», «sonst», «wieder», «genug» etc., oder gar solche wie «zwar» oder «trotzdem» sind ihnen ganz unzugänglich. Alle diese kleinen Worte zeichnen sich dadurch aus, daß bei ihnen der Wahrnehmungsgehalt gering ist oder ganz fortfällt, während die denkerische Bestimmung sehr ausgeprägt ist. «Zwar» oder «trotzdem» kann man nicht sehen, bei «unter» oder «über» besteht wenigstens schon eine Beziehung zur Wahrnehmung.

Weil es an der Zusammenhang schaffenden Tätigkeit des Denkens fehlt, entfällt auch die Möglichkeit, ein Ganzes zu überblicken. Das Kind erfaßt immer nur den Teil, den es gerade beobachtet. Darauf beruht eine diagnostische Probe, die Kanner ausgearbeitet hat. Er versetzt dem Kind einen leichten Stich mit einer Nadel. Wendet sich das Kind gegen die Person, durch die es sich in dieser Weise angegriffen sieht, so ist es kein autistisches Kind. Wendet es sich aber gegen die Nadel oder gegen die Hand des Untersuchers, so ist es ein autistisches Kind. Entsprechend kann man erleben, daß das Kind ärgerlich wird auf den Fuß, der es auf den Zeh getreten hat, aber nicht auf die Person, der dieser Fuß gehört. Oder das Kind ergreift die Hand eines anderen Menschen, ohne diesen selbst zu beachten, und benutzt sie als Werkzeug, um einen Gegenstand zu ergreifen.

Alle hier genannten Beispiele können darauf aufmerksam machen, daß das Verhältnis des autistischen Kindes zur Wirklichkeit ein verändertes ist. Aber nicht die Wahrnehmung ist gestört. Rudolf Steiner hat gezeigt – wie schon ausgeführt wurde –, daß uns die Erkenntnis der Wirklichkeit von zwei verschiedenen Seiten zufließt; zu der passiv aufgenommenen Wahrnehmung des Gegebenen muß der aktiv erzeugte Begriff hinzutreten. Und diese aktive Seite des Erkenntnisvorganges ist es, die gestört ist. Der kindliche Autismus ist keine «Wahrnehmungsstörung»*, sondern eine «Störung der Begriffsfindung.»

Aus dem so entwickelten Bild der autistischen Situation ergeben sich auch Hinweise für die Behandlung. Es kommt darauf an, in die sinn- und bedeutungslose Welt dieser Kinder allmählich etwas zu bringen, was Sinn und Bedeutung verleiht und damit Haltepunkte setzt. Das Wort von Karl Schubert, daß man in der Heilpädagogik «die Berge berger und die Flüsse flüsser» darstellen und so die charakteristische Bedeutung betonen müsse, gilt ganz besonders für diese Kinder. Starken Einfluß hat auch die Teilnahme an einem so bedeutsamen Geschehen, wie es eine kultische Hand-

* Diese Kennzeichnung bezieht sich auf die übliche Auffassung der Wahrnehmung und wird durch Rudolf Steiners Erweiterung der Sinneslehre auf Ich-Sinn, Denk-Sinn und Sprach-Sinn in gewisser Weise modifiziert.

lung ist. – Aus der Entwicklungsreihe «Gehen – Sprechen – Denken» folgt, daß man Bewegung (z. B. Eurythmie) und Sprache üben muß, um die Denkfähigkeit zu entwickeln. Überhaupt ist alles hilfreich, was die Aktivität anregt und die passive Erstarrung des autistischen Kindes auflöst.

Am Problem des frühkindlichen Autismus erweist sich, wie erkenntnis-praktisch der erkenntnis-theoretische Ansatz Rudolf Steiners ist. Rätselhafte Symptome werden jetzt verständlich. Und für die Behandlung ergeben sich neue Gesichtspunkte.

Literatur:

1 *F. Affolter,* Aspekte der Entwicklung und Pathologie von Wahrnehmungsfunktionen, in: Gehörstörungen beim Kind. Basel 1972.

2 *F. Affolter,* Leistungsprofile wahrnehmungsgestörter Kinder, in: Zerebrale Bewegungsstörungen beim Kind. Basel 1974.

3 *Rudolf Steiner,* Wahrheit und Wissenschaft, GA. 3.

Karl König
Die ersten drei Jahre des Kindes
(Menschenkunde und Erziehung, Bd. 17)
7. Auflage, 110 Seiten, kartoniert

Walter Holtzapfel
Krankheitsepochen der Kindheit
(Menschenkunde und Erziehung, Bd. 11)
4. Auflage, 94 Seiten, kartoniert

Heilende Erziehung
Vom Wesen Seelenpflege-bedürftiger Kinder und deren heilpädagogischer Förderung.
Mit Beiträgen von René Maikowski, Werner Pache, Julia Bort, Walter Holtzapfel, Franz Löffler, Hermann Kirchner, Edmund Pracht.
4. Auflage, 336 Seiten, kartoniert

Heilende Erziehung aus dem Menschenbild der Anthroposophie
Leben, lernen und arbeiten mit Seelenpflege-bedürftigen Kindern und Erwachsenen
2. Auflage, 224 Seiten mit über 200, z. T. farbigen Abbildungen, Großformat, kartoniert

Thomas Weihs
Das entwicklungsgestörte Kind
Heilpädagogische Erfahrungen in den Camphill-Gemeinschaften.
2. erweiterte und bearbeitete Auflage, 182 Seiten, kartoniert

Mein Geheimnis gehört mir.
Hrsg. von Bernhard Fischer
Begegnungen mit Seelenpflege-bedürftigen Kindern und Erwachsenen in der Dichtung
290 Seiten, Leinen

VERLAG FREIES GEISTESLEBEN